버드나무에 부는 바람

(주)푸른책들은 저소득 가정 아동들의 학습 환경 개선과 학업 능력 발달을
위하여 도서 판매 수익금의 일부를 초록우산 어린이재단에 정기적으로
기부함으로써 배움으로 따뜻해지는 세상을 만들어가고 있습니다.

버드나무에 부는 바람

펴낸날 초판 1쇄 2012년 2월 10일
지은이 케네스 그레이엄 | **옮긴이** 고수미
펴낸이 신형건 | **펴낸곳** (주)푸른책들 | **등록** 제321-2008-00155호
주소 서울특별시 서초구 양재천로7길 16 푸르니빌딩(양재동 115-6) (우)137-891
전화 02-581-0334~5 | **팩스** 02-582-0648
이메일 prooni@prooni.com | **홈페이지** www.prooni.com

ISBN 978-89-6170-260-7 04840
＊잘못된 책은 구입한 곳에서 바꾸어 드립니다.

이 도서의 국립중앙도서관 출판시도서목록(CIP)은 e-CIP홈페이지(http://www.nl.go.kr/ecip)와
국가자료공동목록시스템(http://www.nl.go.kr/kolisnet)에서 이용하실 수 있습니다.
(CIP제어번호:CIP2011005636)

보물창고는 (주)푸른책들의 유아, 어린이, 청소년 도서 전문 임프린트입니다.

The Wind in the Willows

버드나무에 부는 바람

케네스 그레이엄 지음 | 고수미 옮김

보물창고

차례

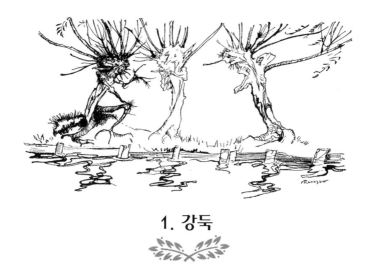

1. 강둑

두더지는 아침 내내 작은 집에서 봄맞이 대청소를 하느라 무척 바빴다. 처음에는 빗자루로, 다음에는 먼지떨이로 청소했고 그러고 나서는 붓과 석회 한 양동이를 들고 사다리와 계단과 의자 위에 올라섰다. 그러다 먼지 때문에 눈과 목이 뻑뻑해지고 검은 털은 온통 석회로 뒤덮였으며 등이 쑤시고 팔에 힘이 빠졌다. 봄이 위로는 하늘로, 아래로는 땅속과 두더지 주위로 퍼져 갔다. 불만과 간절한 열망이 깃들인 성스러운 봄기운이 좁고 어두운 땅속, 두더지의 집까지 파고들었다. 그러니 두더지가 석회 바르던 붓을 갑자기 바닥에 내팽개치면서 이렇게 말한 것도 별로 놀랄 일은 아니었다.

"지긋지긋해! 이런 제기랄! 봄맞이 대청소 따위야 어떻게든 되겠지!"

그러고는 외투를 입을 새도 없이 밖으로 뛰쳐나갔다. 머리 위에 있는 무언가가 다급하게 두더지를 부르고 있었다. 두더지는 가파르고 좁은 땅굴 쪽으로 향했다. 두더지에게는 그 길이 땅 위에 사는 동물들이 다니는 자갈 깔린 마찻길에 버금갔다. 두더지는 '위로 올라가자! 위로 올라가자!'라고 중얼거리며 작은 발로 바쁘게 할퀴고 긁고 헤집고 파헤치고, 다시 파헤치고 헤집고 긁고 할퀴었다. 마침내 펑! 소리와 함께 주둥이가 햇볕에 드러나면서 두더지는 널따란 초원의 따뜻한 풀밭 위를 뒹굴었다.

"이거 좋군! 석회 칠하는 것보다 훨씬 멋져!"

두더지가 혼잣말했다. 햇볕이 털을 뜨겁게 달구고 보드라운 바람이 화끈거리는 이마를 어루만졌다. 너무 오랫동안 지상과 떨어져 땅속에서 살았던 탓인지 새들이 부르는 행복한 노랫소리가 고함처럼 쩌렁쩌렁 귓가에 울려 퍼졌다. 살아 있다는 게 기쁘고 청소를 팽개친 채 봄을 맞으러 나온 게 즐거웠다. 두더지는 곧바로 네 발로 폴짝폴짝 뛰어서 초원을 가로질러 저 멀리 있는 산울타리까지 달려갔다.

산울타리 사이에 난 틈에서 늙은 토끼가 소리쳤다.

"멈춰! 사유 도로 통행료는 6펜스야!"

두더지는 같잖다는 듯 토끼를 쳐다보며 얼굴을 찌푸리더니 곧바로 달려들어 토끼를 쓰러뜨렸다. 그러고는 다른 토끼들이 무슨 일이 생겼나 보려고 산울타리 틈새로 쏙쏙 얼굴을 내밀자 '양파 소스! 양파 소스!(*과거 영국에서는 토끼 구이에 양파 소스를 곁들여 먹었다. 이하 *표시—옮긴이 주)'하고 놀려 댔다. 그리고 산울타리를 따라 종종걸음으로 걸어갔다.

두더지는 토끼들이 뭐라고 대꾸할 틈도 주지 않고 사라져 버렸다. 토끼들은 두더지가 사라진 뒤에야 서로 투덜거리기 시작했다.

"넌 정말 멍청해! 왜 그놈한테 말하지 못한……."

"흥, 넌 왜 말하지 않았어."

"네가 그 녀석한테 말할 줄 알았지."

하지만 토끼들은 늘 그렇듯이 이번에도 한발 늦었다.

모든 것이 믿을 수 없을 정도로 좋았다. 두더지는 산울타리를 지나고 잡목을 헤치며 초원 여기저기를 부지런히 돌아다녔다. 사방에서 새들이 둥지를 짓고 꽃이 봉오리를 맺고 새싹이 돋아나고 있었다. 모두 행복했고 적극적이었으며 한없이 바빴다. 두더지는 한편으로 꺼림칙했지만 마음속을 쿡쿡 찌르며 '석회 칠해야지!'라고 속삭이는 소리에 귀를 기울이지는 않았다. 이렇게 다들 바쁜 와중에 혼자 빈둥거린다는 사실이 정말 즐거웠다. 어쨌든 휴가를 보낼 때 가장 멋진 일은 단순히 쉬는 것보다 다른 친구들이 바쁘게 일하는 걸 지켜보는 것이니까.

아무 목적 없이 이리저리 거닐며 더할 나위 없이 행복감을 느끼고 있는데 갑자기 눈앞에 물이 그득한 강가가 나타났다. 두더지는 우뚝 멈춰 섰다. 지금까지 한 번도 강을 본 적이 없었다. 매끈하고 구불구불하며 커다란 동물이 킬킬대면서 쫓아오는 것 같았다. 강은 부글거리면서 무언가를 붙잡았다가 콸콸 소리를 내며 놓아주었다가 또다시 몸을 흔들어 달아나려고 버둥거리는 새 친구들을 덮쳤다. 모든 게 흔들리고 떨렸다. 반짝이고 번쩍이며 생기가 넘쳤고 바스락거리며 빙빙 돌고 재잘거리며 보글댔다. 두더지는 이 광경에 홀딱 반해서 넋이 나간 듯 마음을 빼앗겼다. 재미있는 이야기에 마음을 빼앗겨 이야기꾼 옆을 떠나지 못하는 어린아이처럼 두더지는 강가를 떠나지 못하고 종종걸음으로 걷고 있었다. 그러다 마침내 따분해지자 강둑에 앉았다. 강물은 여전히 재잘대면서 세상에서 가장 멋진 이야기, 지구 한가운데에서 시작하여 마침내 만족할 줄 모르는 바다까지 전해지는 이야기들을 들려주었다.

풀밭에 앉아 강 건너를 바라보는데 맞은편 강둑의 물가 바로 위에 있는 검은 굴 하나가 두더지의 눈길을 사로잡았다. 두더지는 꿈을 꾸듯이 생각에 잠겼다. 욕심 없이 강가에 살고 싶어 하는 동물에게는 더없이 아늑하고 좋은 집이겠구나. 홍수가 나도 까딱없을 것 같았고 먼지와 소음이 나는 곳으로부터도 멀리 떨어져 있었다. 굴 안에서 뭔가 작고 밝은 것이 반짝이다가 사라지더니 다시한 번 작은 별처럼 반짝였다. 하지만 그런 곳에 별이 있을 리가 없었다. 게다가 반딧불이라고 하기엔 너무 작고 너무 반짝거렸다. 두더지가 계속해서 바라보고 있자 그것이 두더지에게 윙크를 했다. 그제야 두더지는 그게 동물의 눈이라는 사실을 알아차렸다. 그림을 둥글게 둘러싸고 있는 액자의 틀 같은 구멍에서 작은 얼굴이 조금씩 모습을 드러내기 시작했다.

수염이 달린 작은 밤색 얼굴과 진지해 보이는 둥근 얼굴, 두더지의 관심을 끌었던 반짝거리는 눈, 작고 멋진 귀와 두껍지만 부드러운 털, 바로 물쥐였다!

두 동물은 일어서서 서로를 조심스럽게 쳐다보았다. 물쥐가 말했다.

"두더지야, 안녕!"

"물쥐야, 안녕!"

물쥐가 곧 물었다.

"이쪽으로 오지 않을래?"

"아, 말로야 아주 쉽지."

두더지는 강과 강가에서의 삶과 생활 방식에 익숙하지 않아서 조금은 심술궂게 대꾸했다.

물쥐는 아무 말 없이 몸을 굽혀 밧줄을 풀었다. 그런 다음 두더지가 미처 보지 못했던 작은 배에 가볍게 올라탔다. 바깥쪽은 푸르게, 안쪽은 희게 칠해져 있었고 딱 동물 둘이 탈 수 있을 만한 크기였다. 아직은 쓰임새를 잘 알지 못했지만 두더지의 관심은 온통 배로 쏠렸다.

물쥐가 솜씨 좋게 노를 저어 강을 건넌 다음 밧줄을 단단히 맸다. 그러더니 두더지가 조심조심 내려오자 앞발을 내밀었다.

"거기에 기대! 이제 힘차게 건너와!"

어느새 두더지는 놀랍고 황홀하게도 정말 배의 뒷부분에 앉아 있었다.

물쥐가 기슭에서 배를 밀어내고 다시 노를 젓는 동안 두더지가 말했다.

"오늘은 멋진 날이야! 이거 알아? 난 태어나서 지금까지 한 번도 배를 타 본 적이 없어."

물쥐가 놀란 듯 큰 소리로 말했다.

"뭐라고? 처음이라고? 그러니까 한 번도 타 보지 않았다고…… 음…… 그럼 그동안 뭘 했니?"

두더지가 수줍게 물었다.

"이게 그렇게 멋진 거야?"

두더지는 이미 물쥐의 말을 믿을 준비가 되어 있었고 자리에 기대어 앉아 방석과 노, 노걸이와 모든 부품을 흥미롭게 살펴보았다.

아래에서 배가 가볍게 흔들렸다.

물쥐가 노를 저으려고 앞으로 몸을 숙이면서 진지하게 말했다.

"멋지냐고? 최고지. 정말이야, 친구. 배를 타고 이리저리 돌아다니는 일을 절반만큼이라도 따라올 만한 건 아무것도 없어."

물쥐가 꿈꾸듯 이어서 말했다.

"배를…… 타고 다니면…… 배를……."

두더지가 느닷없이 소리쳤다.

"물쥐야, 앞을 봐!"

두더지가 갑자기 큰 소리로 말했다.

하지만 너무 늦었다. 배는 전속력으로 강둑에 부딪혔다. 꿈을 꾸듯 즐겁게 노를 젓던 동물이 네 발을 허공으로 향한 채 배 바닥으로 나자빠졌다.

물쥐가 벌떡 일어나 즐겁게 웃으며 아무렇지도 않은 듯 계속 말했다.

"배를 타고 돌아다니고…… 사실 배 안이든 밖이든 상관없어. 어떤 것이든 정말로 문제가 안 된다니까. 그게 매력이야. 휴가를 떠나거나 그렇지 않거나, 목적지에 도착했거나 다른 곳에 다다랐거나, 혹은 아무 데도 가지 않았거나 늘 바쁘지. 특별히 할 일이 있는 건 절대 아니야. 하지만 일을 마치면 늘 다른 일이 기다리고 있어. 그러니까 안 해도 된다면 하지 않는 게 낫지. 이봐! 너, 오늘 아침에 정말로 할 일이 없다면 함께 강으로 나가서 하루를 보내는 게 어때?"

두더지는 그저 기뻐서 발을 흔들었다. 숨을 들이켜 아주 만족스러운 듯 가슴을 부풀렸고 부드러운 방석에 등을 기대더니 더없이 행복한 목소리로 말했다.

"정말 멋진 날이야! 바로 출발하자!"

"그럼 잠깐 기다려!"

물쥐가 선착장에 있는 고리에 밧줄을 묶고 위에 있는 굴로 기어올라 들어갔다. 얼마 지나지 않아 고리버들로 만든 두툼한 도시락 바구니를 들고 비틀거리며 나타났다.

"발밑에 넣어 둬."

물쥐가 바구니를 배 안에 내려놓으며 두더지에게 말했다. 그런 다음 밧줄을 풀고 다시 노를 잡았다.

두더지가 궁금해서 꼼지락거리며 물었다.

"안에 뭐가 들었어?"

"차갑게 식힌 닭고기 요리가 들어 있어."

물쥐가 짧게 대답했다.

"찬혀찬햄찬쇠고기절인오이샐러드프렌치롤빵야채샌드위치고기통조림진저비어레모네이드탄산음료……"

"아, 그만, 그만. 우리가 먹기엔 너무 많아!"

두더지가 황홀해하며 소리 질렀다.

물쥐가 진지하게 물었다.

"정말 그렇게 생각해? 가벼운 나들이엔 늘 이렇게만 챙기는데. 다른 동물들은 늘 내가 쩨쩨하고 인색하다고 해!"

두더지는 물쥐의 말이 하나도 귀에 들어오지 않았다. 자신이 막 접어든 새로운 삶에 푹 빠져서 힘찬 기운과 잔물결, 냄새와 소리, 햇빛에 넋을 빼앗긴 채 한 발을 물에 담그고 공상에 빠져 있었다. 작고 착한 친구인 물쥐는 두더지를 방해하지 않으려고 여느 때처럼 꾸준히 노를 저었다.

30분쯤 지난 뒤에 물쥐가 말했다.

"네 옷이 정말 마음에 들어, 친구. 나도 언젠가 형편이 되면 검정색 벨벳 정장을 살 거야."

두더지가 마음을 진정하려 애쓰면서 말했다.

"미안한데 내가 너무 예의 없다고 생각하겠지만, 이 모든 게 내겐 너무 새로워. 그러니까…… 이게…… 그 강이란 곳이구나!"

"그냥 강일 뿐이야."

물쥐가 고쳐 말했다.

"넌 정말 강가에 살아? 진짜 신 나겠다!"

"강 옆에서, 강 위에서, 강 속에서 강과 함께 살아. 강은 내게 형제고 누이이자 친척이고 친구이며 먹고 마시는 것이고 씻는 곳이야. 내 세상이지. 다른 건 필요하지 않아. 강에 없는 건 가져야 할 가치가 없는 것이고 강이 모르는 것은 알 가치가 없는 거지. 맙소사! 나는 늘 강과 함께 보냈어! 겨울이든 여름이든 봄이든 가을이든 늘 그때마다 신 나고 재미있지. 2월에 홍수가 나면 우리 집의 지하 저장고와 지하실은 나에게 쓸모없는 술로 넘쳐나고 우리 집에서 제일 좋은 침실 옆으로 흙탕물이 흘러. 다시 강물이 빠지면 건포도 케이크 냄새가 나는 진흙이 여기저기 얼룩져 있어. 골풀과 물풀이 물길을 막으면 난 발에 물을 묻히지 않고도 강가를 돌아다니면서 신선한 먹을거리를 찾을 수 있단다. 사람들이 덤벙대다가 배 밖으로 음식을 떨어뜨리기도 하거든!"

두더지가 조심스럽게 물었다.

"하지만 가끔은 조금 따분하지 않니? 말을 건넬 다른 누구 하나 없이 그저 너와 강뿐이라면?"

물쥐가 너그럽게 대답했다.

"다른 누구 하나 없다…… 흠, 이해 못하는 게 당연하지. 넌 이곳이 처음이고 모르는 게 당연해. 요즘은 강둑이 너무 붐벼서 강둑을 완전히 떠나는 동물이 얼마나 많은데. 아, 정말 이러면 안 되는데. 예전 같지 않아. 수달, 물총새, 논병아리, 쇠물닭 같은 친구들 모두가 하루 종일 무슨 일이라도 일어나기를 바라고 있어. 마치할 일이 하나도 없는 녀석들 같다니까!"

두더지가 앞발로 강가의 풀밭을 어둡게 에워싸고 있는 숲 뒤쪽을 가리키며 물었다.

"저기 있는 건 뭐야?"

물쥐가 짧게 대답했다.

"저거? 아, 저건 그냥 천연림이야. 우린 저곳에 자주 가지 않아. 나처럼 강둑에 사는 동물들은 말이야."

두더지가 조금 조심스럽게 말했다.

"저기…… 저기에 있는 동물들은 좋은 동물이 아니구나?"

물쥐가 대답했다.

"글쎄…… 어디 보자. 다람쥐들은 괜찮아. 그리고 토끼도……
몇몇은 괜찮지. 하지만 토끼는 속을 모를 녀석들이니까. 오소리 아저씨도 당연히 괜찮지. 오소리 아저씨는 숲 한가운데에 살고 있어. 다른 곳에서는 살려고 하지 않을 거야. 돈을 준다고 해도 말이야. 아무도 오소리 아저씨를 건드리지 않아. 그렇게 안 하는 게 좋아."

물쥐가 의미심장하게 덧붙였다.

두더지가 물었다.

"왜, 누가 건드리는데?"

물쥐가 머뭇거리며 설명했다.

"음, 당연히…… 그러니까…… 다른 동물들이지. 족제비와 담비…… 여우 같은 동물들. 다들 어느 정도는 괜찮아. 난 그 동물들과 아주 잘 지내거든. 만나면 함께 시간을 보내기도 하고. 하지만 가끔은 문제가 생기기도 해. 아니라곤 할 수 없지. 그러니까…… 음, 그 녀석들은 정말로 믿어선 안 돼. 그건 사실이야."

두더지는 앞으로 생길지 모를 문제에 대한 이야기를 꺼내지 않았다. 동물 세계에서는 그것이 예의가 아님을 잘 알고 있었기 때문이었다. 그래서 그 이야기는 그만했다.

"천연림 너머에는 뭐가 있어? 푸르스름하고 어둑어둑한 언덕 같은 게 보이는데. 마을에서 나는 연기 같은 것도 보이고. 그냥 떠다니는 구름인가?"

"천연림 저편은 넓은 세상이야. 그리고 거긴 너나 나하곤 아무 상관없는 곳이지. 난 한 번도 거기에 가 본 적이 없고 앞으로도 절대 가지 않을 거야. 조금이라도 생각이 있다면 너도 가지 않는 게 좋아. 부탁인데 그 얘긴 다시 꺼내지도 마. 자, 다 왔다! 여기가 강이 굽어진 곳이야. 여기서 점심을 먹자."

배는 강의 원줄기를 벗어나 얼핏 보기에 육지로 둘러싸인 작은 호수처럼 보이는 곳으로 들어갔다. 양쪽 가장자리에는 푸른 잔디가 자라는 비탈이 있었고 뱀처럼 꾸불꾸불한 갈색 나무뿌리가 잔잔한 수면 아래에서 반짝였다. 그 앞쪽에서는 둑에 부딪쳐 은빛 거품을 일으키는 물이 회색 지붕의 방앗간을 지탱하고 있는 물레방아에서 쉼 없이 떨어지는 물과 함께 단조로운 소리를 내고 있었다. 작고 맑은 물소리가 허공을 가득 채웠다. 너무 아름다운 나머지 두더지가 두 발을 모으며 가까스로 입을 열었다.

"우와! 우와! 우와!"

물쥐는 배를 둑 옆으로 움직여 단단히 묶었다. 그리고 강에 아직 익숙하지 않은 두더지가 안전하게 기슭으로 오를 수 있도록 한 다음 몸을 돌려 점심 바구니를 꺼냈다. 두더지는 자기가 바구니를 풀게 해 달라고 부탁했고 물쥐는 마음대로 하라며 기꺼이 허락했다. 그리고 풀밭에 팔다리를 활짝 벌리고 누워 쉬었다. 그동안 신이 난 물쥐의 친구는 식탁보를 턴 다음 바닥에 펼치고 신비한 꾸러미를 하나하나 꺼내 차례차례 늘어놓았다. 그리고 새로운 게 나타날 때마다 계속해서 '우와! 우와!' 하는 감탄사를 내뱉었다. 모든 게 준비되자 물쥐가 말했다.

"자, 이제 먹어 보자고, 친구!"

두더지는 정말 기쁜 마음으로 물쥐의 말을 따랐다. 다른 동물들도 그렇듯이, 아침 일찍부터 봄맞이 대청소를 시작했고 먹고 마실 새도 없이 쉬지 않고 일했기 때문이었다. 게다가 지금은 아주 많은 일을 겪어서인지 아침에 있었던 일이 며칠 전의 일처럼 느껴졌다.

물쥐가 물었다.

"뭘 보고 있어?"

허기가 어느 정도 가시자 비로소 두더지는 식탁보에서 눈을 뗄 수 있었다.

"수면을 떠다니는 거품을 보고 있어. 재미있다는 생각이 들었거든."

"거품이라고? 아하!"

물쥐가 말하고는 누군가를 초대하는 것처럼 기분 좋게 혀 차는 소리를 냈다.

넓고 빛나는 주둥이가 둑 가장자리 위에 나타나더니 수달이 물 밖으로 기어 나왔다. 그리고 몸을 떨어 털에서 물을 털어 냈다.

"욕심 많은 거지 같으니라고! 왜 날 초대하지 않았지?"

물쥐가 설명했다.

"이건 계획에 없던 일이거든. 그나저나…… 이쪽은 내 친구 두더지야."

수달이 말했다.

"만나서 반가워."

두 동물은 곧 친구가 되었다. 수달이 계속해서 말했다.

"어딜 가든 소란스럽다니까! 오늘은 온 세상 동물이 모두 강가로 나온 것 같아. 잠시라도 조용히 지내려고 여기로 왔는데 하필이면 너희와 마주칠 게 뭐람! 어쨌든 미안, 나쁜 뜻으로 한 말은 아니야."

뒤에서 바스락거리는 소리가 들렸다. 해묵은 나뭇잎이 아직 빽빽하게 달라붙어 있는 산울타리에서 어깨가 떡 벌어지고 머리에는 줄무늬가 있는 동물이 이쪽을 바라보고 있었다.

"어서 오세요, 오소리 아저씨!"

물쥐가 소리쳤다.

오소리 아저씨가 앞으로 한두 걸음 내디뎠다. 그러더니 툴툴거리며 말했다.

"에헴! 일행이 있군."

그러고는 돌아서서 눈앞에서 사라졌다.

실망한 물쥐가 말했다.

"저런, 아저씨하고는! 낯선 이와 어울리는 걸 싫어한다니까! 오늘은 더 이상 오소리 아저씨를 볼 수 없을 거야. 그나저나 누가 강에 있는지 말해 줄래?"

수달이 대답했다.

"먼저 두꺼비가 나왔지. 새로 나온 최고의 배를 타고 말이야. 새 옷도 입었어. 온통 새것투성이야!"

두 동물은 서로를 바라보더니 웃음을 터뜨렸다. 물쥐가 말했다.

"처음에 두꺼비는 그저 배에 올라탄 채 가만히 있었어. 그러다가 따분해져서 노를 젓기 시작했지. 날마다 하루 종일, 노를 젓는 것 말고는 신 나는 일이 하나도 없었을 거야. 그래서 결국 곤란하게 되었지. 지난해에는 집이 있는 배를 탔어. 우리 모두 두꺼비의 선상 가옥에 머무르면서 좋아하는 척해야 했지. 선상 가옥에서 남은 삶을 보낼 계획이었다나. 늘 똑같아. 뭘 하든지 금세 지겨워져서 새로운 걸 시작하지."

수달이 깊이 생각하며 말했다.

"아주 좋은 친구지. 하지만 진득하지 못해. 특히 배에 관해서는!"

셋이 앉아 있는 곳에서 그들의 앞을 막고 있는 섬 너머로 큰 강 줄기가 얼핏 보였다. 바로 그때 새로 나온 최고의 배가 눈에 들어왔다. 배가 적지 않게 흔들렸지만 땅딸막한 뱃사공은 사방에 물을 튀기며 아주 다부지게 노를 저었다. 물쥐가 일어서서 큰 소리로 불렀지만 두꺼비는(뱃사공은 두꺼비였다.) 고개를 가로저으면 고집스럽게 노만 저었다.

물쥐가 다시 앉으며 말했다.

"저렇게 흔들리다간 곧 배 밖으로 떨어질 거야."

수달이 빙그레 웃으며 말했다.

"당연히 그럴 거야. 내가 두꺼비와 수문 관리인의 재미있는 이야기를 해 줬던가? 어떻게 된 거냐 하면 말이야, 두꺼비가……."

길을 벗어난 하루살이 한 마리가 젊은 혈기의 영향을 받아 술에 취하기라도 한 것처럼 비틀거리며 강물을 거슬러 정신없이 날아갔다. 소용돌이가 치고 풍 소리가 나더니 하루살이는 더 이상 보이지 않았다.

그리고 수달도 보이지 않았다.

두더지는 아래를 내려다봤다. 목소리는 아직도 귓가에 남아 있었지만 수달이 팔다리를 벌리고 누워 있던 풀 위는 깨끗이 비어 있었다. 멀리 떨어져 있는 수평선까지 살펴보았지만 수달의 털끝 하나 보이지 않았다.

하지만 수면에는 다시 거품이 생겼다.

물쥐는 노래를 흥얼거렸고, 두더지는 무슨 이유에서든 갑작스럽게 사라진 친구에 대해 어떠한 언급도 해서는 안 된다는 동물 세계의 예의를 다시 떠올렸다. 물쥐가 말했다.

"이런, 이런. 우리도 움직여야겠네. 우리 가운데 누가 점심 바구니를 싸는 게 좋을지 모르겠는걸?"

몹시 하기 싫은 것 같은 말투였다.

두더지가 대답했다.

"오, 내가 할게."

그리고 당연히 물쥐는 두더지가 정리하게 놔뒀다. 바구니를 싸는 일은 바구니를 푸는 것만큼 즐겁지는 않았다. 정말 기분이 별로였다. 하지만 두더지는 모든 일을 즐겁게 하려고 마음먹었다. 바구니를 모두 챙겨서 단단히 묶고 나니 풀밭에 떨어져 있는 접시 하나가 보였다. 접시를 챙기고 일을 마쳤는데 이번에는 물쥐가 아무도 못 보고 지나쳤던 포크를 가리켰다. 끝으로 두더지는 자기도 모르게 깔고 앉아 있었던 겨자 통을 발견했다. 그래도 두더지는 화를 내지 않고 차분하게 일을 끝냈다.

오후 해가 점점 낮아졌다. 물쥐는 두더지에게 별로 신경 쓰지 않고 꿈꾸는 것처럼 시를 흥얼거리며 집을 향해 노를 저었다. 하지만 두더지는 점심을 배불리 먹은 뒤라 만족스럽게 앉아 있었고 어느새 배에 익숙해져서(물쥐는 그렇게 생각했다.) 조금씩 몸이 근질거렸다. 그래서 냉큼 이야기를 꺼냈다.

"물쥐야! 부탁이 있는데 이제 나도 노를 저어 보고 싶어!"

물쥐가 웃으며 고개를 저었다.

"아직은 아니야, 친구. 조금 더 배울 때까지 기다리라고. 보는 것처럼 쉽지 않아."

두더지는 잠깐 가만히 기다렸다. 하지만 쉽고 힘차게 노를 젓는 물쥐가 점점 더 샘나기 시작했고, 자존심은 자신도 물쥐처럼 노를 저을 수 있다며 속삭이고 있었다. 두더지가 벌떡 일어나서 노를 잡았다. 수면을 바라보며 시 비슷한 것을 혼자 중얼거리던 물쥐가 급작스러움에 깜짝 놀라 다리를 허공에 쳐들고 벌렁 자빠졌다. 그사이 두더지는 의기양양하게 물쥐의 자리를 차지하고 자신 있게 노를 잡았다. 물쥐가 배 바닥에서 소리 질렀다.

"멈춰, 멍청아! 넌 못해! 둘 다 물에 빠질 거라고!"

두더지는 노를 요란하게 뒤로 뺐다가 물속 깊이 찔렀다. 하지만 노를 놓치는 바람에 발이 머리 위로 솟아올랐고 정신을 차리고 보니 바닥에 자빠져 있는 물쥐 위에 엎어져 있었다. 깜짝 놀라 배 옆 난간을 붙잡았지만 다음 순간…… 풍덩! 배가 뒤집히고 두더지는 강물 속에서 허우적거리고 있었다.

이런 세상에! 물이 어찌나 차갑고 축축하던지. 두더지가 아래로, 아래로 가라앉을 때 물이 귀에 대고 어찌나 노래를 하던지! 콜록거리고 캑캑대며 수면 위로 떠오르자 해가 어찌나 밝게 반겨 주던지! 다시 물속으로 빠져드는 걸 느꼈을 때는 절망감으로 눈앞이 어찌나 깜깜하던지! 그때 다부진 발이 두더지의 목뒤를 움켜쥐었다. 물쥐였다. 두더지는 물쥐가 분명히 웃고 있다고 생각했다. 떨리는 웃음이 물쥐의 앞발을 타고 두더지의 목으로 전해졌다. 물쥐가 노를 움켜쥐더니 두더지의 팔 아래로 밀어 넣었다. 그런 다음 다른 쪽 겨드랑이에도 똑같이 노를 밀어 넣고 뒤로 헤엄쳤다. 그렇게 해서 물속에서 꼼짝 못하는 두더지를 기슭으로 밀고 간 다음 물 밖으로 끌어냈다. 두더지는 흐물흐물 비참하게 축 늘어졌다. 물쥐가 두더지를 조금 문지르고 물기를 짜낸 다음 말했다.

"이봐, 친구! 뱃길을 따라 최대한 힘차게 걸어 보라고. 몸이 따뜻해지고 털이 마를 때까지 말이야. 그사이 난 물속에 들어가서 점심 바구니를 찾아올 테니까."

두더지의 겉은 물에 흠뻑 젖었고 속은 부끄러움으로 울적해졌다. 두더지는 몸이 잘 마를 때까지 걷고 또 걸었다. 그동안 물쥐는 다시 물에 뛰어들어 떠다니는 배를 찾아 바로잡고 단단히 맨 다음 기슭으로 천천히 끌고 올라왔다. 그리고 물속에서 용케 도시락 바구니를 찾아 힘겹게 땅으로 올라왔다.

다시 떠날 준비가 끝나자 두더지는 기운 없이 축 처진 얼굴로 배 뒤에 자리 잡았다. 배가 출발하자 두더지는 감정에 복받쳐 작은 소리로 말했다.

"물쥐야, 넌 정말 너그러운 친구야! 어리석고 배은망덕하게 행동해서 정말로 미안해. 나 때문에 저 아름다운 점심 바구니를 잃어버릴 뻔했다고 생각하니 마음이 너무 아파. 난 정말 바보 멍청이였어. 나도 알아. 이번 한 번만 못 본 척 용서하고 전처럼 잘 지낼 수 있을까?"

물쥐가 기분 좋게 대답했다.

"괜찮아, 친구! 물쥐한테 젖는 게 무슨 대수인가? 난 보통 물 밖에 있는 시간보다 물속에 있을 때가 더 많다고. 그 일은 더 이상 생각하지 마. 자! 난 네가 나와 함께 잠시 머무는 게 정말 좋아. 너도 알다시피 우리 집은 정말 보잘 것 없고 불편하지만…… 두꺼비 집과는 아주 다르니까…… 너는 아직 두꺼비 저택을 보진 못했을 테지. 그래도 내 집에서 편히 쉴 수는 있어. 그리고 내가 노 젓는 법을 가르쳐 줄게. 헤엄치는 법도. 그럼 넌 우리처럼 물이 편해질 거야."

두더지는 물쥐의 친절함에 무척 감동받아서 뭐라 대답할 말을 찾지 못했다. 그저 눈물 한두 방울을 앞발 등으로 털어 내야만 했다. 하지만 물쥐는 친절하게도 시선을 돌리고 있었고 두더지의 마음도 곧 활기를 되찾아서 나중에는 후줄근한 자신의 모습을 보고 킬킬대는 쇠물닭 한 쌍에게 말대꾸마저 할 수 있었다.

집에 도착한 물쥐는 거실에 환한 불을 피우고 두더지가 입을 실내복과 슬리퍼를 가져다주었다. 그리고 불 앞에 놓인 안락의자에 앉히고는 저녁이 될 때까지 강 이야기를 들려줬다. 그 또한 두더지 같이 땅에 사는 동물에게는 아주 흥미진진한 이야기였다. 둑과 갑작스런 홍수와 뛰어오르는 강꼬치고기와 단단한 병을 내던지는 증기선에 대한 이야기 말이다. 강에 사는 동물들은 적어도 증기선에서 병을 던진 게 확실하다고 추측했다. 그리고 왜가리와 이야기를 나누는 게 얼마나 독특한지에 대해서도 들려줬다. 배수관을 내려가는 모험, 수달과의 밤낚시, 오소리 아저씨와 함께 먼 곳까지 떠났던 여행에 대해서도 마찬가지였다. 저녁 식사는 가장 발랄한 시간이었다. 하지만 두더지는 너무나 졸려서 사려 깊은 주인의 안내를 받아 위층에 있는 가장 좋은 침실로 향했다. 새 친구인 강이 창문틀을 찰싹찰싹 때리는 걸 느끼면서 아주 편안하게 베개에 머리를 뉘였다.

이날은 일상에서 해방된 두더지에게 펼쳐질 많은 날 가운데 겨우 첫째 날이었다. 여름이 깊어 감에 따라 낮은 점점 더 길어지고 더 재미있는 일로 가득해졌다. 두더지는 헤엄치는 법과 노 젓는 법을 배웠고 흐르는 물에 뛰어드는 재미도 알게 되었다. 가끔은 갈대 줄기에 귀를 대고 그 사이로 끊임없이 속삭이는 바람 소리를 들었다.

2. 탁 트인 길

어느 환한 여름날 아침, 두더지가 불쑥 말했다.

"물쥐야, 내 부탁 좀 들어줄래?"

물쥐는 강둑에 앉아서 짧은 노래를 부르고 있었다. 막 그 노래를 작곡한 뒤여서 물쥐는 노래에 흠뻑 빠져 있었고 두더지나 다른 누구한테도 제대로 관심을 쏟지 않았다. 물쥐는 아침 일찍부터 강에서 오리 친구들과 어울려 헤엄을 쳤다. 오리들은 늘 그러듯이 갑자기 머리를 물속에 처박았다. 물쥐는 물속으로 들어가서 오리의 목을 간질였다. 오리에게 뺨이 있다면 그 뺨 바로 아래쯤 되는 곳이었다. 머리를 물속에 박은 채로는 느낀 바를 말할 수 없기 때문에 오리들은 허둥지둥 물 밖으로 나와 물쥐를 향해 날개를 퍼덕이고 깃털을 흔들면서 화를 냈다. 마침내 오리들은 물쥐에게 자기들은 내버려 두고 가서 네 일이나 잘하라고 애원했다. 그래서 물쥐는 그곳을 떠나 강둑으로 향했고 햇빛을 받으면서 오리에 대한 노래를 만들었던 것이다. 바로 이런 노래였다.

오리의 노래

호젓한 강을 따라
기다란 골풀 사이에서
오리가 첨벙첨벙
꼬리를 바짝 치켜들고!

암오리 꼬리, 수오리 꼬리
노란 발은 파닥파닥
노란 부리는 보이지 않고
강물 속에서 바쁘네!

질퍽질퍽한 초록 덤불
잉어가 헤엄치는 곳
여기 우리 식품 창고를
시원하고 풍성하고 어둑하게

저마다 좋아하는 대로!
우리가 바라는 건
머리는 아래로, 꼬리는 위로
자유롭게 첨벙첨벙!

푸른 하늘 저 위에서
칼새들은 빙빙 돌며 소리치고
우린 아래에서 첨벙첨벙
꼬리를 바짝 치켜들고!

두더지가 조심스럽게 감상을 말했다.

"그 노래가 정말로 좋은지 잘 모르겠어."

두더지는 시인도 아닌 데다 누가 시를 잘 짓든 말든 관심이 없었다. 게다가 두더지는 천성이 솔직했다. 물쥐가 씩씩하게 대답했다.

"오리도 모르긴 마찬가지야. 오리들은 '왜 어떤 동물은 강둑에 앉아서 다른 동물들을 보며 한 마디씩 하고 시를 짓고 야단법석을 떨어도 되고, 왜 어떤 동물은 자기가 하고 싶은 일을 자기가 하고 싶은 때에 하면 안 되는 거지? 정말 별꼴이야!'라고 말했어. 오리들이 그렇게 말했다고."

두더지가 진심으로 말했다.

"아무렴, 그렇고말고."

물쥐가 벌컥 화를 냈다.

"아니야, 하지만 그렇지 않아!"

두더지가 달래듯이 말했다.

"그래, 그럼 그렇지 않아, 그렇지 않다고. 그런데 너에게 부탁이 있어. 나를 두꺼비에게 데려가 주겠니? 두꺼비에 대한 이야기를 아주 많이 들었는데 정말로 친하게 지내고 싶어."

마음씨 착한 물쥐가 벌떡 일어서더니 시를 지을 생각을 싹 떨쳐 버리며 말했다.

"좋아, 그러자. 당장 배를 꺼내서 노를 저어 가자. 두꺼비를 만나러 가기에 적당치 않은 시간은 없어. 이른 시간이든 늦은 시간이든 두꺼비는 늘 한결같은 친구니까. 늘 친절하고 반갑게 맞이하고 헤어질 땐 아쉬워해!"

"틀림없이 아주 좋은 동물일 거야!"

두더지가 배에 올라타서 노를 저으며 말했다. 그러는 사이 물쥐는 배 뒤쪽에 편안하게 자리를 잡았다.

"두꺼비는 정말이지 최고야. 아주 소박하고 친절하며 그렇게 다정할 수가 없어. 하지만 그리 똑똑하지는 않아. 어쨌든 우리 모두 천재가 될 수는 없으니까. 그리고 으스대고 우쭐댈지도 몰라. 하지만 두꺼비한테도 훌륭한 점은 있어."

강굽이를 돌자 오래되었지만 웅장하고 멋진 붉은색 벽돌집이 눈에 들어왔다. 잘 손질한 잔디밭이 강가까지 펼쳐져 있었다. 물쥐가 말했다.

"두꺼비 저택이야. 왼쪽으로 샛강이 있어. 저기 '사유지, 접근 금지.'라고 쓴 팻말이 있잖아. 거기로 가면 보트 창고가 나와. 우린 거기다 배를 대면 돼. 마구간은 저기 오른쪽에 있어. 지금 보고 있는 건 연회장이야. 아주 오래됐지, 정말로. 두꺼비는 꽤 부자야. 알다시피 이곳은 이 부근에서 가장 좋은 집이야. 두꺼비한테는 절대로 그렇게 말하지 않지만."

두더지와 물쥐는 샛강으로 미끄러져 들어갔다. 커다란 보트 창고의 그늘로 들어서자 두더지가 노를 내려놓았다. 창고 안에는 배가 많았는데 대들보에 매달려 있거나 경사로에 끌어올려져 있었다.

물에 떠 있는 배는 한 척도 없었다. 오랫동안 쓰지 않았는지 퀴퀴한 냄새가 났다. 물쥐가 주위를 둘러보며 말했다.

"알았다. 뱃놀이는 그만뒀나 봐. 지겨워져서 이젠 안 하는 거야. 요즘엔 두꺼비가 무엇에 미쳐 있을까? 가서 두꺼비를 만나 보자. 곧 자세히 듣게 될 거야."

두더지와 물쥐는 배에서 내렸고 두꺼비를 찾아서 화려한 꽃으로 장식된 잔디밭을 가로질러 천천히 걸어갔다. 두꺼비는 고리버들 가지로 만든 정원용 의자에 앉아서 무릎에 커다란 지도를 펼쳐 놓은 채 멍한 얼굴로 골똘히 생각에 잠겨 있었다.

두꺼비가 물쥐와 두더지를 발견하고 펄쩍 뛰며 소리쳤다.

"이야! 아주 좋은데!"

두꺼비는 앞발을 내밀어서 두 동물과 악수를 했다. 두더지를 소개받을 때까지 기다리지도 않았다. 두꺼비가 두 동물 주위로 둥글게 춤추며 말을 이었다.

"정말 친절도 해라! 막 너에게 배를 보내려던 참이었어. 당장 데리고 오라고 엄명을 내려서 말이야. 너희들이 정말로 필요해. 둘 다 말이지. 자, 뭘 먹을래? 안으로 들어가서 뭘 좀 먹자! 이렇게 때맞춰 나타나다니 너희들은 정말 운이 좋아!"

물쥐가 안락의자에 털썩 앉으면서 말했다.

"두꺼비야, 그만 떠들고 좀 앉아!"

그사이 두더지는 자기 옆에 있는 다른 안락의자를 차지했고 두꺼비의 '멋진 주택'에 대해서 정말 마음에 든다고 예의바르게 몇 마디 했다. 그러자 두꺼비가 떠들썩하게 떠벌렸다.

"이 강에서 가장 좋은 집이야."

그리고 아무 생각 없이 이렇게 덧붙여 말했다.

"아니, 이 세상에서 가장 좋은 집이지."

그때 물쥐가 두더지의 옆구리를 쿡 찔렀다. 불행하게도 두꺼비가 그 모습을 보고 얼굴이 새빨개졌다. 잠시 쓰라린 침묵이 흘렀다. 두꺼비가 갑자기 웃음을 터뜨렸다.

"괜찮아, 물쥐야. 너도 알다시피 난 원래 이렇잖아. 그리고 그렇게 나쁜 집도 아니고 말이야, 안 그래? 너도 이 집을 좋아하는 편이잖아. 자, 이봐. 상식적으로 접근하자고. 나한테 가장 필요했던 동물은 바로 너희들이야. 너희들이 날 좀 도와주어야겠어. 이건 정말 중요한 일이야!"

물쥐가 내숭을 떨며 말했다.

"노 젓기 말이지. 넌 꽤 잘하고 있어. 여전히 물을 많이 튀기긴 하지만 엄청난 인내심을 가지고 충분히 지도를 받으면 너도……."

두꺼비가 아주 넌더리가 난다는 듯이 말을 가로막았다.

"흥, 쳇! 뱃놀이라니! 철없는 애들이나 하는 놀이지. 난 벌써 오래전에 그만뒀어. 쓸데없는 시간 낭비일 뿐이야. 정말이라니까. 너희들도 잘 알겠지만 그런 의미 없는 일에 온 힘을 쏟아붓는 걸 보니 정말 실망스러워. 난 진짜로 일생을 걸 만한 일을 발견했어. 그 일에 나의 남은 생을 바칠 거야. 지금까지 하찮은 일들을 하면서 허비한 날들이 후회스럽기만 하다니까. 이리 와 봐, 물쥐야. 네 다정한 친구도 괜찮다면 같이 마구간 뒤뜰로 가 보자. 너희들이 뭘 보게 될지 알게 될 거야!"

두꺼비는 두 동물을 마구간 마당으로 데려갔다. 물쥐는 정말 못 믿겠다는 표정을 지으며 따라갔다. 거기에는 마차 보관소에서 공터로 끌고 온 마차가 한 대 서 있었다. 마차는 카나리아처럼 선명한 노란색이었고 바퀴는 새빨간 색으로 칠해져 있었다. 두꺼비가 가슴에 힘을 주고 두 다리로 당당하게 버텨 선 채 큰 소리로 말했다.

"저기 있어! 저 작은 마차에 너희들을 위한 진정한 삶이 새겨져 있어. 탁 트인 길, 먼지가 날리는 고속도로, 황무지, 공원, 관목 덤불, 구불구불한 내리막길! 야영지, 마을, 읍내, 도시! 오늘은 여기, 내일은 또 어딘가로! 여행, 변화, 재미, 흥분! 온 세상이 네 앞에 있고 지평선은 항상 바뀌지! 그리고 알아 둬, 이 마차는 지금까지 만들어진 것 중에 최고야. 진짜라고. 안에 들어가서 준비된 걸 봐. 모두 내가 직접 마련한 거야, 내가 했다고!"

흥분한 두더지는 엄청나게 관심이 생겼고 기꺼이 두꺼비와 함께 계단을 올라 마차 안으로 들어갔다. 물쥐는 콧방귀만 뀌면서 주머니 깊숙이 손을 찌른 채 그 자리에 남아 있었다.

마차는 정말로 오밀조밀하고 아늑했다. 작은 침대들, 접어서 벽에 붙여 놓은 조그마한 탁자, 풍로, 사물함, 책장, 새가 한 마리 들어 있는 새장도 있었다. 냄비, 프라이팬, 물병, 주전자가 크기별, 종류별로 갖춰져 있었다. 두꺼비가 의기양양하게 사물함을 열며 말했다.

"모두 완벽해! 보다시피 비스킷, 바닷가재 통조림, 정어리도 있어. 아마 네가 원하는 건 다 있을 거야. 탄산음료는 여기 있고 담배는 저기 있어. 편지지, 베이컨, 잼, 카드, 도미노도 있어."

두꺼비가 마차 계단을 내려가면서 말을 이었다.

"빠뜨린 건 하나도 없다는 걸 알게 될 거야. 우리가 오늘 오후에 출발하면 말이야."

물쥐가 지푸라기를 씹으면서 느릿느릿 말했다.

"뭐라고 하는 거야? '우리', '출발', '오늘 오후'라는 말이 들리는
것 같던데?"

두꺼비가 애원하듯이 말했다.

"자, 친애하는 착한 물쥐 친구. 시작부터 그렇게 시큰둥한 얼굴
로 같잖다는 듯이 말하지는 말라고. 너도 함께 가야 하는 거 알잖
아! 네가 없으면 안 돼. 그러니까 그렇게 정해졌다고 치고 따지지
말게. 말다툼은 질색이거든. 너 설마 그 따분하고 케케묵은 강에
딱 붙어서 강둑에 난 구멍과 배에서 평생 살 생각은 아니지? 너한
테 세상을 보여 주고 싶어! 널 정말 동물답게 만들어 줄게, 친구!"

물쥐가 고집스럽게 말했다.

"됐어. 난 가지 않을 거야. 그러니 더 이상 말하지 마. 난 내 고
향, 강에 딱 붙어서 강둑에 난 구멍과 배에서 살 거니까. 지금까지
처럼 말이야. 그리고 두더지는 나를 따라 내 옆에 꼭 붙어서 내가
하자는 대로 할 거야. 그렇지, 두더지야?"

두더지가 충성스럽게 대답했다.

"그럼, 난 항상 네 옆에 있을 거야, 물쥐야. 네가 말한 대로 될
거야. 그렇게 돼야지."

그러고는 부러운 듯이 덧붙였다.

"그렇지만 아마도, 그러니까 조금은 재미있을 것도 같아. 알다시
피!"

가엾은 두더지! 모험이 가득한 생활은 두더지에게 너무나 새롭
고 흥분되는 일이었다. 그리고 그런 생활이 주는 신선함은 너무나

매혹적이었다. 두더지는 샛노란 마차와 그 안에 있는 앙증맞은 가구들을 보자마자 첫눈에 반해 버리고 말았다.

물쥐는 두더지의 마음속으로 무엇이 지나가는지 알고는 망설였다. 물쥐는 남을 실망시키는 게 싫었다. 그리고 물쥐는 두더지를 좋아했으며 두더지를 돕는 일이라면 뭐든지 하고 싶었다. 두꺼비가 두더지와 물쥐를 주의 깊게 지켜보았다.

두꺼비가 약삭빠르게 말했다.

"안으로 들어가 먹으면서 얘기하자. 급하게 결정할 필요는 없잖아. 물론 난 정말 상관없어. 너희들을 기쁘게 해 주고 싶을 뿐이야. '남을 위해 살자!'가 내 인생 좌우명이거든."

물론 두꺼비 저택의 모든 것이 그렇듯이 점심 식사도 아주 훌륭했다. 점심을 먹는 동안 두꺼비는 마음 놓고 떠들었다. 물쥐가 있거나 말거나, 두꺼비는 경험이 없는 두더지를 하프 켜듯 가지고 놀았다. 두꺼비는 천성적으로 입심이 좋고 상상력이 풍부해서 여행에 대한 전망과 탁 트인 야외 생활과 길가의 즐거움을 화려하게 풀어놓았다. 두더지는 흥분해서 거의 의자에 앉아 있지도 못할 지경이었다.

어쨌든 셋이 함께 여행을 떠나는 게 당연한 것처럼 보였다. 그리고 물쥐는, 마음속으로 여전히 결정하지 못했지만 착한 천성 때문에 혼자서 계속 반대하지도 못했다. 두 친구를 실망시킬 수가 없었다. 두 친구는 이미 기대와 포부에 푹 빠져서 앞으로 몇 주일 동안 날마다 무엇을 하며 지낼지 계획을 세우고 있었다.

준비가 끝나자 두꺼비는 의기양양하게 친구들을 이끌고 목장으로 가서 늙은 회색 말을 잡아 오라고 시켰다. 회색 말은 두꺼비가 자신과 아무런 상의도 없이, 먼지를 잔뜩 뒤집어써야 하는 여행을 계획했다는 사실에 바짝 약이 올랐다. 말이 목장에 남아 있고 싶어 했기 때문에 붙잡기가 힘들었다. 그사이 두꺼비는 사물함에 필요한 물건을 더 챙겨 넣었고, 풀을 담아 말의 목에 채울 수 있는 주머니와 양파 자루와 건초더미와 마차 바닥에서 꺼내 온 바구니들을 매달았다. 마침내 말을 잡아서 마구를 채우는 데 성공한 동물들은 떠들썩하게 길을 떠났다. 저마다 마차 옆에서 터덜터덜 걷거나 끌채(*수레나 마차의 양쪽에 대는 긴 채.)에 앉아서 말의 비위를 맞췄다. 황금빛 오후였다. 동물들 발길에 차인 먼지에서는 풍부하고 만족스러운 냄새가 났다. 길 양쪽으로 나무가 빽빽이 들어찬 과수원에서는 새들이 명랑하게 노래를 부르고 있었다. 마음씨 좋은 여행자들이 새들 옆을 지나가면서 '안녕.' 하고 인사했고, 아름다운 마차에 대해서 칭찬을 하려고 멈춰 서기도 했다. 토끼들은 산울타리에 난 입구에 앉아서 앞발을 들고 '어머나! 세상에! 어머나!' 하고 감탄했다.

늦은 저녁이 되자 집에서 몇 킬로미터 떨어진 곳까지 왔다. 동물들은 피곤한 몸으로 주택가에서 멀리 떨어진 곳에 마차를 세우고 말이 풀을 먹을 수 있도록 고삐를 느슨하게 풀어 주었다. 그리고 그 옆 풀밭에 앉아서 간단하게 저녁을 먹었다. 두꺼비는 앞으로 며칠 동안 무엇을 할 것인지 큰 소리로 떠들며 잘난 체했다. 머리 위로 뜬 별이 점점 더 커지고 많아지는 동안, 어디선지 모르게 노란 달이 소리도 없이 나타나서 동물들과 어울려 그들의 이야기에 귀를 기울였다. 마침내 동물들은 마차의 작은 침대에 누웠고 두꺼비는 다리를 쫙 뻗으며 졸린 목소리로 말했다.

"자, 다들 잘 자게, 친구들! 이거야말로 신사의 진짜 생활이야! 네 고향 강에 대해선 얘기도 꺼내지 마!"

인내심 많은 물쥐가 말했다.

"난 내 강에 대해서 이야기하지 않아. 내가 말 안 하는 거 너도 알잖아, 두꺼비야. 하지만 고향 생각은 해도 돼."

물쥐가 낮은 목소리로 서글프게 덧붙였다.

"고향 생각이야 항상 하지!"

두더지는 담요 아래로 손을 뻗어서 어둠 속에 숨어 있는 물쥐의 앞발을 찾은 다음 꽉 잡아 주었다. 두더지가 속삭였다.

"네가 좋아하는 건 뭐든 다 해 줄게. 내일 새벽같이 일어나서 도망갈까? 아주 일찍. 강에 있는 우리 굴로 돌아갈까?"

그러자 물쥐가 속삭이며 대답했다.

"아니, 아냐. 나중에 가 보자. 정말 고마워. 하지만 이 여행이 끝날 때까지 두꺼비 옆에 붙어 있어야 해. 두꺼비는 혼자 있으면 위험할 거야. 오래 걸리지 않을 테니까. 녀석은 변덕이 죽 끓듯 하거든. 잘 자!"

여행의 끝은 물쥐가 생각했던 것보다 더 가까이에 있었다.

두꺼비는 바깥공기를 너무 많이 쐰 데다 무척 흥분한 뒤라서 아주 깊이 잠들었고, 다음날 아침 아무리 흔들어도 도무지 잠에서 깰 생각을 하지 않았다. 그래서 두더지와 물쥐는 조용하고 단호하게 돌아섰다. 물쥐가 말을 돌보고 불을 지피고 어젯밤 사용한 컵과 접시를 씻고 아침을 준비하는 동안, 두더지는 제일 가까운 곳에 위치한 마을까지 한참을 걸어가서 우유와 달걀과 여러 가지 필요한 것들(물론 두꺼비가 잊어버리고 준비하지 못한 것들이었다.)

을 사 왔다. 두 동물이 힘든 일을 다 마치고 완전히 지쳐서 쉬고 있는데 두꺼비가 즐겁고 상쾌한 얼굴로 나타나서 집안일에 대한 근심과 걱정과 피로가 없으니 이 얼마나 기분 좋고 편한 생활이냐고 말했다.

동물들은 그날 풀로 덮인 내리막길과 좁은 샛길을 따라서 이리저리 즐겁게 돌아다녔고, 전날처럼 공원에서 캠핑을 했다. 두 손님은 이번엔 두꺼비까지 공평하게 일을 나눌 수 있도록 신경 썼다. 그래서 다음날 아침을 맞을 때 두꺼비는 원시적인 생활의 소박함에 대해서 더 이상 열광하지 않았다. 오히려 다시 잠자리로 돌아가려고 하는 바람에 억지로 끌려 나왔다. 동물들은 전날처럼 좁은 샛길을 따라 마을을 가로질러 나아갔고 오후가 되기 전에 큰길로 들어섰다. 생전 처음 보는 큰길이었다. 그리고 거기에서 예상하지 못한 재앙이 그들 앞에 튀어나왔다. 그들의 여행에서 정말로 대단한 사건이었지만, 나중에 두꺼비의 생활에도 엄청난 영향을 끼치게 된다.

동물들은 큰길을 따라서 한가하게 걷고 있었다. 두더지는 말의 머리에 앉아서 말과 이야기를 나누었다. 말이 자기만 완벽하게 무시당하고 아무도 자기 생각을 해 주지 않는다고 투덜거렸기 때문이다. 두꺼비와 물쥐는 마차 뒤에서 이야기를 나누며 걸어왔다. 아무튼 두꺼비는 말을 걸었고 물쥐는 그 사이사이 '응, 그렇고말고. 그래서 넌 걔한테 뭐라고 했는데?' 하고 상대해 주었다. 그러는 동안 내내 저 멀리서 벌이 붕붕거리는 것 같은 희미한 소리가 들려 이상하다고 생각했다. 물쥐가 뒤를 돌아보니 엄청난 기운을 지닌 검은 물체가 작은 먼지구름을 일으키면서 그들을 향해 놀라운 속도로 다가오고 있었다. 먼지구름에서 희미하게 '뿡뿡!' 하고 몸이 불편한 동물이 고통스럽게 우는 소리와 비슷한 소리가 났다. 동물들은 그 소리에는 거의 신경 쓰지 않고 다시 하던 이야기로 돌아갔지만 평화롭던 광경은 곧바로 바뀌었다. 거센 바람이 일고 요란한 소리가 나서 모두 가까운 도랑으로 뛰어들어야 했다. 그것이 동물들을 덮치고 있었다! '뿡뿡' 하는 놋쇠 소리가 요란하게 그들의 귀에 울렸고, 동물들은 반짝이는 유리창 안과 부드러운 염소 가죽을 힐끗 볼 수 있었다. 어마어마하게 크고 숨 막힐 정도로 멋지고 아름다운 자동차였다. 운전사는 바짝 긴장한 채 운전대를 꽉 잡고서 눈 깜짝할 새에 땅과 공기를 횅하니 가르고 지나갔다. 먼지구름이 일어서 앞이 하나도 보이지 않고 동물들은 먼지를 뒤집어썼다. 그런 다음 자동차는 또다시 붕붕거리는 벌처럼 멀리 한 점이 되어 사라져 갔다.

늙은 회색 말은 터벅터벅 걸으면서 자기가 살던 조용한 목장을 꿈꾸다가 갑자기 그런 일을 당하자 자연스럽게 본성을 드러냈다. 두더지가 말의 머리 위에서 아무리 애를 써도 말은 앞발을 쳐들고 날뛰면서 자꾸만 뒷걸음질쳤다. 두더지가 줄기차게 달래며 기분을 풀어 주려고 했지만, 말은 마차를 후진으로 몰아 길가에 있는 도랑에 처박고 말았다. 마차가 순간적으로 흔들렸다. 곧이어 와르르 가슴이 부서지는 소리가 났다. 그리고 동물들의 자랑이자 기쁨인 샛노란 마차는 걷잡을 수 없을 정도로 부서져서 도랑 한쪽에 처박히게 되었다.

물쥐는 화를 참지 못하고 길에서 폴짝폴짝 뛰면서 주먹을 휘두르고 소리를 질렀다.

"이 불한당! 이 악당, 이 노상강도, 이, 이…… 폭주족! 경찰에 알릴 거야! 신고한다고! 모두 법정에 세우고 말겠어!"

집에 대한 그리움은 싹 사라졌다. 그 순간 물쥐는 경쟁자보다 앞서 나가려고 무모하게 다투다가 모래톱에 처박힌 커다란 노란색 선박의 선장과 같았다. 소형 증기선이 강둑에 너무 가까이 다가오는 바람에 강물이 물쥐의 집 양탄자까지 들어오는 일이 종종 있었는데, 물쥐는 그때 그 선장들에게 했던 매섭고 멋진 말들을 떠올리려고 애썼다.

두꺼비는 먼지 나는 길 한가운데에 두 다리를 뻗고 등을 곧추세우고 앉아서 자동차가 사라져 간 방향을 뚫어져라 바라보았다. 두꺼비는 짧게 숨을 쉬면서 차분하고 만족스러운 얼굴로 이따금 "뿡뿡!" 하고 힘없이 중얼거렸다.

두더지는 말을 진정시키느라 딴 겨를이 없었다. 한참이나 그렇게 애쓴 뒤에야 말을 안정시킬 수 있었다. 그런 다음 두더지는 도랑으로 내려가서 마차의 한쪽을 살펴보았다. 정말 비참한 광경이었다. 창문은 박살났고 차축은 형편없이 구부러진 데다 바퀴 하나가 빠져 버렸고 새장에 있던 새는 가엾게 흐느끼면서 꺼내 달라고 삑삑대고 있었다. 물쥐가 두더지를 도우러 갔다. 둘이 힘을 합쳐도 마차를 일으켜 세우기엔 힘이 부쳤다.

"이봐! 두꺼비야! 와서 좀 도와줘!"

하지만 두꺼비는 대답도 하지 않은 채 그 자리에서 꿈쩍도 하지 않았다. 그래서 두더지와 물쥐는 무슨 일인가 보려고 두꺼비에게 다가갔다. 두꺼비는 최면에 빠진 것처럼 얼굴 가득 행복한 미소를 짓고 있었고 파괴자가 먼지를 일으키며 지나간 흔적에서 눈길을 뗄 줄 몰랐다. 이따금 "뺑뺑!" 하고 중얼거리는 소리도 들렸다. 물쥐가 두꺼비의 어깨를 흔들며 정색을 하고 말했다.

"와서 도와주지 않을 거야, 두꺼비야?"

두꺼비는 여전히 꿈쩍도 않고 중얼거렸다.

"놀랍도록 멋져서 마음이 흔들려! 움직임이 한 편의 시 같아! 이 거야말로 진짜 여행하는 방법이야! 유일하게 여행하는 방법이라 고! 오늘은 여기…… 내일 그리고 일주일 뒤엔 어디일까! 마을이 계속 바뀌고 읍내와 도시는 활기가 넘쳐. 항상 지평선이 바뀔 거 야! 아, 세상에! 아, 뺑뺑! 이런, 세상에!"

두더지가 절망적으로 소리쳤다.

"아, 바보 같이 굴지 좀 마, 두꺼비야!"

두꺼비가 꿈꾸듯이 말했다.

"이걸 모르고 있었다니! 얼마나 많은 시간을 낭비했는지 정말 몰랐어. 꿈도 못 꿨어! 하지만 이젠, 이젠 알았어. 완전히 다 알았 다고! 앞으로 내 앞엔 정말 아름다운 꽃길이 펼쳐질 거야! 마구 속 도를 내서 달리면 뒤에서 얼마나 많은 먼지구름이 일어날까? 이렇 게 엄청난 일을 당하지 않았다면 얼마나 많은 마차를 부주의하게 수렁에 처박았을까? 작은 마차는 지긋지긋해. 평범한 마차, 샛노란 마차!"

두더지가 물쥐에게 물었다.

"두꺼비를 어떻게 해야 하지?"

물쥐가 딱 잘라서 대답했다.

"아무것도 없어. 왜냐하면 아무것도 해 줄 게 없으니까. 알다시 피 나는 오래전부터 두꺼비를 알고 지내 왔어. 지금 두꺼비는 단단히 홀렸어. 뭔가 새로운 것에 미쳐 있고, 처음엔 항상 저래. 앞으로 며칠 동안은 행복한 꿈을 꾸는 동물처럼 저러고 다닐 거야. 실용적인 목적을 따지면 정말 쓸모없는데도 말이야. 신경 쓰지 마. 가서 마차나 어떻게 할지 살펴보자."

두더지와 물쥐는 마차를 자세히 조사했고 혹시 둘이서 마차를 똑바로 세우더라도 더 이상 마차를 타고 여행하지 못할 것이라는 사실을 알았다. 차축은 어찌해 볼 도리가 없이 망가졌고 빠진 바퀴는 산산조각이 나 있었다.

물쥐는 말고삐를 자기 등 뒤로 돌려 묶고는 말 머리를 붙잡았다. 한 손에는 날카롭게 울어 대는 새가 든 새장을 들었다. 물쥐가 우울한 목소리로 두더지에게 말했다.

"가자! 가장 가까운 마을도 팔구 킬로미터는 가야 할 거야. 걸어가는 수밖에 없어. 빨리 출발할수록 좋아."

두더지가 출발하면서 걱정스럽게 물었다.

"하지만 두꺼비는 어쩌고? 여기 길 한가운데에 혼자 두고 갈 순 없어. 제정신도 아니잖아. 너무 위험해. 아까 그것 같은 놈이 또 나타날지도 모르잖아?"

물쥐가 사납게 말했다.

"어휴, 성가신 두꺼비 같으니라고. 저 녀석과는 이제 끝이야."

하지만 두더지와 물쥐가 길을 떠난 지 얼마 못 가서 뒤에서 탁탁 발소리가 들려왔다. 어느새 두꺼비가 뒤쫓아 와서 둘 사이에 끼어들어 팔짱을 꼈다. 두꺼비는 여전히 숨을 헐떡이며 멍하니 하늘을 바라보았다. 물쥐가 날카롭게 말했다.

"자, 이봐, 두꺼비야! 우리가 마을에 도착하면 넌 곧장 경찰서로 달려가서 그 자동차에 대해서 아는 게 있는지, 누구의 차인지 알아보고 고소해. 그런 다음 대장간이나 바퀴 수리 가게에 가서 마차를 실어다 고치고 바로잡으라고 해. 시간이 걸릴 거야. 하지만 손도 못 댈 정도로 부서지진 않았어. 나와 두더지는 여관에 가서 마차를 고치고 네가 충격에서 벗어날 때까지 편안하게 묵을 만한 방이 있는지 알아볼게."

두꺼비가 꿈꾸듯이 웅얼거렸다.

"경찰서! 고소! 그 아름다운 것을 고소하라고? 하늘이 특별히 나에게 보여 준 모습을 말이야? 마차를 고치라니! 이제 마차는 영원히 끝이야. 그 마차는 보고 싶지도 않고 다시는 마차라는 말을 듣고 싶지도 않아. 아, 물쥐야. 네가 이 여행에 따라와 줘서 얼마나 고마운지 몰라! 너 없이는 아무 데도 못 갔을 거야. 그걸 보지도 못했을 거야. 그건 백조고 햇살이고 번개야! 그렇게 넋을 빼는 소리도 처음 들었고 그렇게 황홀한 냄새도 처음 맡았어! 이게 모두 세상에서 제일가는 친구인 너희들 덕분이야!"

물쥐가 절망적인 심정으로 두꺼비에게 몸을 돌렸다. 그러고는 두꺼비의 머리 너머로 두더지를 보며 말했다.

"너도 봤지? 이 친구는 정말 못 말려. 난 두 손 다 들었어. 마을에 도착하면 기차역으로 갈 거야. 운이 좋으면 거기서 오늘 밤 강둑으로 가는 기차를 탈 수 있을지도 몰라. 누구든 이 짜증 나는 동물을 데려가라고 붙잡기만 해 봐!"

물쥐는 씩씩거렸다. 그리고 이내 지쳐서 터벅터벅 걸어가는 동안 내내 거의 두더지에게만 말을 걸었다.

마을에 도착하자마자 두더지와 물쥐는 곧바로 기차역으로 향했고 두꺼비를 이등칸 열차 대합실에 앉혀 놓았다. 그리고 짐꾼에게 2펜스를 주면서 두꺼비를 잘 감시해 달라고 부탁했다. 둘은 말을 여관 마구간에 맡기고 마차와 짐을 가져오라고 지시를 내렸다. 마침내 완행열차는 두꺼비 저택에서 그리 멀지 않은 역에 도착했다. 두더지와 물쥐는 마법에 걸리고 몽유병에 걸린 것처럼 걷는 두꺼비를 집까지 데리고 가서 집 안에 밀어 넣었다. 그러고는 두꺼비에게 음식을 주고 옷을 벗겨서 잠자리에 누이라고 가정부에게 시켰다. 그제야 두더지와 물쥐는 보트 창고에서 배를 꺼내 물가에 있는 집으로 노를 저어 갈 수 있었다. 둘은 아주 늦은 시간이 되어서야 강가의 응접실에 편히 앉아 저녁을 먹을 수 있었다. 물쥐는 매우 기쁘고 만족스러웠다.

이튿날 저녁 두더지는 느지막이 일어나 하루 종일 한가하게 보내며 강둑에서 낚시를 하고 있었다. 친구들을 찾아가서 수다를 떨던 물쥐가 두더지를 찾아왔다. 두더지가 새로운 소식을 전했다.

"소식 들었어? 강 마을에선 온통 그 얘기뿐이야. 두꺼비가 오늘 새벽같이 기차를 타고 시내로 나갔대. 그러고는 아주 크고 엄청 비싼 차를 주문했대."

3. 천연림

두더지는 오래전부터 오소리 아저씨와 친하게 지내고 싶었다. 다른 동물들의 얘기를 들어 보면, 오소리 아저씨는 비록 자주 모습을 드러내지는 않지만 모두에게 보이지 않는 영향력을 끼칠 정도로 중요한 존재였다. 하지만 두더지가 물쥐에게 자기 소망을 이야기하면 물쥐는 오소리 아저씨를 소개시켜 주는 일을 미루기만 했다. 물쥐는 늘 이렇게 말했다.

"괜찮아. 오소리 아저씨는 언젠가 직접 나타날 거야. 항상 그렇거든. 그때 소개시켜 줄게. 정말 멋진 분이야! 그러니까 아저씨를 보는 즉시 그리고 아저씨를 볼 때마다 붙잡아야 할 거야."

두더지가 말했다.

"이리 오시라고 부탁하면 안 돼? 저녁 식사 때나 뭐 그런 때?"

물쥐가 딱 잘라 대답했다.

"오지 않을 거야. 오소리 아저씨는 모임이나 초대, 저녁 식사 같은 걸 전부 싫어하거든."

"음, 그럼 우리가 찾아가는 건 어때?"

두더지가 의견을 내놓았다. 물쥐가 깜짝 놀란 듯 말했다.

"그런 건 전혀 좋아하지 않을 게 분명해. 아주 부끄러움이 많아
서 틀림없이 기분 나빠할 거야. 난 오소리 아저씨를 아주 잘 알지
만 직접 집까지 찾아갈 생각은 꿈에도 못해. 게다가 거기까지 갈
수도 없어. 천연림 한가운데에 살기 때문에 찾아가는 게 불가능하
거든."

"아무리 오소리 아저씨가 그렇다 해도 천연림은 괜찮은 곳이라
고 네가 말했잖아."

물쥐가 얼버무리듯 대답했다.

"아, 그래, 그거. 그렇긴 하지. 하지만 지금 당장 거기로 갈 수는
없어. 아직은 말이야. 아주 멀거든. 게다가 해마다 이맘때면 오소
리 아저씨는 집에 있지도 않아. 조용히 기다리고 있으면 언젠가 나
타날 거야."

두더지는 그 정도로 만족해야 했다. 오소리 아저씨는 한 번도
모습을 드러내지 않았지만 날마다 재미있는 일들이 생겼다. 머지
않아 여름이 지나갔다. 찬바람과 서리와 진창길 때문에 동물들은
집 안에만 머물렀고 불어난 강물은 뱃놀이를 하지 못할 정도로 빠
르게 창문 밖으로 흘러갔다. 두더지는 또다시 천연림 한가운데 위
치한 굴에서 혼자 외롭게 살고 있는 회색 오소리 아저씨에 대해 깊
이 생각했다.

겨울이 되자 물쥐는 잠자리에 일찍 들고 늦게 일어나면서 잠을
아주 많이 잤다. 깨어 있는 짧은 시간 동안에는 시를 끼적이기도

44

하고 소소한 집안일을 했다. 물론 늘 동물들이 물쥐네 집에 들러 수다를 떨었다. 옛이야기가 많이 오갔고 그때와 지난여름을 비교하며 의견을 나누었다.

되돌아보면 누가 봐도 풍부한 이야기였다! 화려하고 수많은 삽화 같았다! 변화무쌍하고 흥미로운 강둑은 당당한 풍경 사진처럼 끊임없이 이어졌다. 일찍부터 강가를 따라 무성하게 핀 보라색 털부처꽃이 거울 같은 수면에 자기 얼굴을 비추며 엉킨 머리카락을 흔들어 댔다. 분홍바늘꽃이 다정하면서 아쉬운 표정으로 해질녘의 분홍 구름처럼 천천히 그 뒤를 따랐다. 보라색 컴프리와 흰색 컴프리가 자리를 놓치지 않으려고 손에 손을 잡고서 나란히 앞으로 나왔다. 마침내 어느 날 아침 늦은 들장미가 조심스럽고 우아하게 무대에 발을 디뎠다. 현악곡이 위풍당당한 화음의 가보트(*과거 프랑스에서 유행하던 춤곡.)로 바뀌기라도 한듯 드디어 6월이 왔다. 아직도 등장하지 않은 친구가 있었다. 정령에게 구애하려는 양치기 소년, 창가에서 숙녀를 기다리는 기사, 사랑의 입맞춤으로 잠자는 여름을 깨우려는 왕자들이었다. 하지만 멋지고 당당하며 향기로운 조팝나무가 우아하게 자리를 잡자 연극이 시작될 준비가 끝났다.

연극은 얼마나 멋졌던가! 바람과 비가 문을 두드리는 동안 나른한 동물들은 아늑한 자기 굴에 누워 해 뜨기 한 시간 전까지, 수면 가까이 하얀 안개가 껴 있던 추운 아침을 생각하고 있었다. 그리고 이른 아침에 둑을 따라 날렵하게 헤엄칠 때에 느꼈던 떨림과 갑자기 해가 다시 솟아나서 잿빛의 땅과 공기와 물이 황금빛으로 바뀌고 화려한 빛깔이 대지 위로 불쑥 튀어나오던 일도 떠올렸다. 뜨거운 한낮에 한 줄기 가느다란 햇살과 뜨거운 점처럼 내리쬐던 태양, 푸른 덤불 깊숙한 곳에서 즐기던 나른한 낮잠, 오후의 뱃놀이와 물놀이, 흙먼지 나는 길을 따라 옥수수가 노랗게 익어 가는 들녘을 한가하게 거닐던 일, 마침내 수많은 생명이 모이고 수많은 우정이 둘러앉아서 다음날 있을 수많은 모험을 계획했던 때도 떠올렸다. 짧은 겨울 낮에 불가에 둘러앉아 나눌 이야기는 풍성했다. 하지만 두더지에게는 여전히 시간이 아주 많이 남아돌았다. 어느 날 오후 물쥐가 안락의자에 앉아 운율이 맞지 않는 시를 고치려고 애쓰며 꾸벅꾸벅 졸고 있을 때, 두더지는 혼자 밖으로 나가 천연림을 탐험하기로 마음먹었다. 어쩌면 우연히 오소리 아저씨를 만나 사귈 수 있을지도 모를 일이었다.

아직 오후의 하늘은 차가운 쇠처럼 추웠다. 두더지는 따뜻한 거실에 있다가 살그머니 밖으로 나갔다. 밖은 황량했고 주위에는 나뭇잎 하나 없어서 두더지는 처음으로 아주 멀리까지 바라볼 수 있었다. 그리고 주위도 자세히 살펴볼 수 있었다. 자연은 연례행사인 깊은 잠에 빠져 있었다. 옷을 벗어 버린 겨울날의 잡목림, 작은 골짜기, 돌산 그리고 여름에는 나뭇잎이 우거져서 비밀스러웠던 땅굴 같은 은신처가 이제는 애처로울 정도로 맥없이 속을 드러내고 있었다. 예전처럼 많은 장식으로 덮여 속임수를 쓸 수 있을 때까지 낡고 초라한 모습을 못 본 체해 달라고 부탁하는 것 같았다. 어떻게 보면 가엾기도 했지만 어떻게 보면 기분 좋고 신이 나기까지 했다. 두더지는 매서운 날씨에 꾸밈없이 헐벗은 경치를 보는 게 아주 좋았다. 두더지는 말라비틀어진 자연을 향해 다가갔다. 자연은 섬세하고 꿋꿋하며 소박했다. 두더지는 따뜻한 토끼풀을 먹고 싶지도 않았고 풀씨를 뿌리는 놀이도 하고 싶지 않았다. 산울타리 장벽과 커튼처럼 굽이치는 너도밤나무와 느릅나무는 멀리서도 잘 보였다. 두더지는 신이 나서 고요한 남쪽 바다 어딘가의 검은 암초처럼 자기 앞에서 위협하는 천연림을 향해 나아갔다.

처음 들어갈 때는 조금도 무섭지 않았다. 잔가지가 발아래에서 딱딱 소리를 내면서 부러졌고 통나무에 걸려 넘어지기도 했다. 그루터기에 난 버섯은 우스꽝스러운 그림을 닮았고 두더지는 어디서 많이 본 듯한 기분이 들어 깜짝 놀랐다. 모든 것이 즐겁고 신 났다. 숲은 두더지를 유혹했다. 숲 속으로 들어갈수록 나무는 점점 더 빽빽해지고 빛은 적어졌다. 동굴들이 두더지를 향해 못생긴 입구를 벌리고 있었다.

주위는 조용했다. 땅거미가 사방에서 천천히 몰려오고 빛이 홍수처럼 빠져나갔다. 그러더니 얼굴들이 나타났다.

처음에 두더지는 어깨 너머로 희미한 얼굴을 봤다고 생각했다. 쐐기 모양의 작고 못된 얼굴이 구멍에서 두더지를 내다보았다. 몸을 돌려 마주 서자 얼굴이 사라졌다.

두더지는 상상하지 말자고, 그렇지 않으면 끝이 없을 거라고 기분 좋게 혼잣말하면서 빨리 걸었다. 다른 굴을 지나고 또 지나고 또 지났다. 그러자 그래! 아냐! 그래! 보인다, 안 보인다. 갸름한 얼굴에 매서운 눈이 굴에서 잠깐 동안 번쩍이다가 사라졌다. 두더지는 망설였다. 기운을 내서 있는 힘껏 성큼성큼 걸었다. 그러자 갑자기 사방에서 수백 개는 됨직한 얼굴이 한꺼번에 나타났다가 사라졌다. 모두 적의와 혐오에 찬 시선으로 두더지를 뚫어져라 보고 있었다. 하나같이 눈매가 매섭고 못되고 날카로웠다.

두더지는 비탈에 있는 굴에서 벗어나기만 하면 더 이상 얼굴이 보이지 않을 거라고 생각했다. 그래서 몸을 돌려 길에서 벗어나 아무도 다닌 적 없는 곳으로 뛰어들었다.

그때 휘파람 같은 소리가 들리기 시작했다.

처음에는 아주 희미하고 날카로운 소리가 저 멀리서 들려왔다. 왜 그런지 모르겠지만 두더지는 그 소리를 듣고 서둘러 앞으로 나아갔다. 그러다가 여전히 희미하고 날카로운 소리가 앞쪽에서 들려오자 멈칫했다. 뒤로 돌아가고 싶었다. 망설이며 멈춰 있을 때 그 소리가 두더지를 따라잡은 듯 양쪽에서 들려왔다. 그러고는 숲 저 멀리까지 꿰뚫고 지나갔다. 경계심을 풀지 않은 듯 높은 휘파람 소리는 금방이라도 덤빌 것만 같았다. 게다가 두더지는 혼자였다. 무기도 없고 도움받을 곳도 없으며 밤은 다가왔다.

그때 후두둑 소리가 들리기 시작했다.

두더지는 그 소리가 너무 가냘프고 약해서 그저 나뭇잎이 떨어지는 소리인 줄 알았다. 그러다가 규칙적으로 들려오자 두더지는 그 소리가 아직 멀리 떨어져 있지만 작은 발이 톡톡 걷는 소리라는 걸 알아챘다. 앞에 있는 걸까, 아니면 뒤에 있는 걸까? 앞에 있는 것 같기도 하고 뒤에 있는 것 같기도 하고 둘 다인 것도 같았다. 소리는 점점 커지면서 여러 곳에서 들려왔다. 두더지는 이쪽으로 기댔다가 저쪽으로 기대며 걱정스럽게 귀를 기울였다. 소리가 사방에서 두더지에게 가까워 오는 것 같았다. 조용히 서서 귀를 기울이자 토끼 한 마리가 나무 사이에서 두더지에게 거세게 달려들었다. 두더지는 토끼가 속도를 늦추던지 다른 곳으로 방향을 바꾸기를 기대하며 그 자리에 선 채로 기다렸다. 하지만 토끼는 급히 달려 스치듯 지나가면서 굳은 얼굴로 두더지를 매섭게 째려봤다.

"여기서 나가, 이 멍청아. 나가라고!"

두더지는 토끼가 그루터기를 빙 돌아 낯익은 굴 아래로 사라지며 중얼거리는 소리를 들었다.

탁탁탁 소리가 점점 커지더니 갑자기 두더지 주위의 마른나무 양탄자 위로 퍼졌다. 이제 온 숲이 달음질치고 쫓고 쫓기며 뭔가에게로 다가가는 것 같았다. 아니면 누군가에게? 두더지도 덩달아 겁에 질려 달리기 시작했다. 자신이 어디에 있는지도 몰랐고 어디로 가는지도 몰랐다. 부딪치고 넘어지고 발이 빠지면서 쏜살같이 아래로 달리고 재빨리 피했다. 두더지는 마침내 오래된 너도밤나무의 어둡고 깊숙한 구멍에 몸을 숨겼다. 간신히 숨긴 했지만 그곳이 안전하다고 자신 있게 말할 수는 없었다. 어쨌든 두더지는 지쳐서 더 달릴 수 없었기 때문에 구멍 속에 들어 있는 마른 잎 아래로 파고들어갔고 무사할 수 있기만을 바랄 뿐이었다. 그리고 그곳에서 숨을 헐떡이며 밖에서 탁탁탁 들려오는 소리와 휘파람 소리에 귀를 기울였다. 그러다가 두더지는 마침내 분명히 깨달았다. 들판과 관목 숲에 사는 작은 동물들이 천연림을 두려워하는 이유는, 물쥐가 막아 주려고 했지만 결국 막지 못한 것은…… 바로 천연림에 대한 공포였던 것이다!

그사이 물쥐는 따뜻한 불 옆에서 편안하게 졸고 있었다. 시를 반쯤 쓰다 만 종이가 무릎 위에서 미끄러졌고, 머리를 뒤로 젖히고 입은 벌린 채 푸릇푸릇한 강둑을 거니는 꿈을 꾸고 있었다. 그때 석탄 하나가 미끄러지면서 탁탁 소리가 났고 한 줄기 불꽃이 뿜어져 나왔다. 물쥐는 깜짝 놀라 잠에서 깼다. 하던 일을 기억해 내고는 마루에 손을 뻗어 시를 쓴 종이를 들고 잠시 자세히 읽다가 운율에 맞는 단어를 아는지 물어보기 위해 주위를 둘러보며 두더지를 찾았다.

하지만 두더지는 거기에 없었다.

물쥐는 잠깐 귀를 기울였다. 집은 아주 조용했다. 물쥐는 '두더지야!' 하고 여러 번 불렀지만 아무 대답도 듣지 못하자 일어나서 현관으로 걸어갔다. 두더지의 모자를 늘 걸어 두던 옷걸이에 모자가 없었다. 우산꽂이 옆에 두던 장화도 보이지 않았다.

물쥐는 두더지의 발자국을 찾으려고 집 밖으로 나가서 진흙투성이 길 위를 조심스럽게 살펴보았다. 발자국이 뚜렷하게 남아 있었다. 겨울을 대비해 새로 산 장화라서 신발 바닥의 돌기 자국이 선명했다. 진흙 위에 찍힌 발자국은 곧장 천연림으로 향하고 있었다.

물쥐는 얼굴색이 변한 채 잠시 깊은 생각에 빠졌다. 그러더니 집으로 다시 들어가 허리띠를 맨 다음 권총을 차고 현관 구석에 세워 두었던 단단한 곤봉을 챙겨 들고서 잽싼 걸음으로 천연림을 향해 출발했다.

물쥐가 숲 가장자리에 도착했을 땐 어느새 해가 지고 있었다. 물쥐는 망설임 없이 숲으로 뛰어들어 친구의 흔적을 찾아 걱정스럽게 양쪽을 살펴봤다. 구멍 여기저기에서 작고 못된 얼굴들이 튀어나왔지만 권총과 험악한 곤봉을 지니고 있는 물쥐의 씩씩한 모습을 보고 곧 사라졌다. 숲에 들어설 때부터 분명하게 들리던 휘파람 소리와 탁탁거리는 발소리가 서서히 작아지더니 완전히 멎었다. 사방이 고요했다. 물쥐는 용감하게 숲을 뚫고 반대편으로 나아갔다. 길로 가지 않고 숲을 가로지르기로 했다. 물쥐는 숲 속을 샅샅이 뒤지면서 큰 소리로 두더지를 불렀다.

"두더지야, 두더지야, 두더지야! 어디 있니? 나야, 네 친구 물쥐!"

물쥐는 한 시간 넘게 숲을 뒤지며 끈기 있게 친구를 찾았다. 그리고 마침내 기쁘게도 자신의 부름에 대답하는 작은 소리를 들었다. 소리가 나는 곳을 향해서 땅거미를 뚫고 나아가 오래된 구멍이 있는 너도밤나무 발치로 다가갔다. 구멍 속에서 아주 작은 목소리가 들려왔다.

"물쥐야! 정말 너야?"

물쥐는 구멍 속으로 기어들어갔다. 그리고 안에서 지쳐 쓰러진 채 여전히 덜덜 떨고 있는 두더지를 발견했다. 두더지가 큰 소리로 말했다.

"오, 물쥐야! 너무 무서웠어. 넌 상상도 못할 거야!"

물쥐가 달래듯이 말했다.

"아니야, 나도 잘 알아. 넌 이런 식으로 집을 떠나지 말았어야 했어. 난 이런 일을 막으려고 최선을 다했다고. 우리 강둑에 사는 동물들은 혼자 이 천연림에 오지 않아. 꼭 와야 한다면 적어도 둘씩 짝을 지어 오지. 그땐 괜찮아. 게다가 우리는 다 알지만 넌 아직 모르는 게 백 가지는 될 거야. 암호나 신호 같은 거랑 효과가 있는 주문 말이야. 주머니에 넣어 다니는 약초, 외워야 하는 시, 익혀 둬야 하는 속임수 같은 것도. 하나같이 알고 나면 아주 간단하지만 어릴 때 배워 둬야 하는 것들이야. 나중에는 배우기 힘들거든. 물론 네가 오소리 아저씨나 수달이라면 다른 문제겠지만."

51

두더지가 물었다.

"분명히 용감한 두꺼비라면 여기 혼자 와도 괜찮을 거야, 그렇지?"

물쥐가 껄껄 웃으며 말했다.

"두꺼비? 두꺼비는 여기에 혼자 나타나지 않을 거야. 모자 가득 금을 담아 준다고 해도 안 올걸."

두더지는 물쥐가 거리낌 없이 웃는 소리에 힘이 불끈 솟았다. 물론 빛나는 권총과 몽둥이 덕분이기도 했다. 이젠 떨리지도 않았고 용기가 생기면서 기분도 몹시 좋아졌다.

물쥐가 말했다.

"자, 이제 정말로 진정하고 조금이라도 밝을 때 집으로 출발해야 해. 너도 알겠지만 여기서 밤을 보내는 건 안 돼. 너무 춥거든."

불쌍한 두더지가 말했다.

"물쥐야. 정말 미안해. 하지만 난 피곤해 죽을 지경이야. 정말이야. 여기서 조금만 더 쉬면서 기운을 좀 차릴게. 어쨌든 집에 가야한다면 말이야."

성격 좋은 물쥐가 말했다.

"그래, 알았어. 푹 쉬어. 아무튼 지금은 아주 칠흑같이 어두우니까. 조금 지나면 달이 뜰 거야."

두더지는 마른 나뭇잎 속에 자리를 잡고 팔다리를 쭉 뻗었다. 잠자리가 험하고 불편했지만 두더지는 곧 잠들었다. 그동안 물쥐도 따뜻하게 하려고 있는 힘을 다해 낙엽을 덮고 누워서 손에 권총을 쥔 채 끈기 있게 기다렸다.

마침내 두더지가 생기를 되찾고 평소 같은 모습으로 깨어나자 물쥐가 말했다.

"자, 이제 가자! 밖을 살펴보고 올게. 모든 게 조용하면 그땐 정말 출발해야 해."

물쥐는 숨은 곳 입구로 다가가서 머리를 내밀었다. 그때 두더지는 물쥐가 조용히 혼잣말하는 걸 들었다.

"이런! 이런! 이거 야단났군."

두더지가 물었다.

"무슨 일이야?"

물쥐가 짧게 대답했다.

"눈이야! 눈이 내리고 있어! 펑펑 쏟아져!"

두더지가 물쥐 옆으로 다가와 쭈그리고 앉아서 밖을 내다보았다. 그렇게 끔찍했던 숲이 아주 다르게 변해 있었다. 동굴, 구멍, 웅덩이, 함정, 나그네들을 성가시게 하면서 위협하던 것들이 빠르게 사라지고 있었다. 눈부시게 하얀 양탄자가 사방에 펼쳐졌다. 거친 발로 밟아 버리기에는 너무 여리고 빛나는 요정 나라의 양탄자였다. 고운 가루눈이 하늘을 뒤덮고 차가운 손길로 볼을 어루만졌다. 바닥을 덮은 눈이 빛나면서 거무튀튀한 나무줄기가 모습을 드러냈다.

물쥐가 잠깐 곰곰이 생각하더니 말했다.

"이런, 이런. 어쩔 수 없군. 이제 출발해야 해. 운에 맡기는 수밖에 없어. 가장 곤란한 문제는 우리가 정확히 어디에 있는지 모르겠다는 거야. 게다가 지금은 눈 때문에 모든 게 아주 달라 보여."

정말 그랬다. 두더지는 이곳이 어제와 다른 숲인 것만 같았다. 하지만 둘은 용감하게 출발했고 가장 괜찮아 보이는 길로 들어섰다. 소리 없이 으스스하게 둘을 맞이하는 낯선 나무들, 구멍과 틈, 여기저기 눈이 쌓이지 않아 전과 다름없이 시커멓고 눈에 익은 나무둥치가 보이는 길을 따라 둘은 꼭 붙어서 걸었다. 그리고 괜히 기운이 나는 체했다.

한두 시간쯤 지나자 둘은, 사실 시간이 얼마나 지나갔는지도 잊고 있었지만 풀이 죽은 채 지치고 기운도 빠져서 너른 바다에서 희망을 잃은 듯이 걸음을 멈춰 섰다. 그러고는 숨을 돌리고 쓰러진 나무줄기에 앉아서 이제 어떻게 해야 할지 생각해 보았다. 지친 데다 넘어져 멍까지 들었고 온몸이 쑤셨다. 웅덩이에도 여러 번 빠져서 흠뻑 젖었다. 눈이 너무 수북이 쌓여서 작은 발로 뚫고 나가기가 힘들었다. 숲은 더 빽빽해졌고 그 나무가 그 나무 같았다. 숲은 끝없이 펼쳐져 있는 것처럼 보였다. 시작도 끝도 없고 다 똑같아 보였다. 무엇보다 끔찍한 건 숲을 빠져나갈 길을 찾지 못하고 있다는 점이었다. 물쥐가 말했다.

"여기에 오래 앉아 있을 수는 없어. 또다시 힘을 내서 어떻게든 해봐야 해. 여긴 끔찍할 정도로 추워. 눈은 금세 우리가 헤치며 걷기 힘들 정도로 쌓일 거야."

물쥐는 주위를 찬찬히 둘러보고 나서 계속 말했다.

"나한테 좋은 생각이 있어. 저 아래로 가면 야트막하고 울퉁불퉁하고 언덕이 많은 작은 골짜기가 있어. 그리로 내려가서 눈과 바람이 들이치지 않는 굴이나 구덩이를 찾아보자. 바닥이 젖지 않은 곳으로 말이야. 거기에서 푹 쉰 다음 다시 출발하는 거야. 우리 둘다 아주 지쳤으니까. 게다가 눈이 그쳐도 위험할지 모르잖아."

그래서 둘은 다시 한 번 몸을 일으켜 작은 골짜기로 힘겹게 내려가 매서운 바람과 휘몰아치는 눈으로부터 보호막이 되어 줄 구멍이나 굴을 찾아다녔다. 물쥐가 울퉁불퉁한 언덕 가운데 하나를 살펴보고 있는데 갑자기 두더지가 꺄악 소리를 지르며 앞으로 넘어졌다.

"아이쿠, 다리야! 아이고, 정강이야!"

두더지는 눈 위에 앉아서 두 앞발로 다리를 감싸안았다. 물쥐가 상냥하게 말했다.

"가엾은 두더지! 오늘 정말 운이 나쁘구나, 그렇지? 다리 좀 보자."

물쥐는 무릎을 꿇고 두더지의 다리를 살펴보면서 말했다.

"그러네. 정말 정강이가 째졌어. 기다려. 내가 손수건으로 묶어 줄 테니까."

두더지가 서글프게 말했다.

"안 보이는 곳에 있는 가지나 둥치에 부딪힌 게 틀림없어. 아야! 아야!"

물쥐가 다시 조심스럽게 살펴보고는 말했다.

"상처가 심해. 가지나 둥치론 절대 이렇게 되지 않아. 꼭 날카로운 쇠끝에 긁힌 것 같아. 정말 이상해!"

물쥐는 잠깐 깊이 생각하더니 주위의 툭 튀어나온 땅과 비탈을 조사했다. 두더지가 너무 아파 더듬더듬 말했다.

"뭐가 그랬는지 신경 쓰지 마. 뭣 때문이었든 아픈 건 마찬가지야."

하지만 물쥐는 손수건으로 두더지의 다리를 조심스럽게 묶어 준 다음 두더지를 떠나 눈을 파내느라 정신이 없었다. 네 다리를 바쁘게 움직이며 긁고 파고 살펴보았다. 기다리는 사이사이 두더지는 조바심을 치며 물쥐를 불렀다.

"물쥐야, 이리와!"

갑자기 물쥐가 소리를 질렀다.

"만세!"

그러더니 눈 속에서 춤을 추기 시작했다.

"만세…… 마안세…… 마아아안세!"

두더지가 여전히 다리를 감싼 채 물었다.

"뭘 찾았는데?"

물쥐가 춤추며 즐겁게 말했다.

"와서 보라고!"

두더지는 다리를 절며 그곳으로 다가가서 자세히 살펴봤다. 그리고 마침내 천천히 말했다.

"음. 잘 봤어. 전에 많이 봤던 거야. 낯익은 물건이잖아. 신발 바닥을 탁탁 터는 깔판 말이야. 이게 왜? 왜 깔판을 보고 춤을 추는 거야?"

물쥐가 참지 못하고 큰 소리로 말했다.

"이게 무슨 뜻인지 모르겠니? 이, 이 아둔한 친구야?"

두더지가 대답했다.

"물론 그 뜻이 뭔지 알지. 아주 조심성 없고 잊어버리기 잘하는 누군가가 발을 헛디딜 게 분명한 천연림 한가운데에 깔판을 아무렇게나 버렸다는 뜻이잖아. 내가 보기에 아주 생각 없는 짓이야. 마을에 돌아가면 누구라도 붙잡고 호되게 다그칠 거야. 두고 봐!"

물쥐가 답답하다는 듯 큰 소리로 말했다.

"이런! 이런! 자, 그만 투덜거리고 이리 와서 눈 좀 긁어 봐!"

물쥐가 다시 일을 시작하자 눈이 사방으로 날렸다. 얼마 동안 힘들게 일하자, 물쥐의 노력이 보답이라도 받듯 낡은 깔판의 모습이 완전히 드러났다. 물쥐가 의기양양하게 외쳤다.

"거 봐. 내가 뭐랬어?"

두더지가 아무 거짓 없이 대답했다.

"그게 뭐든 아무것도 아니잖아. 집 안에서 쓰던 또 다른 쓰레기를 찾아낸 것 같은데. 내가 보기에 넌 쓰레기를 보고 너무 좋아하는 것 같아. 하고 싶다면 그냥 춤이나 계속 춰. 그리고 잊어버려. 쓰레기더미에 시간을 낭비하지 말고 계속 가야지. 깔판을 먹을 수 있니? 깔판 아래에서 잠을 잘까? 아니면 깔판 위에 앉아 썰매를 타고 집으로 돌아갈까, 이 짜증 나는 설치류 친구야!"

물쥐가 흥분해서 큰 소리로 말했다.

"너…… 정말…… 이, 이 깔판이 뭘 말하는 건지 모르겠다는 거니?"

두더지가 진심으로 토라져서 말했다.

"정말 모르겠어. 어리석은 짓은 이 정도면 충분한 것 같아. 깔판이 무슨 말을 하는지 누가 들어는 봤어? 깔판이 무슨 말을 한다는 거야. 깔판은 그냥 깔판일 뿐이야."

물쥐가 정말 화를 내며 말했다.

"자, 여기를 봐, 이…… 이 멍청한 짐승아. 그만해. 한 마디도 하지 말고 그냥 파. 특히 흙무더기 옆을 파고 긁고 캐고 찾아. 오늘 밤 따뜻하고 보송보송한 곳에서 자고 싶다면 말이야. 이게 우리의 마지막 기회야!"

물쥐는 눈더미에 덤벼들어 몽둥이로 여기저기 쑤셔 보더니 미친 듯이 눈을 파냈다. 두더지도 그저 물쥐를 도와야겠다는 생각에 같이 바쁘게 긁어냈다. 아무래도 정신이 나간 것 같은 친구가 안돼 보여서 함께 움직여 주었던 것이다.

10여 분을 열심히 일하자 물쥐의 몽둥이 끝이 속이 텅 빈 물체에 부딪쳤다. 물쥐는 발바닥에 느낌이 올 때까지 팠다. 그런 다음 도와 달라고 두더지를 불렀다. 두 동물은 있는 힘껏 눈을 파냈다. 마침내 둘의 눈앞에 놀라운 결과가 나타났다. 두더지는 믿을 수 없을 정도로 깜짝 놀랐다.

눈더미로 보이던 것 옆에 짙은 녹색 칠이 된 단단한 작은 문이 있었다. 문 옆에는 초인종을 울리는 쇠줄이 달려 있었고 그 아래에는 네모진 큰 글씨가 깔끔하게 새겨진 작은 구리판이 있었다. 달빛의 도움으로 글씨가 희미하게 보였다.

오소리의 집

두더지는 놀라고 기뻐서 눈 위로 나자빠졌다. 뉘우치며 큰 소리로 말했다.

"대단해! 넌 정말 놀라워. 이제 다 알겠어! 넌 그 현명한 머리로, 내가 넘어져 정강이를 다친 순간부터 하나하나 밝혀낸 거야. 네 위풍당당한 마음이 스스로 '깔판!'이라고 말한 순간부터 말이야. 그래서 넌 곧바로 돌아서서 나를 상처 입힌 깔판을 찾기 시작한 거야! 그리고 거기서 멈추지 않았어. 다른 동물들이라면 아주만족해하면서 거기서 그만뒀을 거야. 하지만 넌 아니었어. 너는 쉬지 않고 머리를 굴려 생각했어. 그리고 스스로에게 말했어. '그저 깔판 하나만 찾게 해 줘라. 그럼 내 이론이 증명되리라!' 그리고 넌 당연히 깔판을 찾아냈어. 넌 정말 똑똑해서 원하는 건 뭐든 찾을 수 있을 거라고 생각해. 넌 말했지. '내 생각에 분명히 문이 있어. 이제 그걸 찾기만 하면 돼!' 하고. 난 이런 일은 책에서 읽어 봤지만 실제로 본 적은 한 번도 없어. 넌 네 진가를 제대로 알아주는 곳으로 가야 해. 우리하고 같이 있는 건 시간 낭비일 뿐이라고. 나한테 너 같은 머리가 있다면……."

물쥐가 조금은 무뚝뚝하게 끼어들었다.

"그래서 넌 머리가 나쁘니까 밤새 눈 위에 앉아 지껄이기만 할 거니? 당장 일어나서 저기 보이는 줄을 당겨 할 수 있는 한 세게 울려. 그동안 난 문을 두드릴 테니까!"

물쥐가 몽둥이로 문을 두드리는 동안 두더지는 초인종을 울리는 줄을 붙잡고 두 발을 땅에서 떨어뜨린 채 대롱대롱 매달렸다. 꽤 멀리 떨어진 곳에서 굵은 종소리가 희미하게 대답하는 소리가 들렸다.

4. 오소리 아저씨

물쥐와 두더지는 발을 따뜻하게 만들려고 눈 속에서 발을 구르며 길게만 느껴지는 시간을 참을성 있게 기다렸다. 마침내 안쪽에서 발을 질질 끌며 문으로 다가오는 소리가 들렸다. 두더지는 물쥐에게 누군가 크고 뒤축이 다 닳은 슬리퍼를 신고 양탄자를 걷는 것 같다고 말했다. 이번에는 두더지가 똑똑 노크했다. 정확히 두더지가 말한 그대로였다.

걸쇠가 딸깍거리는 소리가 나더니 문이 살짝 열리고 긴 주둥이와 졸음이 가득한 채 껌벅거리는 한 쌍의 눈이 보였다. 오소리 아저씨가 걸걸한 목소리로 못 미더운 듯 말했다.

"다음에도 이러면 난 무척 화를 낼 거다. 이 시간에 누구냐, 이런 밤중에 성가시게 하는 게? 대답해!"

물쥐가 큰 소리로 말했다.

"오소리 아저씨! 우리 좀 들여보내 주세요, 부탁이에요. 저예요,

물쥐. 내 친구 두더지도 같이 왔어요. 눈 속에서 길을 잃었어요."

오소리 아저씨가 아주 달라진 목소리로 외쳤다.

"뭐, 물쥐라고! 둘 다 어서 들어와라, 당장. 이런, 너무 춥지. 맙소사! 눈 속에서 길을 잃다니! 더구나 이런 밤에 깊은 숲 속에서! 들어와!"

두 동물은 서로 먼저 안으로 들어가려고 서두르다가 발이 엉켜 뒹굴었다. 뒤로 문이 닫히는 소리를 들으니 아주 기뻤고 마음이 놓였다.

오소리 아저씨는 긴 실내복을 입고 있었고 슬리퍼는 정말로 뒤축이 닳았으며 앞발에는 평평하고 납작한 촛대를 들고 있었다. 막 잠자리에 들려고 하다가 나온 것 같았다. 오소리 아저씨는 다정하게 내려다보며 둘의 머리를 토닥였다. 그러고는 아버지처럼 말했다.

"오늘 같은 밤엔 너희처럼 작은 동물들이 나다니면 안 돼. 네가 또 장난치는 줄 알았잖아, 물쥐야. 아무튼 따라와. 부엌으로 가자. 부엌 난로가 제일 따뜻하거든. 저녁밥도 있고 뭐든 다 있어."

오소리 아저씨가 촛불을 들고 신발을 끌며 앞장서 갔다. 두 동물은 뭔가 기대에 차서 서로 쿡쿡 찌르며 뒤따라갔다. 길고 어둑어둑하며 아주 낡은 통로를 따라 내려가 큰 방으로 들어갔다. 큰 방을 중심으로 기다란 통로처럼 보이는 굴이 여러 방향으로 갈라져 있었고 그 모습이 흐릿하게 눈에 들어왔다. 그리고 큰 방에도 문이 있었다. 척 봐도 튼튼해 보이는 참나무 문들이었다. 오소리 아저씨가 문 가운데 하나를 열자 따뜻한 불빛이 환하게 밝히고 있는 커다란 부엌이 모습을 드러냈다.

바닥의 붉은 벽돌은 반질반질하게 닳았고 커다란 벽난로에서는 굵은 통나무가 타고 있었다. 벽난로 양옆에는 멋진 굴뚝이 벽을 따라서 밖으로 이어져 있었는데 바깥에서 들어오는 바람은 전혀 없었다. 난로 양옆에는 등받이 의자가 마주 보게 놓여 있었다. 단순히 앉는 기능 이상으로, 손님들이 허물없이 어울릴 수 있도록 말이다.

부엌 한가운데에는 받침대 위에 수수한 널빤지를 올려 만든 기다란 식탁이 있었고 식탁의 양쪽으로 긴 의자가 있었다. 식탁 한쪽 끝에는 소박한 오소리 아저씨의 저녁 식사가 넉넉하게 펼쳐져 있었고 안락의자가 뒤로 밀쳐져 있었다. 부엌 한편에 있는 찬장 선반에는 얼룩 하나 없는 접시들이 줄지어 놓인 채 반짝였고 머리 위로 서까래에는 햄과 마른 약초 꾸러미, 양파 그물과 달걀 바구니가 달려 있었다. 마치 승리한 영웅이 축하 잔치를 벌이거나, 수확하느라 지친 일꾼들이 수십 명씩 식탁에 둘러앉아서 노래를 부르며 추수를 축하할 수 있을 것 같은 자리였다. 또 소박한 취미를 가진 친구 두셋이 마음 가는 대로 모여 앉아서 편안하고 만족스럽게 음식을 먹고 담배를 피우며 이야기를 나눌 수 있는 곳처럼 보였다. 불그스름한 벽돌 바닥은 연기 자욱한 천장을 향해 웃음지었고 오래 써서 반질반질 윤이 나는 참나무 의자는 서로 기쁘게 눈짓을 주고받았다. 찬장의 접시들은 선반 위에 있는 솥을 보고 활짝 웃고 있었으며 난로 불빛은 즐겁게 장난치듯 깜박거리면서 부엌의 모든 것을 비추고 있었다.

오소리 아저씨는 친절하게 둘을 난롯불 옆 의자에 밀어 앉혀서 불을 쬐게 했다. 젖은 겉옷과 장화를 벗으라고 한 다음 둘에게 실내복과 실내화를 갖다주었다. 그리고 손수 두더지의 정강이를 따뜻한 물로 닦아 주고 반창고로 상처를 치료했다. 모든 게 새것은 아니었지만 더할 나위 없이 좋았다. 불빛과 온기에 에워싸여 있으니 마침내 젖었던 몸도 따뜻해지면서 말랐다. 둘은 앞에 있는 받침목에 지친 다리를 괴었다.

뒤에 있는 식탁에서는 오소리 아저씨가 접시를 쨍그랑거리며 식사를 준비하고 있었다. 폭풍에 쫓기다가 이제 안전한 곳에 있자니 춥고 발자취 없는 천연림이 아주 멀리 떨어져 있는 것 같았다. 천연림 속에서 시달렸던 일들도 모두 꿈속에서 있었던 일처럼 반쯤 잊혔다.

마침내 몸이 완전히 마르자 오소리 아저씨가 식사를 준비하느라 바빴던 식탁으로 불렀다. 물쥐와 두더지는 안 그래도 꽤 배가 고팠는데 눈앞에 펼쳐진 저녁 식사를 보자 모든 것이 맛있어 보였다. 무엇을 먼저 먹어야 할지 오히려 고민이었다. 한참 동안 아무 말도 하지 않고 먹기만 했다. 천천히 대화가 다시 시작되었을 때에도 입에 음식을 가득 물고 있어서 괜히 이야기를 시작했다고 후회할 정도였다. 오소리 아저씨는 그런 것에 신경 쓰지 않았다. 팔꿈치를 식탁 위에 올리거나 모두 한꺼번에 입을 열어도 가만히 있었다. 사교 모임에 나가지 않았기 때문에 식사 예절이 중요한 건 아니라고 생각했다(물론 우리는 오소리 아저씨의 의견이 틀렸고 생각이 좁다는 걸 안다. 왜 그런지 설명하려면 길어지겠지만 식사 예절은 정말 중요하기 때문이다.). 오소리 아저씨는 식탁 머리에 있는 안락의자에 앉아서 물쥐와 두더지의 이야기를 들으며 이따금 진지하게 고개를 끄덕였다. 무엇에도 놀라거나 충격받지 않은 것처럼 보였고 '내가 그렇게 말했잖아.'라거나 '내가 말한 대로야.'라거나 이러저러하게 했어야 한다거나, 그렇게 하지 말았어야 한다는 식의 대꾸는 하지 않았다. 두더지는 오소리 아저씨가 아주 친근하게 느껴졌다.

마침내 저녁 식사가 모두 끝났다. 물쥐와 두더지는 배가 터지기 직전까지 먹었다. 이제 배가 너무 불러 더는 못 먹을 정도였고 누구에게도, 어떤 것에도 신경 쓰지 않았다. 동물들은 거대한 장작이 붉게 타다 남은 잉걸불 주위에 모여 앉았다. 그리고 이렇게 늦게까지, 이렇게 제각기, 이렇게 배가 부른 채 앉아 있는 게 얼마나 즐거운 일인지 생각했다. 이런저런 일에 대해 잠시 수다를 떤 다음 오소리 아저씨가 진지하게 이야기했다.

"자, 그만하고 너희 마을 소식 좀 말해 줘. 두꺼비는 어떻게 지내?"

물쥐가 진지하게 대답했다.

"갈수록 나빠지고 있어요."

두더지는 발을 자기 머리보다 더 높이 올려 받침목에 괴고 난로 불빛을 쬐이면서 안타깝다는 표정을 지으려고 애썼다.

"바로 지난주에 또 사고가 났어요. 아주 심하게. 두꺼비는 잘하지도 못하면서 자기가 직접 운전해야 한다고 고집을 부렸어요. 도저히 어쩔 수 없었어요. 믿을 수 있는 동물을 고용해서 월급을 넉넉하게 주고 모든 걸 맡기면 다 괜찮아질 텐데. 하지만 아니에요. 자기가 타고난 운전사라고 단단히 믿고 있어서 아무도 두꺼비한테 뭘 가르치지 못해요. 그러니까 사고가 나는 거예요."

오소리 아저씨가 쓸쓸하게 물었다.

"이게 몇 번째지?"

물쥐가 말했다.

"사고요? 아니면 자동차요? 음, 두꺼비한테는 이거나 그거나 마찬가지긴 하지만…… 이번이 일곱 번째예요. 다른 차들은…… 마차 보관소 아시죠? 거기 쌓여 있어요……. 말 그대로 산더미같이…… 산산조각 난 자동차 부품들이 지붕까지 산더미처럼 쌓여 있어요. 아저씨 모자보다 큰 부품은 하나도 없다니까요! 다른 여섯 대도 똑같아요. 설명할 것도 없어요."

두더지가 옆에서 거들었다.

"세 번이나 입원했어요. 게다가 많은 벌금을 내야 할 텐데 생각만 해도 끔찍해요."

물쥐가 이어서 말했다.

"맞아요, 그것도 골칫거리 가운데 하나예요. 알다시피 두꺼비는 부자이지만 백만장자는 아니잖아요. 그런데 운전은 앞이 깜깜할 정도로 형편없어요. 게다가 법과 질서를 모두 무시한다고요. 죽거나 파산하거나…… 얼마 안 가 둘 중 하나가 될 거예요. 오소리 아저씨! 우린 두꺼비의 친구잖아요…… 우리가 뭔가 해야 하지 않을까요?"

오소리 아저씨는 잠시 골똘히 생각하다가 마침내 조금 심각하게 말했다.

"자, 여기 좀 봐! 내가 지금은 아무것도 할 수 없다는 사실을 너희도 알지?"

두 친구는 무슨 말인지 알아들었다. 동물 세계의 예절에 따르면, 겨울잠을 자는 동안에는 어떤 동물도 힘든 일이나 영웅적인 일은 물론 적당한 활동조차 할 수 없었다. 모두가 졸렸고 몇몇은 정말로 잠을 잤다. 차이는 있지만 모두 나쁜 날씨 때문에 집 안에 갇혀 있었다. 온 힘과 근육을 사용해 밤낮으로 기운을 쓰던 고된 일상에서 벗어나 쉬는 것이다.

오소리 아저씨가 이어서 말했다.

"그렇다면 좋아! 하지만 일단 해가 바뀌고 밤이 짧아질 때까지 기다려야 해. 그때가 되면 누구나 동이 트자마자 일어나서 가만히 있지 못하고 뭔가를 하고 싶어질 테니까. 그전엔 안 돼…… 너희도 알 거야!"

물쥐와 두더지 모두 진지하게 고개를 끄덕였다. 둘 다 알고 있었으니까! 오소리 아저씨가 계속 말했다.

"우리는…… 그러니까 너랑 나랑 여기 있는 우리 친구 두더지가…… 정말로 두꺼비의 버릇을 고칠 거야. 허튼짓하도록 두고 볼 순 없어. 두꺼비가 정신 차리게 만들어야지. 필요하다면 혼쭐을 내서라도. 생각 있는 두꺼비로 만들 거라고. 우린…… 물쥐야, 너 졸고 있니?"

물쥐가 움찔 놀라 잠을 깨며 말했다.

"아니요!"

두더지가 웃으며 말했다.

"저녁 먹은 뒤로 벌써 두세 번은 졸았어."

왜 그런지 몰라도 두더지는 졸리기는커녕 기운이 팔팔 넘치는 것 같았다. 원래 땅속에서 태어나고 자란 동물이라서 오소리 아저씨의 집은 두더지에게 딱 알맞았고 아주 편안했다. 하지만 밤마다 산들바람 부는 강 쪽으로 창이 난 침실에서 잠을 자던 물쥐에게는 바람 한 점 없는 이곳이 숨 막힐 듯 답답했다. 오소리 아저씨가 일어나서 납작한 촛대를 가져오며 말했다.

"잠자리에 들 시간이군. 따라와라, 둘 다. 잠잘 곳을 보여 주마. 내일 아침엔 늦장을 부려도 돼. 아침 식사는 너희들 편할 때 아무 때나 먹어도 돼!"

오소리 아저씨는 두 동물을 침실 겸 다락방으로 보이는 긴 방으로 데려갔다. 오소리 아저씨가 저장해 둔 겨울 식량이 여기저기 널려 있었고 사과, 순무와 감자, 견과류가 가득한 바구니와 꿀단지가 방의 절반을 차지하고 있었다. 그래도 남은 공간에 놓여 있는 작고 흰 두 개의 침대는 푹신하고 아늑해 보였다. 아마포 침대보는 비록 올이 굵었지만 깨끗하고 향기로운 라벤더 냄새가 났다. 두더지와 물쥐는 30초도 안 되어 옷을 벗어 버리고 아주 즐겁고 만족스럽게 침대 속으로 뛰어들어갔다.

피곤했던 두 동물은 오소리 아저씨가 친절하게 권한 대로 다음 날 아침 아주 늦게 아침을 먹으러 내려왔다. 부엌에서는 난롯불이 환하게 타고 있었고 어린 고슴도치 둘이 식탁 의자에 앉아 나무 대접에 담긴 귀리죽을 먹고 있었다. 두더지와 물쥐가 들어가자 고슴도치들은 수저를 내려놓고 일어서서 공손하게 머리를 수그렸다. 물쥐가 상냥하게 말했다.

"이런, 앉아, 앉으라고. 먹던 거 계속 먹어. 너희는 어디서 왔니? 눈 속에서 길을 잃었니?"

둘 가운데 조금 더 덩치가 큰 고슴도치가 공손히 대답했다.

"네, 선생님. 저랑 제 동생 빌리는 학교 가는 길을 찾고 있었어요. 날씨가 아무리 나빠도 학교에는 가야 한다고 엄마가 말했거든요. 그런데 길을 잃었어요. 그러자 빌리가 겁이 난다고 울었어요, 선생님. 빌리는 아직 어린 데다 겁이 많거든요. 그러다가 오소리 아저씨네 뒷문까지 오게 됐고 실례를 무릅쓰고 문을 두드렸어요, 선생님. 오소리 아저씨는 모두가 아는 것처럼 마음씨 고운 신사라서……."

두더지가 냄비에 달걀을 몇 개 넣는 동안 물쥐가 베이컨 덩이에서 몇 조각을 얇게 잘라 내며 말했다.

"그랬구나. 바깥 날씨는 어떠니? 그리고 나를 '선생님'이라고 부르지 않아도 돼."

고슴도치가 말했다.

"아, 정말 심해요, 선생님. 눈도 심하게 많이 왔어요. 아저씨 같은 신사 분들은 오늘 절대 나가지 마세요."

두더지가 불 앞에서 커피 주전자를 데우며 물었다.

"오소리 아저씨는 어디 있니?"

고슴도치가 대답했다.

"아저씨는 서재로 들어갔어요, 선생님. 오늘 아침은 특별히 바쁠 거라면서 무슨 일이 있어도 방해하지 말라고 했어요."

당연히 거기 있는 모두가 이 말을 알아들었다. 앞에서 벌써 밝힌 것처럼, 동물들은 한 해의 여섯 달 동안은 열심히 움직이고 나머지 여섯 달은 대체로 졸면서 지냈다. 그리고 졸면서 지내는 기간 동안 다른 동물이 손님으로 와 있다거나 할 일이 있다고 해서 졸기 위한 변명을 늘어놓을 필요가 없었다. 변명은 질리게 된다. 오소리 아저씨는 아침을 푸짐하게 먹고 서재로 물러났다. 그리고 안락의자에 앉아 다리는 다른 의자에 걸친 채 빨간 면 손수건으로 얼굴을 덮었다. 해마다 이맘때면 늘 그랬던 것처럼 '바쁘다'는 걸 동물들은 잘 알고 있었다.

정문 초인종이 시끄럽게 울렸다. 토스트에 버터를 바르느라 기름투성이였던 물쥐가 무슨 일인지 알아보라며 빌리를 보냈다. 현관에서 쿵쾅거리는 소리가 들리더니 곧이어 빌리를 뒤따라서 수달이 들어왔다. 수달은 달려들어 물쥐를 감싸안고 애정 어린 인사를 했다. 물쥐가 입에 음식을 가득 물고 객객거리며 말했다.

"이거 놔!"

수달이 기분 좋게 말했다.

"여기 있을 줄 알았어. 오늘 아침 강둑에 가 보니 다들 굉장히 걱정하고 있더군. 물쥐가 밤새 집에 돌아오지 않았고 두더지도 마찬가지라고 말이야. 뭔가 끔찍한 일이 벌어진 게 틀림없다고 수군거렸어. 게다가 눈까지 와서 너희가 지나간 발자국을 덮어 버렸거든. 하지만 난 동물들이 곤란한 일이 생기면 대부분 오소리 아저씨에게 간다는 걸 알고 있었어. 아니면 어쨌든 그 사실을 오소리 아저씨가 알고 있던가. 그래서 천연림과 눈을 뚫고 곧장 이리 왔다니까! 눈을 뚫고 오는데 빨간 해가 뜨면서 검은 나뭇가지를 비추는 모습이 정말 장관이었어! 고요한 숲을 걸어가는데 이따금 눈덩어리가 펑 소리를 내면서 가지에서 떨어지는 바람에 깜짝 놀라서 숨을 곳을 찾아 달리기도 했지. 눈의 성, 눈의 동굴이 밤새 아무 데서나 휙휙 나타났어. 눈으로 된 다리, 눈 테라스, 눈 성벽도. 몇 시간이고 머물면서 놀 수 있을 것 같았어. 여기저기서 커다란 나뭇가지가 눈의 무게를 견디지 못하고 부러져 나갔고 개똥지빠귀는 마치 자기들이 그렇게 한 것처럼 뻐기듯 활기차게 그 위에 앉거나 폴짝폴짝 뛰고 있었어. 머리 위로 기러기가 잿빛 하늘 높이 줄지어 지나갔고 떼까마귀 몇 마리가 조사라도 하듯이 나무 위에서 맴돌다가 메스꺼운 표정으로 날개를 퍼덕이며 집으로 날아갔어. 하지만 소식을 물어볼 만한 존재를 만나지 못했지. 반쯤 건너왔을 때 우연히 그루터기에 앉아서 앞발로 바보 같은 얼굴을 닦고 있는 토끼를 발견했어. 내가 뒤로 몰래 다가가서 어깨에 묵직한 앞발을 올려놓았더니 몹시 겁에 질리더군. 손바닥으로 한두 번 탁 치면서 닦달하니까 마침내 토끼 하나가 지난밤 천연림에서 두더지를 봤다고 말하는 거야. 굴에 숨어서 살펴봤는데 물쥐의 친한 친구인 두더지가 어쩌다가 곤경에 빠졌는지 모르겠다고 하더라고. 두더지가 길을 잃었는데 '토끼들'이 발딱 일어나서 두더지를 마구 쫓아다녔대. 빙글빙글 돌면서 두더지를 몰아쳤나 봐. 내가 물었어. '그럼 왜 너희들 모두 가만히 있었던 거야? 너흰 머리가 나쁠지는 모르지만 버터처럼 크고 뚱뚱하고 튼튼한 친구가 수도 없이 많잖아. 게다가 너희 굴은 사방으로 통해 있으니까 두더지를 초대해서 안전하고 편하게 만들어 줄 수도 있었다고. 어쨌든 노력이라도 했어야지.' 그러니까 토끼가 한다는 말이 고작 이거였어. '뭐? 우리가 뭔가 했어야 한다고? 우리 토끼가?' 그래서 난 다시 녀석을 손바닥으로 때리고는 떠났어. 달리 할 게 뭐가 있겠어? 어쨌든 배운 게 있었어. 운 좋게 토끼를 한 녀석이라도 더 만났다면 배울 게 더 많았을 거야…… 아니면 토끼들이 나한테 배웠던가."

천연림에 대한 이야기가 나오자 두더지는 어제 느꼈던 공포가 되살아난 듯 물었다.

"그러니까…… 넌…… 조금도 겁나지 않았다는 거니?"

수달이 튼튼한 이빨을 반짝이며 웃었다.

"겁나냐고? 만일 그 녀석들 가운데 하나라도 나한테 무슨 짓을 하려고 했다면 내가 겁을 주었을 거야. 자, 두더지야. 햄 조각 몇 개 튀겨 줘. 넌 작고 멋진 친구잖아. 난 배가 몹시 고파. 그리고 여기 있는 물쥐한테 들려줄 얘기도 많아. 아주 오랜만이거든."

그래서 착한 두더지가 햄 몇 조각을 썰어서 고슴도치에게 튀기라고 준 다음 다시 아침을 먹기 시작했다. 그동안 수달과 물쥐는 머리를 맞대고 오래된 강에 있는 가게에 대해 열심히 대화를 나누었다. 이야기는 철철 흐르는 강처럼 끝없이 계속됐다.

수달이 튀긴 햄 한 접시를 금세 비우고는 더 달라며 고슴도치에게 접시를 되돌려 보냈을 때 오소리 아저씨가 하품을 하고 눈을 비비며 들어왔다. 오소리 아저씨는 조용하고 단순하게 인사했고 모두에게 친절히 안부를 물었다. 오소리 아저씨가 수달에게 말했다.

"점심시간이 다 된 게 틀림없군. 수다는 그만 떨고 우리랑 같이 먹지. 이렇게 추운 아침엔 분명히 배가 더 고플 거야."

수달이 두더지에게 눈을 찡긋하며 대답했다.

"많이요! 튀긴 햄으로 배를 채우고 있는 이 욕심 많은 어린 고슴도치를 보니 배가 고파 죽을 지경이에요."

고슴도치들은 죽을 먹고 나서 열심히 햄을 튀기느라 다시 허기를 느끼고 있었다. 하지만 걱정스럽게 오소리 아저씨를 올려다보기만 할 뿐 수줍어 아무 말도 하지 못했다. 오소리 아저씨가 다정하게 말했다.

"자, 너희 고슴도치 둘은 엄마가 있는 집으로 돌아가야지. 길을 잃어버리지 않게 누굴 같이 보내 주마. 오늘 저녁 걱정은 하지 않아도 돼. 약속하마."

오소리 아저씨는 둘에게 6펜스짜리 은화를 하나씩 주고는 머리를 쓰다듬었고 둘은 모자를 벗고 공손하고 예의 바르게 인사한 다음 자리를 떴다.

곧 모두가 점심을 먹기 위해 자리에 앉았다. 두더지는 오소리 아저씨 옆에 자리를 잡게 됐다. 수달과 물쥐는 여전히 강 마을 이야기에 깊이 빠져서 다른 것에 눈길을 주지 않았다. 덕분에 두더지는 오소리 아저씨에게 여기가 집처럼 편안하다는 이야기를 전할 기회를 잡았다. 두더지가 말했다.

"땅속에서는 자기가 정확히 어디에 있는지 알 수 있어요. 여기선 아무 일도 일어나지 않고 누구도 나무라지 않아요. 자기 자신만이 주인이고 누구와 상의할 필요도 없지요. 남들이 뭐라고 하던 마음 쓰지 않아도 되고요. 머리 위에서 일어나는 일들은 그냥 놔두고 신경 쓰지 않아도 돼요. 신경 쓰고 싶을 때는 땅 위로 올라가 보면 되고요. 그럼 그 일이 우리를 기다리고 있겠지요."

오소리 아저씨가 두더지를 보고 환하게 웃으며 대답했다.

"내 말이 그 말이야. 땅속 말고는 안전도 평화도 고요도 없다고. 집을 넓히고 싶으면…… 파고 긁으면 돼. 집이 너무 크다고 느끼면 구멍 한두 개를 메우면 되고. 그러면 되는 거야! 건축가도 없고 방문 판매원도 없고 담장을 넘겨다보며 트집을 잡는 녀석도 없어. 그리고 무엇보다도 날씨 변화가 없지. 물쥐를 봐. 강물이 몇 십 센티미터만 높아져도 불편해서 매우 비싼 임시 숙소로 옮겨야 해. 두꺼비를 보자고. 난 두꺼비 저택에 대해 나쁘게 말하지 않아. 집

자체는 이 지역에서 최고지. 하지만 불이 났다고 생각해 봐. 두꺼비는 어디로 가지? 타일이 날아가거나 벽이 무너지거나 벽에 금이 가거나 창문이 부서지면…… 두꺼비는 어디로 가? 나도 찬바람을 싫어하지만 방에 찬바람이 든다고 생각해 봐…… 두꺼비는 어디로 가? 아무 데도 없어. 밖을 이리저리 떠돌다가 겨우 살 곳은 얻겠지. 하지만 결국 앞으로 되돌아올 곳은 땅속이야. 그게 보금자리에 대한 내 생각이야."

두더지는 진심으로 오소리 아저씨의 말에 동의했다. 오소리 아저씨는 두더지와 아주 친해졌다. 오소리 아저씨가 말했다.

"점심을 다 먹으면 내가 사는 이 집의 여러 곳을 보여 줄게. 너도 이 집의 진가를 알게 될 거야. 집을 어떻게 지어야 하는지 알 수 있겠지. 아무렴, 그렇고말고."

그래서 점심을 먹고 난 뒤 수달과 물쥐가 벽난로 한쪽에서 뱀장어에 대해 열띤 논쟁을 벌이기 시작했을 때, 오소리 아저씨는 등불을 밝히고 두더지에게 따라오라고 말했다. 둘은 홀을 가로질러서 큰 땅굴 가운데 하나로 내려갔다. 흔들리는 등불 빛이 양쪽에 있는 크고 작은 방을 비추었다. 간단하게 선반 몇 개만 있는 방도 있었고 두꺼비 저택의 큰 연회장처럼 넓은 방도 있었다. 오른편 모퉁이를 돌아 좁은 복도를 지나가자 또 다른 통로로 이어졌는데 이곳에서도 같은 모습이 되풀이되었다. 두더지는 집의 크기와 규모에 깜짝 놀랐다. 어둑한 복도의 길이, 꽉 찬 저장고와 튼튼하고 둥근 천장, 벽돌, 기둥, 아치, 바닥 모두 놀라웠다. 마침내 두더지가 말했다.

"오소리 아저씨, 어떻게 이 모든 걸 다 할 수 있었어요? 놀라워요!"

오소리 아저씨가 무심하게 대답했다.

"정말 놀라울 거야. 내가 했다면 말이지. 하지만 사실 난 아무 것도 하지 않았어. 그저 내가 필요한 곳까지만 통로와 방을 청소했을 뿐이야. 주위에 이런 게 많이 있어. 이해 못하는 거 같으니 설명해 줘야겠군. 아주 오래전, 지금은 천연림이 우거진 이곳에 나무가 싹을 틔우고 지금처럼 울창하게 자라기 전에 도시가 있었어. 사람들의 도시 말이야. 여기 우리가 서 있는 곳에서 사람들이 먹고 자고 일하고 이야기했어. 여기에서 마구간에 말을 넣어 먹이를 먹이며 길렀고 여기에서 말을 타고 싸우러 나갔고 마차를 몰고 장사를 하러 나갔지. 힘센 사람들이었고 부자들이었으며 또 대단한 건축가들이었어. 사람들은 도시가 영원히 번성할 거라 생각했기 때문에 마지막까지 집을 지었어."

"그런데 모두 어떻게 된 거예요?"

"누가 알겠어? 그러다 사람들이 찾아왔어. 잠시 머물고 잘 지내고 집을 지었어. 그리고 떠났어. 사람들의 방식이지. 하지만 우린 남았어. 듣기로는 도시가 들어서기 오래전 이곳에 오소리가 있었대. 그리고 지금 이곳에 다시 오소리가 돌아왔지. 우린 많은 것을 견뎌 냈어. 한때는 이곳을 떠났을지 몰라도 참을성 있게 기다렸다가 다시 돌아왔어. 앞으로도 계속 그렇게 될 거야."

"음…… 그 사람들은 언제 마지막으로 떠난 거예요?"

오소리 아저씨가 계속해서 말했다.

"사람들이 떠난 건 몇 년 동안 도시에 세찬 바람이 불고 비가 끊임없이 내렸기 때문이야. 어쩌면 우리 오소리도 조금이나마 그 일을 도왔을지도 모르지. 도시의 모든 게 쓰러지고 주저앉고 가라앉았어. 그렇게 도시는 무너지고 폐허가 되면서 완전히 사라졌지. 그다음엔 모든 게 조금씩, 조금씩 자라났어. 씨앗에서 어린나무로, 어린나무는 자라서 숲을 이루었고 검은딸기나무와 양치식물 덤불이 바닥을 뒤덮었어. 나뭇잎이 썩어서 만들어진 흙이 쌓였다가 없어지고 겨울에 불어난 물이 흘러넘치면 모래와 흙이 길을 덮었어. 그러면서 집은 다시 우릴 반길 준비를 마쳤고 우린 이곳으로 옮겨 왔어. 우리 머리 위 지상에서도 같은 일이 벌어졌어. 동물들이 나타났고 마음에 드는 곳을 자기 구역으로 정해 자리를 잡고 번성하고 번창했지. 동물들은 과거에 신경 쓰지 않아…… 절대 그러지 않지. 아주 바쁘거든. 숲은 원래부터 불룩 솟아 있었고 작은 언덕이 많았고 동굴도 많았어. 하지만 그게 오히려 동물들한테는 유리했어. 동물들은 미래에도 신경 쓰지 않아…… 어쩌면 언젠가 인간들이 다시 돌아올지도 모르지만 말이야. 틀림없이 그렇게 될 거야. 천연림엔 이제 꽤 많은 동물이 살고 있어. 하지만 그들이 좋든 나쁘든 난 관심 없어. 세상은 온갖 종류의 동물이 다 함께 모여 사는 곳이니까. 너도 이제 그들에 대해 뭘 좀 알게 됐니?"

두더지가 살짝 몸을 떨면서 말했다.

"네."

오소리 아저씨가 두더지의 어깨를 두드리며 말했다.

"흠, 이런 얘기는 처음 들었을 거야. 사실 그들이 그렇게 나쁘지만은 않아. 그저 살아가야 하니까 가만 놔두는 거지. 하지만 내가 내일 얘기해 줄게. 그럼 아무 문제없을 거야. 누구든 내 친구라면 이 마을에서 원하는 곳은 어디든 걸어다닐 수 있어야 해. 만약 그렇게 할 수 없다면 내가 왜 안 되는지 알아낼 테고 말이야!"

둘이 다시 부엌으로 돌아왔을 때 물쥐는 가만히 있지 못하고 앞뒤로 왔다 갔다 하고 있었다. 땅속 공기가 너무 답답해서 신경이 바짝 곤두서 있었다. 게다가 자기가 돌봐 주지 않으면 강이 어디론가 달아나기라도 할까 봐 정말 걱정하는 것 같았다. 그래서 물쥐는 외투를 걸치고 권총을 다시 허리띠에 찔러 넣었다. 물쥐가 둘의 모습을 보자마자 걱정스럽게 말했다.

"같이 가자, 두더지야. 아직 해가 비출 때 떠나야 해. 천연림에서 또 밤을 보내고 싶은 건 아니지?"

수달이 말했다.

"그것도 괜찮을 거야, 멋진 친구. 내가 같이 갈게. 난 눈 감고도 길을 다 알거든. 만일 한 대 때려 줘야 할 녀석이 나타나면 때리는 건 내가 확실히 할게."

오소리 아저씨가 차분히 덧붙였다.

"걱정할 필요 없어, 물쥐야. 이 집의 통로는 생각보다 더 멀리까지 뻗어 있으니까. 게다가 난 숲 밖으로 빠져나갈 구멍을 여러 개 만들었어. 아무한테나 알려 주고 싶진 않지만 말이야. 정말 가야 한다면 지름길로 나서면 돼. 그때까지는 걱정하지 말고 앉아 있어."

그래도 물쥐는 여전히 강을 돌아보러 떠나고 싶어 했다. 오소리 아저씨는 다시 등불을 들고 눅눅하고 답답한 땅굴로 들어갔다. 땅굴은 꾸불꾸불했고 내리막이었다. 둥근 천장도 보였고 단단한 바위를 깎아 만든 곳도 있었다. 땅굴을 따라 몇 킬로미터나 걸은 것 같았다.

마침내 통로 입구 위에 얽혀 있는 덩굴 사이로 흐릿한 햇빛이 보이기 시작했다. 오소리 아저씨는 서둘러 작별 인사를 하고 동물들의 등을 입구 밖으로 떠밀었다. 그런 다음 덩굴과 땔나무와 마른 잎으로 다시 자연스럽게 위장한 후 입구에서 멀어져 갔다.

세 동물은 천연림의 가장자리에 서 있었다. 뒤에는 바위와 검은 딸기나무와 나무뿌리가 제멋대로 엉켜 있었다. 눈앞에는 너른 들판이 소리 없이 펼쳐져 있었다. 검은 산울타리가 눈 위에 줄지어서 들판을 에워싸고 있었다. 그리고 저 멀리에서 낯익은 강이 빛나고 있었고 지평선 위에 낮게 걸린 겨울 해가 붉게 빛나고 있었다. 길을 잘 아는 수달이 물쥐와 두더지를 이끌고 멀리 있는 들판을 향해 똑바로 걸었다. 잠시 걸음을 멈추고 뒤를 돌아보니 천연림이 한눈에 들어왔다. 드넓고 하얀 들판이 어둡고 위협적이고 빽빽한 숲을 불안하게 둘러싸고 있었다. 물쥐와 두더지와 수달은 동시에 등을 돌려 서둘러 집을 향해 나아갔다. 난로 불빛과 늘 사용하던 익숙한 물건들이 기다리고 창밖으로 즐거운 목소리가 새어 나오는 강가의 집으로, 그들의 기분까지 알아주고 절대로 겁을 주지 않는 믿음직한 강을 향해서 말이다.

두더지는 익숙하고 좋아하는 것들이 기다리고 있을 집에 들어가는 순간을 간절히 고대하며 서둘러 따라갔다. 두더지는 자기가 이랑에 쟁기질을 하고 풀밭을 쏘다니고 저녁이면 오솔길을 걸어다니고 정원을 가꾸고 산울타리로 에워싸인 들을 경작하던 동물이란 사실을 분명하게 깨달았다. 자신이 무뚝뚝하고 어떤 일이든 고집스럽게 참아 내며 심각하게 갈등하는 일이 별로 없다는 것도 자연의 본성이었다. 두더지는 똑똑해져야 하고 자신의 미래가 걸린 즐거운 장소를 지켜야 한다. 모험은 충분했다. 이제 두더지는 그곳에서 자기 방식대로 삶을 펼쳐야 한다고 생각했다.

5. 즐거운 나의 집

양들은 몸을 움츠린 채 머리를 뒤로 젖히고 좁은 콧구멍을 벌름거렸다. 그리고 작은 앞발을 구르면서 다 같이 울타리로 달려들었다. 무리지어 있는 양들에게서 희미한 김이 차가운 공기 속으로 피어올랐다.

두 동물은 기분이 무척 좋아서 더 많이 웃고 떠들면서 발길을 재촉했다. 수달과 함께 하루 온종일 소풍을 나가서 사냥도 하고, 강으로 들어오는 물줄기가 시작되는 너른 고지대도 탐험하고 돌아오는 길이었다. 짧은 겨울날이 두 동물 위로 그림자를 드리우는데 갈 길은 여전히 멀었다. 두 동물은 밭고랑을 아무 데나 터벅터벅 밟고 지나가다가 양들이 우는 소리를 듣고 양 울타리 쪽으로 향했다. 그리고 지금은 양 울타리로 이어지는 잘 다져진 길을 발견하고 더 편하게 걷고 있었다. 게다가 두 동물은 모든 동물이 지니고 있는 작은 호기심을 따라서 움직이고 있었다. 호기심은 '그래, 맞아.

79

이 길로 가면 집이 나와!' 하고 분명히 말하고 있었다. 두더지가 다소 미심쩍다는 듯이 발걸음을 늦추며 말했다.

"사람이 사는 마을로 가는 것 같아."

동물들이 낸 길은 이윽고 사람들이 지나다니는 오솔길이 되었고 곧 시골길이 나오더니 잘 닦인 도로로 이어졌다. 동물들은 사람 사는 마을이나 툭하면 나타나는 사람들의 도로를 좋아하지 않았기 때문에 교회나 우체국, 술집 같은 것에 얽매이지 않고 자기들만 다니는 길로 다녔다.

"아, 신경 쓸 거 없어! 해마다 이맘때면 사람들은 안전한 집 안에서 벽난로 주위에 모여 앉아 있으니까. 남자, 여자, 어른, 아이, 개, 고양이 할 것 없이 모두. 성가시거나 불쾌한 일 없이 잘 빠져나갈 수 있을 거야. 원하면 창문으로 안을 들여다볼 수도 있어. 사람들이 뭘 하는지 말이야."

12월 중순의 밤은 빠르게 작은 마을을 뒤덮었고 두더지와 물쥐는 살짝 덮여 있는 가루눈을 가만히 밟으면서 마을로 다가갔다. 보이는 것이라고는 길 양쪽으로 어스름한 주홍색의 창문들뿐이었다. 집집마다 벽난로 불빛과 램프 불빛이 여닫이창을 통해 어두운 세상으로 흘러나왔다. 낮은 격자창에는 대부분 가리는 게 없어서 집 바깥에서 안을 들여다볼 수 있었다. 사람들은 차를 마시는 탁자 주위에 모여서 부지런히 손을 놀리거나 몸짓을 섞어 가며 웃고 떠들었다. 그리고 아무리 능숙한 배우라도 얼굴에 담아내기 힘들 것 같은 행복한 미소를 짓고 있었다. 누군가 자신을 지켜본다는 사실을 모를 때에만 지을 수 있는 미소였다. 고향에서 멀리 떨어져 있는 두 동물은 이 집에서 저 집으로 옮겨 다니면서 고양이를 쓰다듬어 주는 모습이나 졸린 아이를 안아서 침대로 데려가는 모습, 지친 남자가 기지개를 켜고 연기 나는 통나무 끝에 담배 파이프를 터는 모습을 부러운 눈길로 바라보았다.

그날 밤 속이 환히 들여다보이는 민무늬 블라인드가 쳐진 작은 창 앞에서, 두 동물은 그리움이 꿈틀거리는 것을 느꼈다. 그것은 둘러싼 벽과 드리워진 커튼이 바깥세상의 긴장과 불안을 막아 주고 잊게 만들어 주는 작은 세상에 대한 그리움이었다. 흰 블라인드 바로 앞에는 새장이 걸려 있었다. 창살과 횃대, 뚜렷하게 알아볼 수 있는 부속물, 심지어 어제 넣어 준 각설탕 덩어리의 모서리가 닳은 것까지 선명하게 보였다. 횃대 한가운데에는 솜털이 보송보송한 새가 깃털 사이에 머리를 박고 있었다. 쓰다듬을 수 있을 정도로 가까이 있는 것처럼 보여 두 동물은 앞발을 뻗어 보았다. 부푼 깃털의 섬세한 끝이, 환히 빛나는 화면에 연필로 소박하게 그려 놓은 그림 같았다. 두 동물이 바라보자 잠에 겨운 작은 새가 불편한 듯 몸을 뒤척이다가 잠에서 깨어 몸을 부르르 떨고는 머리를 들었다. 새는 작은 부리를 벌려 따분한 듯이 하품을 하더니 주위를 둘러보고는 다시 깃털 사이에 머리를 박았다. 그사이 헝클어졌던 깃털은 조금씩 자리를 되찾아 완벽하게 차분해졌다. 물쥐와 두더지는 차가운 바람이 목에 와 닿고 얼어붙은 진눈깨비가 피부에 닿아 살짝 따끔거리자 꿈에서 깨어났다. 두 동물의 발가락은 얼어 있었고 다리는 아팠다. 하지만 집까지는 아직 멀었다.

마을을 벗어나자 작은 집들이 갑자기 사라지고 다시금 길 양쪽에서 익숙한 들판의 냄새가 어둠을 뚫고 풍겨 왔다. 두 동물은 남은 길을 가기 위해 마음을 다잡았다. 이제 거의 당도해 있었다. 결국은 종착점에 닿기 마련이다. 현관의 자물쇠를 덜거덕 열고 들어가 불을 피우면 낯익은 것들이, 오랫동안 집을 비운 채 먼 바다로 떠났던 여행자들을 반기듯 두 동물을 맞아 줄 것이다.

물쥐와 두더지는 저마다 말없이 자기만의 생각에 잠겨 쉬지 않고 지친 걸음을 옮겼다. 두더지는 계속해서 저녁 생각에 빠져 있었다. 캄캄한 밤인 데다 두더지가 조금도 알지 못하는 낯선 동네였다. 두더지는 물쥐에게 온전히 길 안내를 맡기고 고분고분 그 뒤를 따라갔다. 물쥐는 평소처럼 어깨를 구부리고 앞에 있는 잿빛 길만 보면서 조금 앞장서 걸었다. 그래서 가엾은 두더지가 갑자기 어떤 부름을 느끼고 전기 충격과도 같은 느낌을 받았을 때 물쥐는 알아차리지 못했다.

인간들은 이미 오래전에 몸으로 느낄 수 있는 민감한 감각을 잃어버렸다. 그래서 동물들이 주위의 환경과 소통하는 방법을 표현할 만한 말조차 없다. 예를 들어 사람은 '냄새 맡다'는 말 하나로 동물이 밤낮으로 코를 킁킁대며 미세하게 흥분하는 것뿐 아니라 부르고 경고하고 자극하고 밀어내는 것까지 다 포함시켜 버린다.

신비로운 요정의 부름이 어둠 속에서 느닷없이 두더지에게 찾아왔다. 무언지 정확히 기억나지는 않지만 하나부터 열까지 아주 익숙한 매력이 두더지를 안달 나게 만들었다. 두더지는 길에 우뚝 멈춰 서서 사방으로 코를 킁킁거리며 자기를 그렇게 흥분시킨 희미한 냄새를 찾아 헤맸다. 한순간 두더지는 그 냄새를 다시 맡았다. 이번에는 기억이 거대한 홍수처럼 밀려왔다.

집! 공기를 통해 떠돌며 달래듯 다가온 부름은, 그 부드러운 손길은 모두 한 가지를 뜻했다. 아, 지금 아주 가까이에 있는 게 분명했다. 두더지가 맨 처음 강을 발견하던 날, 성급하게 내버려 두고 다시는 찾지 않았던 고향 집이었다! 그리고 지금 그 집이 두더지를 사로잡아 데려가려고 정찰병과 전령을 보낸 것이었다. 그 환한 아침에 도망치듯 빠져나온 뒤로 두더지는 자기 집을 거의 떠올리지 않았고, 놀랍고 신선하고 매혹적인 경험을 만끽한 새로운 생활에 푹 빠졌다. 이제 옛 기억이 밀물처럼 밀려와 어둠 속에서 두더지 앞에 또렷하게 서 있었다. 집은 무척 허름한 데다 가구는 작고 낡았지만 여전히 두더지의 집이었다. 두더지가 자기 자신을 위해 지은 집이었고 하루 일과를 마치고 즐겁게 돌아가던 곳이었다. 집도 틀림없이 두더지와 함께한 시간이 행복했기에 두더지를 그리워하고 돌아오길 기다리면서, 두더지의 코에 대고 비난하듯 애달프게 부르고 있는 것이다. 하지만 비통해하거나 분노하지는 않았다. 그저 자기가 여기 있으니 어서 돌아오라고 구슬프게 일깨우고 있었다.

요구는 분명했고 부름은 명백했다. 두더지는 곧바로 부름에 따라가야 했다. 두더지가 기쁨이 넘치는 목소리로 불렀다.

"물쥐야! 기다려! 돌아와! 네가 있어야 해, 얼른!"

물쥐가 걸음을 늦추지 않고 명랑하게 말했다.

"얼른 가자, 두더지야. 어서!"

가엾은 두더지가 심장에 고통을 느끼며 애원했다.

"제발 멈춰, 물쥐야! 넌 몰라! 이건 내 집이야. 내 고향 집이라고! 방금 집의 향기가 났어. 여기서 가까워. 정말로 아주 가까워. 집에 가 봐야겠어. 반드시 가야 해! 아, 돌아와, 물쥐야! 제발 돌아와!"

물쥐는 어느새 훨씬 앞서 가고 있었다. 너무 멀리 있어서 두더지가 부르는 소리를 정확하게 듣지 못했고 두더지의 높고 날카로운 목소리에 담긴 고통스러운 호소도 알아차리지 못했다. 그리고 날씨에도 바짝 신경을 곤두세우고 있었다. 아무래도 눈이 올 것 같은 냄새가 났기 때문이다. 물쥐가 뒤돌아보며 소리쳤다.

"두더지야, 지금 멈추면 안 돼, 정말이야! 네가 뭘 발견했는지는 모르지만 내일 와서 찾아보자. 난 멈출 수 없어. 늦었다고. 눈이 다시 올 것 같아. 길도 잘 모르겠어! 네 코가 필요해, 두더지야. 그러니까 빨리 가자, 착한 친구!"

물쥐는 대답도 기다리지 않고 길을 재촉했다. 불쌍한 두더지는 길에 홀로 서 있었다. 가슴이 갈기갈기 찢어졌고 가슴속 저 아래 어딘가에 모이고 모여 있던 커다란 흐느낌이 금방이라도 격정적으로 터져 나올 것만 같았다. 하지만 이런 시험을 받고도 친구에 대한 충성심은 여전히 굳건했다. 두더지는 물쥐를 버린다는 생각은 꿈도 꾸지 않았다. 그러는 사이에도 고향 집에서 실려 온 한 줄기 냄새는 호소하듯 속삭이듯 마법을 부리듯 두더지를 찾았고 애타게 불러 댔다. 두더지는 더 이상 그 마법의 울타리 안에서 지체하고 있을 수 없었다. 가슴이 찢어질 것만 같았다. 그래도 두더지는 비틀거리면서 고분고분 물쥐를 따라 길을 내려갔다. 그러는 동안에도 희미한 냄새가 발길을 돌리는 두더지의 코를 바싹 따라가면서 두더지의 새로운 우정과 무신경한 건망증을 비난하고 있었다.

두더지는 아무런 낌새도 못 채고 있는 물쥐를 따라잡으려고 애썼다. 물쥐는 돌아가면 무엇을 할지, 거실에서 통나무에 붙은 불이 얼마나 즐겁게 타오를지, 저녁 식사로 무엇을 먹을지 신 나게 떠들었다. 친구가 왜 이렇게 말없이 괴로워하고 있는지 알아차리지 못했다. 하지만 마침내 상당히 멀리까지 간 후 길과 맞붙은 잡목림 가장자리의 나무 그루터기를 지날 때 물쥐가 걸음을 멈추고 상냥하게 말했다.

"이봐, 친구. 너무 지쳐 보여. 말도 없고. 발에 납이라도 매단 것처럼 무거워 보여. 여기 잠깐 앉아서 쉬자. 눈은 아직 내리지 않으려나 봐. 우리 소풍에서 제일 좋았던 것도 이제 다 끝났어."

두더지는 울적한 기분으로 쓸쓸하게 나무 그루터기에 앉아 스스로 마음을 추스르려고 애썼다. 그게 정말로 오고 있다는 걸 느꼈기 때문이었다. 지금까지 꾹 참아 왔던 흐느낌이 더 이상 견디지 못하고 터져 나왔다. 흐느낌은 점점 위로 올라 공기 중으로 퍼져나갔고 울음소리는 더 크고 빨라졌다. 가엾은 두더지는 마침내 싸우기를 포기하고 어찌해 보지도 못한 채 대놓고 엉엉 울었다. 이제는 다 끝나 버렸다. 되찾았다고 할 수도 없는 집을 잃어버린 셈이다.

물쥐는 두더지가 갑자기 발작을 일으키듯 비통해하자 깜짝 놀라고 당황해서 한동안 말도 걸지 못했다. 마침내 아주 조용히 호의적으로 말했다.

"왜 그래, 친구? 도대체 무슨 일이야? 무슨 일인지 얘기해 봐. 내가 할 수 있는 게 뭔지 알아볼게."

불쌍한 두더지는 가슴에서 뭔가 치밀어 올라와서 아무 말도 하지 못했다. 말이 나오려다가도 목이 메어 자꾸만 막혔다. 마침내 두더지가 여전히 흐느끼며 띄엄띄엄 말했다.

"나도 그게…… 허름하고 우중충하고 좁은 곳이라는 걸 알아.

너의 집처럼 아늑하지도 않고 두꺼비의 저택처럼 아름답지도 않고 오소리 아저씨의 집처럼 크지도 않아. 그래도 나의 작은 집인데…… 내가 좋아하는 집인데…… 집을 떠나고 나서 집 생각은 까맣게 잊고 있었어. 그런데 갑자기 집 냄새가 났어. 길에서…… 내가 너를 불렀는데 네가 들으려고 하지 않았을 때 말이야. 그리고 모든 게 갑자기 한꺼번에 확 되돌아왔어…… 정말 집에 가고 싶었어! 아, 세상에, 이런 세상에! 네가 되돌아오려고 하지 않았을 때, 그때 떠났어야 했어. 계속해서 냄새가 풍겨 올 때…… 가슴이 찢어질 것 같았어. 그때 돌아가서 내 집을 잠깐이라도 보았으면 좋았을 텐데…… 딱 한 번이라도. 가까이에 있었어…… 하지만 넌 돌아보려고도 하지 않았어. 돌아보려고도 하지 않았다고! 아, 세상에, 이런 세상에!"

그 일을 다시 떠올리자 슬픔이 새록새록 파도처럼 밀려왔고 다시 흐느낌이 시작되어 더 이상 말을 할 수 없었다. 물쥐는 앞을 똑바로 쳐다보면서 아무 말도 못하고 그저 두더지의 어깨를 부드럽게 토닥거렸다. 잠시 뒤에 물쥐가 우울하게 중얼거렸다.

"이제 다 알았어! 난 정말 돼지 같았어! 돼지…… 그게 나야! 그냥 돼지였어, 못돼먹은 돼지!"

물쥐는 두더지의 울음이 규칙적으로 줄어들고 점점 잦아들 때까지 기다렸다. 마침내 울음소리보다 코를 훌쩍거리는 소리가 자주 들리자 물쥐는 자리에서 일어나 무심하게 말했다.

"자, 이제 계속 가는 게 좋겠어, 친구!"

물쥐는 지금까지 고생스럽게 왔던 길을 향해 뒤돌아서서 다시 걷기 시작했다. 울먹이던 두더지가 깜짝 놀라서 물쥐를 올려다보며 말했다.

"도대체…… 훌쩍…… 어딜 가는 거야…… 훌쩍. 물쥐야?"

물쥐가 명랑하게 말했다.

"네 집으로 갈 거야, 친구. 그러니까 따라오는 게 좋을걸. 찾을 게 있어. 네 코가 필요해."

두더지가 벌떡 일어서서 서둘러 물쥐를 따라가며 말했다.

"아, 돌아와. 물쥐야, 제발! 아무 소용없어. 정말이야! 너무 늦었어. 너무 어둡고 너무 멀단 말이야. 곧 눈도 올 것 같아! 그리고…… 그리고 난 내가 느낀 바를 너에게 알리고 싶지 않았단 말이야. 갑자기 생긴 사고였고 실수였어! 그리고 강둑을 생각해 봐. 네 저녁밥도!"

물쥐가 진심으로 말했다.

"강둑은 어떻게든 되겠지, 저녁도 그렇고! 정말이야. 이제 네 집을 찾으러 가자. 밤새 헤매더라도 말이야. 그러니 힘내, 친구. 내 팔을 잡아. 곧 네 집에 돌아가게 될 거야."

두더지는 여전히 코를 훌쩍거리고 애원하면서 마지못해 이 당당한 친구에게 이끌려 왔던 길을 되돌아갔다. 물쥐는 즐거운 이야기를 하면서 두더지의 마음을 이끌었고 힘든 길이 더 짧게 느껴지도록 만들었다. 마침내 두더지가 '잠깐 기다려' 하고 말했던 곳에 가까이 접근한 게 분명해지자 물쥐가 말했다.

"자, 이제 이야기는 그만하고 일하자! 코를 써 봐. 정신 집중하고."

둘은 말없이 꽤 걸어갔다. 갑자기 두더지를 잡고 있는 물쥐의 팔을 통해서 두더지의 몸을 희미하게 꿰뚫고 지나가는 전율이 느껴졌다. 곧바로 물쥐는 팔을 놓고 한 걸음 뒤로 물러나서 주의를 집중하고 기다렸다.

신호가 들어오고 있었다!

두더지는 잠시 긴장하더니 코를 바짝 치켜들고 살짝 떨면서 공기의 냄새를 맡았다. 그러다가 잽싸게 앞으로 뛰어갔다가 잘못 갔나 확인하고 다시 돌아갔다. 그러고 나서 천천히 그리고 꾸준히 자신 있게 앞서 나갔다. 물쥐는 굉장히 흥분해서 두더지의 뒤를 바짝 쫓아갔다. 두더지는 몽유병 환자처럼 마른 도랑을 건너고 재빨리 산울타리를 뚫고 흐릿한 별빛 아래에서 길도 없이 황량하게 펼쳐진 들판을 나아갔다.

두더지가 경고도 없이 갑작스럽게 땅을 파고 들어갔다. 하지만 물쥐는 정신을 바짝 차리고 있다가 곧바로 두더지를 따라서 충실하게 땅굴로 들어갔다. 땅굴은 좁고 텁텁했으며 흙냄새가 진하게 났다. 물쥐는 한참을 나아가 통로가 끝났을 때에야 일어서서 몸을 쭉 뻗고 부르르 떨었다. 두더지가 성냥을 켰다. 물쥐는 두더지와 함께 탁 트인 공간에 서 있었다. 그곳은 빗자루로 깔끔하게 치워져 있었고 발아래에는 모래가 깔려 있었다. 그리고 바로 앞에는 '두더지의 집'이라는 두꺼운 글씨가 페인트로 쓰여 있는 작은 현관이 있었다. 그 위로는 초인종을 울리는 줄이 있었다.

두더지는 벽에 박힌 못에서 등을 내려 불을 켰다. 물쥐는 주위를 둘러보았다. 넓은 앞마당 같은 곳의 한가운데였다. 문 옆 한쪽에는 정원 벤치가 있었고 다른 쪽에는 땅을 고르는 롤러가 있었다. 집에서는 두더지도 깔끔한 성격이라, 다른 동물들이 뛰어들어와서 땅을 파고 흙무더기를 만들어 놓는 걸 그냥 보고 있을 수 없었던 것이다. 벽에는 양치식물이 든 철사 바구니가 걸려 있었고 석고 조각상이 서 있는 받침대가 띄엄띄엄 놓여 있었다. 가리발디(*1800년대 이탈리아의 장군이자 정치가.), 어린 사무엘(*옛 이스라엘의 예언자.), 빅토리아 여왕, 또 다른 근대 이탈리아의 영웅들이었다. 앞마당 한쪽에는 나인핀스(*11세기에 독일에서 시작되어 현대 볼링으로 발전하게 된 실내 경기.) 경기장이 위치했고 그 주위로 벤치가 줄지어 있었으며 맥주잔을 놓았던 흔적이 동그랗게 남아 있는 작은 나무 탁자들이 있었다. 가운데에 있는 작고 둥그런 연못에서는 금붕어들이 놀고 있었고 새조개의 조가비로 둘레가 장식되어 있었다. 연못의 가운데에는 상상 속에나 나오는 것 같은 구조물이 더 많은 조가비 장식을 달고 서 있었다. 그 위에는 은도금을 한 커다란 유리구슬이 있었는데 모든 게 찌그러진 모양으로 비쳐져 아주 재미있었다.

두더지는 자신에게 소중한 것들을 모두 살펴보고 얼굴이 환하게 밝아졌다. 서둘러 물쥐를 현관 안으로 들이고 현관 안쪽에 불을 컨 다음 옛집을 휙 둘러보았다. 먼지가 사방에 수북이 쌓여 있었고 오랫동안 돌보지 않은 집답게 칙칙하고 황폐해 보였다. 비좁고 변변찮은 공간과 낡고 초라한 살림살이를 둘러보았다. 두더지는 앞발 사이에 코를 파묻고 다시 의자에 털썩 주저앉았다. 두더지가 울적하게 말했다.

"아, 물쥐야! 내가 왜 그랬을까? 왜 오늘 같은 밤에 너를 이렇게 볼품없고 춥고 좁은 곳으로 데리고 왔을까? 안 그랬으면 넌 지금쯤 강둑에서 좋은 것들에 둘러싸여 활활 타오르는 불 앞에서 발가락을 녹이고 있었을 텐데 말이야!"

두더지가 서글프게 자책하는 소리에도 물쥐는 신경 쓰지 않았다. 물쥐는 여기저기 뛰어다니고 문을 열어 보고 방과 찬장을 조사하고 램프와 양초에 불을 붙여서 사방에 세워 놓았다. 물쥐가 기분 좋게 말했다.

"정말 작고 멋진 집이야! 아주 오밀조밀하고 잘 짜여 있어! 여기 있는 모든 것들이 있어야 할 곳에 자리를 잡고 있어! 우린 즐거운 밤을 보낼 거야. 우리가 가장 먼저 원하는 것은 불을 잘 피워 놓는 거지. 내가 알아서 할게. 난 항상 어디서 물건을 찾아야 하는지 알거든. 그러니까 여기가 응접실이지? 정말 멋져! 네 생각이니? 벽 속에 작은 잠자리를 만든 것 말이야. 훌륭한데! 자, 난 나무와 석탄을 가져올 테니까 넌 먼지떨이를 가져와. 부엌 식탁에 하나 있을 거야. 먼저 깨끗하게 치우자. 서둘러, 친구!"

친구의 격려에 힘을 얻은 두더지는 몸을 일으켜서 온 힘을 다해 정성껏 먼지를 떨고 윤이 나게 닦았다. 그동안 물쥐는 장작을 한 아름 들고 이리저리 뛰어다녔다. 곧 불꽃이 굴뚝을 향해 활활 타올랐다. 물쥐는 두더지에게 얼른 와서 불을 쬐라고 큰 소리로 불렀다. 하지만 두더지는 곧바로 울적해져서 털썩 소파에 주저앉아 어두운 절망에 빠진 채 먼지떨이에 얼굴을 묻었다. 두더지가 투덜댔다.

"물쥐야, 저녁 식사는 어떡하지? 가엾고 춥고 배고프고 지친 동물아? 난 너한테 줄 게 아무것도 없어, 아무것도. 부스러기 하나 없다고!"

물쥐가 나무라듯이 말했다.

"넌 정말 포기하는 데 일등이구나! 부엌 찬장에 정어리 통조림

따개가 있는 걸 똑똑히 봤어. 그러니까 근처 어딘가에 분명히 정어리가 있을 거야. 정신 차려! 기운 내고 나랑 같이 가서 먹을 것을 찾아보자."

그래서 둘은 찬장이란 찬장은 다 뒤지고 서랍이란 서랍은 다 열어 보면서 음식을 찾아보았다. 많이 찾지는 못했지만 그래도 결과는 그리 실망스럽지 않았다. 정어리 통조림 하나, 거의 그득하게 들어 있는 건빵 한 상자, 은박지에 싸여 있는 독일식 소시지를 발견했다. 물쥐가 식사를 차리면서 말했다.

"너를 위한 만찬이야! 오늘 밤 우리와 함께 저녁을 먹고 싶어서 귀를 쫑긋 세우고 있는 동물도 있을 거라고!"

두더지가 서글프게 말했다.

"빵도 없고! 버터도 없고, 또……."

물쥐가 씩 웃으면서 말을 이었다.

"거위 간으로 만든 파테(*고기 등을 다져서 빵에 발라 먹는 음식.)도 없고 샴페인도 없지! 그러고 보니 생각나는 게 있는데 복도 끝에 있는 저 작은 문은 뭐지? 지하실 문이야, 틀림없어! 이 집엔 사치품이 더 있어! 조금만 기다려 봐!"

물쥐는 지하실 문으로 가더니 곧 먼지를 뒤집어쓴 채 앞발과 겨드랑이에 맥주병을 끼고 돌아왔다.

"넌 정말 제멋대로구나. 네가 정말 형편없다고 생각하지 마. 이곳은 내가 지내본 곳 중에서 가장 즐거운 곳이야. 자, 저 사진들은 어디서 가져왔니? 저것들이 있어서 이곳이 정말 내 집처럼 느껴져. 네가 이곳을 좋아하는 것도 당연해. 이 집에 대해서 다 얘기해 주렴. 어떻게 이런 집을 만들게 되었는지 말이야."

물쥐가 혼자서 바쁘게 접시와 포크와 숟가락과 달걀 컵에 담은 머스터드를 들고 왔지만 두더지의 가슴은 조금 전까지 느꼈던 감정 때문에 스트레스를 받아서 여전히 들썩거렸다. 그래서 두더지는 조금 부끄러웠다. 하지만 점점 시간이 지날수록 자유롭게 설명에 열중할 수 있었다. 이건 어떻게 설계했으며 저건 어떻게 생각해 냈는지, 요건 숙모한테서 어떻게 물려받게 되었는지, 저 멋진 건 어떻게 찾아내어 싸게 구입했는지, 또 다른 건 밥까지 굶어 가면서 모은 돈으로 얼마나 힘들게 샀는지 등등의 이야기를 풀어놓았다. 마침내 두더지는 기분이 꽤 좋아져서 램프를 들고 가재도구를 살피며 손님에게 자랑하고 자세히 설명해 주었다. 그래서 그렇게 원하던 저녁밥을 먹는 것도 까맣게 잊고 있었다. 물쥐는 배가 고파 죽을 지경이었지만 드러내지 않으려고 무진 애를 썼다. 진지하게 고개를 끄덕이기도 하고 이마에 주름을 잡으면서 살펴보기도 하고 이따금 대꾸할 기회가 주어지면 "훌륭해."라거나 "정말 굉장한걸."하고 감탄하기도 했다.

마침내 물쥐는 두더지를 식탁으로 유인하는 데 성공했다. 그리고 따개를 들고 정어리 통조림을 따는 데 힘을 쏟았다. 그때 앞마당에서 무슨 소리가 들렸다. 자갈밭에서 작은 발을 질질 끄는 것 같은 소리와 조그맣게 중얼거리는 목소리가 들려왔다. 말소리는 중간 중간 끊겼다.

"야야, 한 줄로 서……. 등불을 조금 올려 봐, 토미……. 먼저 목을 가다듬고…… 내가 하나, 둘, 셋을 외칠 때까진 기침하면 안 돼. 꼬맹이 빌은 어디 있어? 여기 이리로 와, 어서. 우리 모두 기다리고 있잖아……."

물쥐가 바쁘게 일하다가 말고 물었다.

"무슨 일이야?"

두더지가 조금 우쭐거리며 말했다.

"들쥐들일 거야. 해마다 이맘때면 돌아다니면서 캐럴을 부르거든. 이 근처에서 유명한 애들이야. 그리고 나를 그냥 지나치는 법이 없어. 맨 마지막에 이 집으로 온단다. 난 따뜻한 음료를 주었어. 이따금 저녁도 대접했고. 형편이 될 때 말이야. 들쥐들 노래를 다시 듣는다니 옛날로 돌아간 것 같아."

물쥐가 벌떡 일어나서 현관으로 달려가며 큰 소리로 말했다.

"가서 한번 보자!"

문을 활짝 열어젖히자마자 계절에 맞는 아름다운 광경이 눈에 들어왔다. 앞마당에는 여덟 마리나 열 마리쯤 되는 들쥐들이 뿔로 만든 등에서 나오는 희미한 빛을 받으며 반원 모양으로 둥글게 서 있었다. 목에는 기다란 빨간 털목도리를 둘렀고 앞발은 주머니에 깊숙이 찔러 넣은 채 몸을 따뜻하게 하려고 발을 동동 구르고 있었다. 들쥐들은 구슬 같은 눈을 반짝이며 수줍게 서로를 쳐다보면서 살짝 키득거리기도 하고 훌쩍이는 코를 외투 소매로 훔치기도 했다. 문이 열리자 등불을 들고 있던 나이 많은 들쥐가 곧바로 말했다.

"자, 하나, 둘, 셋!"

그러자 곧이어 작고 높은 목소리가 공기 중으로 퍼졌다. 옛날부터 조상들이 크리스마스 철이면 황갈색의 서리 내린 들판에서, 눈쌓인 굴뚝 모서리에서, 진흙투성이 거리에서 등불 켜진 창가를 향해 부르던 캐럴을 한목소리로 불렀다.

캐럴

마을 사람 모두 서리 내리는 추위에도
모두들 문을 활짝 열고서
바람이 불어 들어와도, 눈이 따라 들어와도
우리를 불 곁으로 이끄네.
내일 아침에 기쁨이 여러분과 함께 하기를!

우리 여기 추위와 진눈깨비 속에 서서
호호 손가락을 불고 발을 구르며
멀리서부터 당신을 반기러 왔다네.
당신은 난롯가에, 우리는 길가에
내일 아침에 여러분에게 기쁘게 인사하네.

이 밤의 반이 지나기 전에
별이 문득 우리를 이끌고
기쁨과 축복을 내리네.
내일도 또 행복하기를
아침마다 기쁨이 함께 하기를!

착한 요셉이 힘겹게 눈을 헤치며 오다가
마구간 위로 낮게 드리운 별을 보았네.
마리아는 멀리 가지 못하니

초가지붕과 그 아래 흩어진 짚도 반갑네!
내일 아침 마리아에게 기쁨이 있기를!

그리고 마리아와 요셉은 천사들의 부름을 들었네.
'누가 제일 먼저 노엘을 외쳤느냐?'
동물들도 모두 그 소리를 들었다네.
그들 모두 마구간에 살고 있었기에!
내일 아침 기쁨이 그들과 함께 하기를!

노래가 끝나자 들쥐들은 수줍은 미소를 얼굴에 띠고 슬쩍슬쩍 곁눈질로 눈길을 주고받았다. 침묵이 뒤를 이었다. 하지만 아주 잠깐이었다. 머리 위 저 멀리에서, 얼마 전까지 두더지와 물쥐가 여행을 했던 땅굴 아래에서 희미한 콧노래 소리에 맞춰 딸랑딸랑 울리는 기쁨의 종소리가 분명하게 들려왔다. 물쥐가 진심으로 소리쳤다.

"정말 잘했어, 얘들아! 이제 안으로 들어오렴, 너희 모두 다. 불 옆에서 몸도 녹이고 따뜻한 것도 좀 먹으렴!"

두더지도 열심히 권했다.

"그래, 들어와. 들쥐들아, 정말 옛날과 똑같구나! 문 닫고 들어오렴. 저 나무 의자를 난로 쪽으로 바짝 당겨 앉아. 자, 너희들은 잠깐만 기다리렴. 우리가…… 아, 물쥐야!"

두더지가 절망에 빠져 눈물이 그렁그렁한 채 의자에 털썩 주저 앉으며 말했다.

"어떻게 하지? 저 애들한테 줄 게 하나도 없어!"

물쥐가 능수능란하게 말했다.

"다 나한테 맡겨."

그러고 나서 곁에 있던 들쥐에게 물었다.

"등불을 들고 있는 애야! 이쪽으로 오너라. 얘기 좀 하자꾸나.
자, 말해 보렴. 이 시간에 문을 여는 가게가 하나라도 있니?"

들쥐가 공손하게 대답했다.

"그럼요. 있어요, 아저씨. 해마다 이맘때면 가게들은 문을 닫는
때가 없답니다."

물쥐가 말했다.

"그럼 나 좀 보자! 곧바로 등불을 들고 가서……."

중얼중얼 대화가 계속 이어졌지만 두더지는 조금 밖에 듣지 못
했다.

"신선하고 뭐랄까…… 아니, 1파운드면 될 거야. 버긴스 씨 가게
에 가면 있을 거야……. 다른 건 하나도 없으니까……. 아니, 제일
좋은 걸로…… 거기 없으면 다른 데 가 보렴……. 그럼, 물론 통조
림에 든 거 말고 직접 만든 걸로. 그런 다음엔…… 아무튼 최선을
다하렴!"

마침내 앞발에서 앞발로 동전이 딸랑거리며 옮겨 가는 소리가
나더니 들쥐는 물건을 담을 빈 바구니와 등불을 들고 서둘러서 길
을 나섰다. 나머지 들쥐들은 나무 의자에 나란히 앉아서 조그만
다리를 흔들며 동상에 걸린 발이 얼얼해질 때까지 즐겁게 따뜻한
불을 쬐었다. 그사이 두더지는 아이들과 가벼운 이야기를 나누려
고 했다. 하지만 이야기는 가족사로 흘렀고 아이들에게 수많은 형
제들의 이름을 죽 나열해 보도록 했다. 들쥐들은 동생들이 너무

어려서 올해는 캐럴을 부르러 함께 나오지 못했지만 곧 부모의 허락을 받게 될 것 같다고 말했다.

물쥐는 그사이 분주하게 맥주병에 붙은 상표를 살펴보았다. 물쥐가 만족스럽게 말했다.

"이건 올드버튼 맥주구나. 두더지, 넌 정말 분별 있어! 정말 안성맞춤이야! 이제 에일(*병이나 캔으로 파는 맥주의 종류 중 하나.)에 향신료를 넣어서 데우면 되겠다! 두더지야, 준비를 좀 해. 난 코르크 마개를 딸 테니까."

맥주는 곧 데워졌고 양철 난로 한가운데서는 붉은 불길이 활활 타올랐다. 곧이어 들쥐들은 저마다 코를 훌쩍이고 기침을 하고 콜록거리면서(맥주를 데울 때 향신료를 조금만 넣었는데도 향기가 진해서였다.) 눈물을 닦고 깔깔 웃어 댔다. 모두들 그날이 그 어느 때보다 추운 날이라는 사실을 까맣게 잊어버렸다. 두더지가 물쥐에게 설명했다.

"이 애들은 연극도 해. 무대도 자기들끼리 직접 만들어서 연기를 해. 그것도 아주 잘한단다! 작년에 우리한테 정말 멋진 연극을 보여 주었어. 바다에서 바르바리(*이집트를 제외한 북아프리카의 옛 이름.) 해적들에게 붙잡혀 갤리선에서 노를 저어야 했던 들쥐 이야기였어. 그 들쥐가 배에서 도망쳐 다시 집으로 돌아왔을 때 사랑하는 여인은 수도원으로 들어가 버린 뒤였지. 자, 애야! 너도 그 연극을 함께했지? 너도 무대에 있었던 게 기억나. 일어나서 조금 외워 보렴."

두더지가 가리킨 들쥐가 자리에서 일어나 수줍게 키득거리며 방을 둘러보았다. 바짝 긴장했는지 입을 떼지 못했다. 형제들이 함성을 지르며 응원했고 두더지는 들쥐를 구슬리며 격려했다. 물쥐는 들쥐의 어깨에 손을 얹고 흔들기까지 했다. 하지만 들쥐는 무대 공포증을 조금도 이겨 내지 못했다. 모두들 '투신자살자 구조회'의 규정을 따르는 노련한 뱃사공들처럼 그 들쥐를 귀찮을 정도로 설득하고 있을 때 걸쇠가 딸깍거리면서 문이 열리더니 등불을 들고 나갔던 들쥐가 바구니 무게를 못 이겨 비틀거리면서 나타났다.

일단 바구니에 들었던 알찬 내용물이 탁자 위로 쏟아져 나오자 연극 얘기는 쏙 들어가 버렸다. 물쥐의 진두지휘 아래 모두들 뭔가를 준비하기도 하고 가져오기도 했다. 곧바로 저녁이 차려졌고 두더지는 꿈결처럼 식탁의 맨 윗자리에 앉아 조금 전까지만 해도 아무것도 없던 식탁에 맛있는 음식이 가득 차려지는 모습을 바라보았다.

작은 친구들이 환한 웃음을 지으면서 곧장 먹기 시작했다. 배가 무척 고팠던 두더지도 마술처럼 차려진 음식을 마음껏 먹으며 집에 돌아오길 정말 잘했다고 생각했다. 모두들 음식을 먹으면서 지난 얘기를 나누었다. 들쥐들은 두더지에게 최근까지 마을에 떠돌던 소문을 전해 주었고 수백 가지 질문에 꼬박꼬박 대답해 주었다. 물쥐는 거의 아무 말도 하지 않고 손님들이 배불리 먹고 있는지, 두더지한테 걱정거리는 없는지 신경 썼다.

마침내 달그락거리던 소리가 그쳤다. 들쥐들은 집에 있는 어린 동생들에게 줄 선물을 주머니에 가득 담고 성탄 인사를 하면서 무척 고마워했다. 문이 닫혔고 들쥐들이 손에 든 등불의 방울이 딸랑거리는 소리가 멀어져 가자, 두더지와 물쥐는 난롯불을 더 돋우고 의자를 가까이 당겨 앉았다. 그러고는 잠자리에 들기 전에 따뜻하게 데운 맥주를 한 잔 마시면서 긴 하루 동안 있었던 일들에 대해 이야기를 나누었다. 마침내 물쥐가 늘어지게 하품을 하고 말했다.

"두더지, 이 친구야, 난 금방이라도 곯아떨어지겠어. 졸려 죽을 지경이야. 저쪽에 있는 게 네 침대니? 좋아, 그럼 난 여기서 잘게. 이 집은 정말 작고 멋진 집이야! 모든 게 정말 편해!"

물쥐는 자기 침대로 기어들어가서 담요로 몸을 잘 휘감고는 수확 기계에 몸을 맡긴 보릿단처럼 곧바로 잠 속으로 빠져 들어갔다.

두더지도 몹시 지쳐서 곧바로 몸을 돌려 베개에 머리를 댔다. 하지만 눈을 감기 전에 두더지는 정든 방을 걸어다니면서 익숙하고 친숙한 것들에 눈길을 주었다. 하나같이 알게 모르게 오랫동안 두더지의 일부였던 것들이었다. 물건들은 두더지에게 아무런 원한도 품고 있지 않았고 이제는 웃음을 되돌려 주었다. 이제 두더지는 물쥐가 눈치껏 조용히 있어 주었다는 걸 깨달았다. 두더지는 이 집이 얼마나 수수하고 소박한지, 심지어 얼마나 좁은지 분명히 깨달았다. 하지만 확실한 건 이 집이 자신에게 큰 의미가 있다는 사실이었다. 집은 누군가에게 정말 특별하고 가치 있는 정박지(*배가 안전하게 머물 수 있는 해안 지역.) 같은 존재였다. 하지만 두더지는 새로운 생활과 그 멋진 장소를 버리고 싶은 생각이 전혀 없었다. 태양과 공기와 모든 것들이 선사하는 것에서 등을 돌리고 이 집에 틀어박혀 지내고 싶은 생각은 조금도 없었다. 땅 위 세상은 여전히 너무나 강렬하게 두더지를 부르고 있었다. 심지어 두더지는 이 땅속에서도 더 넓은 무대로 돌아가야 한다는 걸 알았다. 하지만 자기 자신만의 장소였던 이곳으로 돌아온 것도 좋았다. 이곳은 온전히 두더지 자신만의 장소였고, 살림 도구들은 두더지를 다시 만나 무척 기뻐하고 있었다. 그리고 언제나 변함없이 반갑게 맞아 주고 의지가 되어 줄 터였다.

6. 두꺼비

맑은 초여름날 아침이었다. 강물은 평소처럼 강둑까지 차올라서 익숙한 빠르기로 흘러갔다. 뜨거운 태양이 초록빛으로 무성한 것들 모두를 끈으로 잡아당겨 땅에서 뽑아내기라도 하려는 것처럼 보였다. 두더지와 물쥐는 뱃놀이 철을 맞아 새벽같이 일어나서 바쁘게 배를 손봤다. 페인트와 니스를 칠하고 노를 고치고 쿠션을 손질하고 배를 잡아당기는 갈고리 장대를 찾아다녔다. 그리고 작은 응접실에서 아침을 먹고 나서 그날 할 일에 대해 열심히 계획을 세웠다. 그때 거칠게 문을 두드리는 소리가 났다. 물쥐가 입에 달걀을 잔뜩 물고 말했다.

"이런 성가시게. 누가 왔나 본데 네가 좀 가 볼래, 두더지야. 넌 다 먹었으니까."

두더지는 문을 열기 위해 다가갔고 물쥐는 두더지가 깜짝 놀라 외치는 소리를 들었다. 그런 다음 응접실 문을 활짝 열고 짐짓 의젓하게 큰 소리로 말했다.

"오소리 아저씨!"

오소리 아저씨가 그들을 방문하다니 정말 대단한 일이었다. 다른 누구를 방문해도 마찬가지였을 것이다. 보통은 이른 아침이나 늦은 저녁에 오소리 아저씨가 산울타리를 따라 소리 없이 미끄러져 다닐 때나 숲 한가운데에 있는 오소리 아저씨의 집을 찾아가야 그를 만날 수 있었는데 그러긴 참 어려웠다.

오소리 아저씨는 무거운 몸으로 성큼성큼 집 안에 들어와서 무척 심각한 표정으로 두 동물을 보며 서 있었다. 물쥐는 달걀을 먹다가 숟가락을 탁자에 떨어뜨린 채 입을 떡 벌리고 있었다. 마침내 오소리 아저씨가 아주 엄숙한 목소리로 말했다.

"시간이 됐어!"

물쥐가 벽난로 위에 있는 시계를 힐끗 바라보며 불안하게 물었다.

"무슨 시간이요?"

오소리 아저씨가 대답했다.

"누구를 위한 시간이냐고 물어야지. 바로 두꺼비를 위한 시간이니까! 두꺼비를 위한 시간이란 말이야! 겨울이 끝나는 대로 내가 두꺼비의 버릇을 고치겠다고 말했잖아. 바로 오늘 두꺼비의 버릇을 고치러 가겠어!"

두더지가 기쁘게 외쳤다.

"두꺼비의 시간이구나! 만세! 이제 기억나요! 우리가 잘 가르쳐서 분별 있는 두꺼비로 만들어요!"

오소리 아저씨가 팔걸이의자에 앉으면서 말을 이었다.

"바로 오늘 아침에 힘 좋은 자동차 한 대가 두꺼비 저택에 도착할 예정이라는군. 마음에 들면 바로 구입하는 조건으로 말이야. 믿을 만한 소식통한테서 들은 얘기야. 그리고 지금 이 순간, 아마 두꺼비는 아주 괴상망측한 옷을 차려 입느라 정신이 없을 거야. 나름 볼만했던 두꺼비가 그 옷 때문에 미쳐 날뛰는 정신 나간 동물로 바뀐다고. 너무 늦기 전에 우리가 가서 말려야 해. 너희 둘 다 나와 함께 당장 두꺼비 저택으로 가자. 두꺼비 구출 작전을 끝내야 지."

물쥐가 벌떡 일어서며 말했다.

"맞아요! 가엾고 불행한 두꺼비를 구하자고요! 두꺼비를 완전히 바꿔 놓는 거예요! 이번에야말로 두꺼비를 개조하는 거예요!"

그들은 자애로운 임무를 가지고 오소리 아저씨를 앞장세워 길을 떠났다. 동물들은 함께 걸을 때면 한 줄로 서서 간다. 적당하고 합리적인 방법이다. 길을 다 차지하고 무질서하게 가다가 갑자기 위험이 닥치거나 문제가 생겼을 때 서로 도움이 되지 못하거나 아무 쓸모가 없게 되기 때문이다.

두꺼비 저택으로 이어지는 마찻길에 도착하자 오소리 아저씨가 예상했던 대로 반짝이는 새 자동차가 보였다. 엄청나게 크고 선명한 빨간색(두꺼비가 제일 좋아하는 색이다.) 차가 집 앞에 서 있었다. 현관 가까이 다가가자 갑자기 문이 벌컥 열리면서 보호안경과 모자, 행전(*걷기 쉽게 정강이에 감아 무릎 아래에 매는 띠.)에 거대한 외투까지 차려입은 두꺼비가 긴 장갑을 끼면서 거만하게 계단을 내려왔다. 두꺼비가 그들을 보고 쾌활하게 말했다.

"안녕! 어서 와, 친구들! 신 나는 일을 하려던 참인데 때마침 잘

왔어. 신 나는 일을 하자. 신⋯⋯ 나⋯⋯ 는⋯⋯."

고집스럽고 딱딱하게 굳은 얼굴로 말없이 서 있는 친구들의 얼굴을 보고는 두꺼비의 쾌활한 목소리가 쏙 들어가 버렸다. 그래서 초대하던 말도 끝내지 못했다. 오소리 아저씨가 계단을 성큼성큼 올라갔다. 그리고 두더지와 물쥐에게 엄하게 말했다.

"데리고 들어가."

두꺼비가 거칠게 발버둥치고 저항하면서 안으로 끌려 들어가자 오소리 아저씨가 몸을 돌려 새 차를 맡고 있던 운전사에게 말했다.

"미안하지만 오늘은 당신을 찾지 않을 겁니다. 두꺼비 씨가 마음을 바꿨거든요. 그 차가 필요하지 않아요. 이걸로 끝이라는 걸 이해해 주셨으면 합니다. 기다릴 필요 없어요."

그러고 나서 오소리 아저씨는 친구들을 따라 안으로 들어가서 문을 닫아 버렸다. 넓은 홀에 넷이 모두 모이자 오소리 아저씨가 두꺼비에게 말했다.

"자, 됐어! 먼저 그 우스꽝스러운 것들부터 벗지!"

두꺼비가 씩씩하게 대꾸했다.

"그렇게는 못해요! 이렇게 소란을 떠는 이유가 뭐예요? 어서 설명해 봐요."

오소리 아저씨가 두더지와 물쥐에게 짧게 지시했다.

"그럼, 너희 둘이 저것들을 벗겨."

두꺼비가 발길질을 하면서 온갖 욕을 해 대는 바람에 친구들은 두꺼비를 바닥에 눕히고서야 제대로 일을 시작할 수 있었다. 물쥐가 두꺼비 위에 올라타고 두더지가 운전복을 하나씩 하나씩 벗겨

냈다. 그런 다음 둘은 두꺼비를 다시 일으켜 세웠다. 두꺼비가 가지고 있던 발끈하고 화를 내던 기질도 멋진 옷들이 벗겨져 나가면서 함께 증발해 버린 것 같았다. 이제는 그저 평범한 두꺼비일 뿐더 이상 고속도로의 무법자가 아니었다. 두꺼비는 힘없이 웃으면서 애원하듯 친구들을 한 명 한 명 바라보았다. 이제야 어떻게 된 일인지 제대로 알아차린 것 같았다. 오소리 아저씨가 엄하게 두꺼비를 혼냈다.

"너도 조만간 이런 일이 생길 줄 알고 있었을 거야. 넌 우리가 한 경고를 모두 무시했어. 네 아버지가 남긴 돈을 흥청망청 썼고 동네에서 마차를 험하게 몰아서 사고를 냈고 경찰을 불러서 우리 동물들을 욕 먹이고 있어. 자립하는 건 아주 좋아. 하지만 우리 동물들은 일단 어느 한계선을 넘으면 절대로 친구가 스스로 바보가 되도록 놔두지 않아. 그리고 넌 그 한계선에 다다랐어. 자, 넌 아주 여러 면에서 좋은 친구야. 나도 너에게 심하게 굴고 싶지 않아. 네가 알아듣게 한 번 더 노력해 보겠다. 흡연실로 따라와라. 너에 대해 몇 가지 사실을 들려주마. 네가 거기서 나올 때도 지금과 똑같을지 두고 보자."

오소리 아저씨는 두꺼비의 팔을 단단히 붙잡고 흡연실로 데리고 들어간 다음 문을 닫았다. 물쥐가 비웃듯이 말했다.

"쓸데없는 짓이야! 아무리 이야기해 봤자 절대로 고치지 못할 걸. 뭐라도 들려줄 순 있겠지만."

물쥐와 두더지는 안락의자에 편안하게 앉아서 끈기 있게 기다렸다. 닫힌 문을 통해서 오소리 아저씨의 목소리가 들려왔다. 낮은 목소리는 웅변을 하듯 소리를 높였다가 내리기를 반복하면서 끊임없이 길게 이어졌다. 곧 물쥐와 두더지는 설교 사이사이에 간간이 길게 흐느끼는 소리가 끼어드는 걸 알아차렸다. 두꺼비가 가슴으로 우는 소리였다. 두꺼비는 마음이 여리고 다정해서 무척 쉽게 기분이 바뀌었다.

45분쯤 지나고 문이 열렸다. 오소리 아저씨가 다시 모습을 드러내더니 실의에 빠져 기운 없는 두꺼비의 앞발을 진지하게 붙잡고 나왔다. 두꺼비의 피부는 축 늘어져 있었고 다리는 후들거렸으며 뺨은 오소리 아저씨의 감동적인 이야기를 들으면서 펑펑 우느라 눈물 자국으로 얼룩져 있었다. 오소리 아저씨가 의자를 가리키며 따뜻하게 말했다.

"저기 앉아라. 나의 친구들이여, 너희들에게 두꺼비가 마침내 자기의 잘못을 알아차렸음을 알린다. 두꺼비는 진심으로 과거에 자신이 잘못된 판단을 내려서 한 행동을 뉘우치고 있으며 자동차는 앞으로 영원히 포기하겠다고 약속했어. 나는 그런 취지의 약속을 받았다."

두더지가 진지하게 말했다.

"그거 정말 좋은 소식인데요."

물쥐가 의심스럽다는 듯 말했다.

"그렇게만 된다면 정말 좋은 일일 텐데, 만약에…… 만약에……."

물쥐는 이렇게 말하면서 두꺼비를 아주 뚫어져라 쳐다보았다. 그리고 두꺼비의 슬픈 눈에서 희미하게 반짝이는 무언가를 보고야 말았다. 오소리 아저씨가 만족스럽게 말을 이었다.

"해야 할 게 한 가지 더 있어. 두꺼비야, 친구들이 있는 여기에서 네가 흡연실에서 나에게 동의했던 것들을 모두 엄숙하게 반복했으면 좋겠다. 네가 한 일을 후회한다고 말이야. 그게 못난 짓이라는 걸 알지?"

길고 긴 침묵이 흘렀다. 두꺼비는 절망적으로 이리저리 눈을 피했고 다른 동물들은 조용한 가운데 진지하게 기다렸다. 마침내 두꺼비가 말했다.

"싫어요."

두꺼비의 목소리는 뚱했지만 완강했다.

"후회하지 않아요. 그리고 그건 절대로 못된 짓이 아니에요! 그냥 아주 즐거운 일일 뿐이라고요!"

오소리 아저씨가 무척 분개하며 외쳤다.

"뭐라고? 이 썩어 빠진 동물 같으니라고. 방금 저 안에서 나한테 말했잖아……."

두꺼비가 조바심을 내며 말했다.

"아, 그땐 그랬지요, 저 안에서는. 난 저 안에서 한 마디도 안했어요. 아저씬 말을 너무 잘 해요. 너무나 감동적이에요. 너무 설득력 있어서 요점을 놀라울 정도로 잘 얘기해요. 저 안에서는 나를 데리고 뭐든 할 수 있었을 거예요. 하지만 난 여전히 내 생각을 더듬고 있었고 내 생각 속에 들어 있는 것들을 점검했어요. 그리고 난 내가 정말로 후회하고 있지도 않고 뉘우치고 있지도 않다는 걸 알았어요. 그러니까 내가 좋게 말할 이유가 전혀 없는 거예요. 안 그래요?"

오소리 아저씨가 말했다.

"그러니까 다시는 차를 타지 않겠다고 약속하지 못하겠다는 거냐?"

두꺼비가 힘주어 대답했다.

"절대 안 해요! 오히려 자동차가 빵빵거리고 내 눈앞에 나타나면 곧바로 올라타겠다고 분명히 약속하지요!"

물쥐가 두더지에게 말했다.

"저럴 거라고 내가 말했지?"

오소리 아저씨가 벌떡 일어서며 단호하게 말했다.

"그럼 좋다. 말로 설득해도 듣지 않으니 힘으로 하는 수밖에. 이렇게 될까 봐 걱정했어. 두꺼비 넌 이따금 우리 셋에게 이 멋진 집에 머물며 너와 함께 지내자고 부탁했어. 이 아름다운 집에서 말이야. 이제 그렇게 하자. 네가 제정신으로 돌아왔다고 생각되면 관둘 거야. 하지만 그전엔 안 돼. 너희들이 두꺼비를 위층으로 데려가서 방에 가둬 놔. 그런 다음 우리끼리 얘기를 해 보자."

물쥐가 상냥하게 말했다.

"다 너를 위해서 이러는 거야, 두꺼비야. 네가 이런 괴로움을 다이겨 내고 나면 우리 모두 얼마나 재미있을지 한번 생각해 봐. 그냥 예전처럼 말이야."

두꺼비는 발길질을 하고 몸부림을 치면서 믿음직한 두 친구에게 이끌려 계단을 올라갔다. 두더지가 말했다.

"네가 괜찮아질 때까지 우리가 잘 돌봐 줄게, 두꺼비야. 그러면 전처럼 네가 돈을 헤프게 쓰는 일도 볼 수 없겠지."

물쥐가 두꺼비를 방에 밀어 넣으면서 말했다.

"유감스럽게 경찰과 얽히는 사고도 더 이상 없을 거야."

두더지가 열쇠를 돌리면서 덧붙였다.

"병원에서 여자 간호사들이 시키는 대로 해야 할 일도 더 이상 없을 테고 말이야."

두더지와 물쥐는 계단을 내려갔다. 두꺼비가 열쇠 구멍으로 둘에게 욕을 퍼부었다. 그리고 세 친구는 이 상황을 어떻게 할 것인지에 대해서 의논을 시작했다. 오소리 아저씨가 한숨을 쉬며 말했다.

"지루한 일이 될 거야. 두꺼비가 저렇게 고집을 부리는 건 처음이야. 그래도 끝까지 해보자고. 잠시라도 감시를 게을리하면 두꺼비가 빠져나가고 말 거야. 번갈아 가면서 두꺼비를 감시해야 해. 두꺼비의 몸에서 고약한 기운이 사라질 때까지 말이야."

그래서 그들은 감시 순서를 정했다. 동물들은 저마다 밤이면 차례로 두꺼비의 방에서 잠을 잤고 낮에는 나눠서 감시했다. 처음에 두꺼비는 이 조심스러운 감시꾼들 때문에 의심할 여지없이 괴로워했다. 폭력적으로 발작을 일으키기도 했다. 두꺼비는 침실 의자를 자동차 모양으로 늘어놓고 맨 앞에 쭈그리고 앉아 몸을 구부리고 앞을 노려보면서 아주 듣기 싫은 소리를 질렀다. 마침내 절정에 이르면 한 바퀴 앞구르기를 하고 모양이 흐트러진 의자들 한가운데에 엎어져 잠깐이나마 만족해하는 것 같았다. 하지만 시간이 흐르면서 괴로움에 못 이겨 일으키는 발작의 횟수는 점점 줄어들었고 친구들은 두꺼비의 마음을 새롭게 바꿔 주려고 애썼다. 그렇지만 두꺼비는 다른 것에는 관심을 보이지 않았고 점점 기운이 없어지며 우울해졌다.

어느 맑은 날 아침, 물쥐는 자기 순서가 되어서 오소리 아저씨와 교대하려고 위층으로 올라갔다. 오소리 아저씨는 숲의 자기 구역과 땅굴을 돌아보며 한가한 시간을 보내고 싶어서 안절부절못하고 있었다. 오소리 아저씨가 문 밖으로 나서면서 물쥐에게 말했다.

"두더지는 아직도 자고 있어. 별로 움직이지도 않아. 이따금 '아, 날 혼자 내버려 둬. 아무것도 바라지 않아, 곧 좋아지겠지. 시간이 지나면 나아질 거야. 지나치게 걱정하지 말라고.' 하고 지껄이는 것 말곤. 자, 조심해, 물쥐야! 두꺼비가 말이 없고 고분고분하면서 교회 학교에서 상을 받은 착한 아이처럼 행동하면 뭔가 꼼수가 있는 거야. 뭘 꾸미고 있는 게 분명하다고. 난 두꺼비를 알아. 아무튼 난 이제 가 봐야겠다."

물쥐가 두꺼비의 침대 옆으로 다가가며 반갑게 물었다.

"오늘은 기분이 어때, 친구?"

물쥐는 잠시 대답을 기다렸다. 마침내 희미한 목소리로 두꺼비가 대답했다.

"정말 고마워, 물쥐야! 그렇게 묻다니 넌 정말 착하구나! 하지만 먼저 너는 어떤지, 훌륭한 두더지는 어떻게 지내는지 말해 주지 않을래?"

"아, 우린 잘 있어."

그리고 물쥐는 경솔하게 덧붙였다.

"두더지는 오소리 아저씨와 함께 한 바퀴 둘러보러 나갔어. 점심때까진 밖에 있을 거야. 그러니까 너랑 나랑 둘이서 즐겁게 오전 시간을 보내자꾸나. 내가 널 즐겁게 해 줄게. 자, 벌떡 일어나. 좋은 친구가 있잖아. 이렇게 아름다운 아침에 맥없이 누워 있지 말라고!"

두꺼비가 웅얼웅얼 말했다.

"아, 친절한 물쥐야. 넌 정말 내가 어떤 상태인지 모르는구나. 지금 '벌떡 일어나'는 건 나하고 정말 거리가 멀어. 뛰어 본다고 해도 말이야! 하지만 나 때문에 신경 쓰지는 마. 친구들한테 짐이 되는 건 싫으니까. 더 이상 짐이 될 생각도 없어. 정말이지 그러고 싶지 않아."

물쥐가 진심으로 말했다.

"나도 그러지 않았으면 좋겠어. 이번엔 네가 정말로 우리를 성가시게 하고 있거든. 너한테서 그만둔다는 말을 들으니 정말 좋다. 그리고 이런 날씨에는…… 뱃놀이 철이 막 시작됐단 말이야! 넌 정말 너무 심했어, 두꺼비야! 우리가 이 일을 마음에 두고 있는 건 아니지만 우린 너 때문에 정말 엄청나게 많은 것을 놓치고 있어."

두꺼비가 무기력하게 말했다.

"마음에 두고 있는 것 같은데? 나도 잘 이해할 수 있어. 아주 당연한 거니까. 나 때문에 얼마나 성가시고 괴롭겠어. 더 이상 너한테 뭘 해 달라고 부탁하지 않을게. 난 골칫거리일 뿐이야."

물쥐가 말했다.

"정말로 그래. 하지만 내가 분명히 말하는데, 네가 좀 더 분별력을 지니기만 한다면 나는 너를 위해서 어떤 어려움도 이겨 낼 거야."

두꺼비가 더 힘 빠진 목소리로 웅얼웅얼 말했다.

"네 생각이 그렇다면, 물쥐야. 부탁이 있는데…… 어쩌면 마지막으로…… 한시라도 빨리 마을로 가서…… 너무 늦었을지 모르지만, 의사를 데려다 줘. 하지만 신경 쓰지 마. 그저 조금 아플 뿐이야. 아마 그냥 둬도 괜찮겠지, 뭐."

물쥐가 가까이 다가와 두꺼비를 살펴보며 물었다.

"이런, 의사는 왜?"

두꺼비는 꼼짝 않고 누워 있었으며 목소리는 더 약해졌고 태도도 평소와 아주 달랐다. 두꺼비가 중얼중얼 말했다.

"너도 좀 전에 알아차렸겠지만…… 아, 아니야. 왜 네가 그래야 해? 알아봐야 골칫거리일 뿐인데. 내일이면 넌 이렇게 중얼거릴 거야. '아, 내가 좀 더 일찍 눈치챘다면! 내가 미리 손을 쓰기만 했다면!' 하고 말이야. 하지만 지금은 아냐. 성가시기만 할 뿐이야. 신경 쓰지 마. 내 부탁은 잊어버려."

물쥐가 다소 놀라면서 말했다.

"이봐, 친구. 내가 의사를 데려다 줄게. 네가 정말로 의사가 필요하다고 생각한다면 말이야. 하지만 넌 아직 그 정도로 나빠 보이진 않거든. 다른 얘기나 하자."

두꺼비가 슬픈 미소를 지으며 말했다.

"내 생각엔 이런 경우에 '얘기'가 별 도움이 될 것 같지 않아. 그렇다고 의사가 도움이 될 것 같지도 않고. 그래도 지푸라기라도 잡아야지. 그건 그렇고 네가 그러는 동안에…… 난 너를 또 성가시게 하기 싫어…… 하지만 나는 네가 그 문을 통과하는 걸 보면…… 가는 김에 변호사도 불러 주지 않을래? 그러면 내가 아주 편해질 거야…… 맘에 들지 않는 일과 맞닥뜨려야 할 때는 물론이고 돈을 아무리 많이 써도 기운이 없을 때가 있잖아!"

물쥐가 깜짝 놀라서 방 밖으로 서둘러 나오며 혼잣말했다.

"변호사라고! 아, 정말 몸이 안 좋구나!"

그래도 신중하게 문을 잠그는 건 잊지 않았다. 문 밖에서 물쥐는 가만히 서서 생각에 잠겼다. 두 친구는 멀리 떨어져 있었고 옆에는 의논할 상대가 한 명도 없었다. 물쥐는 깊이 생각한 끝에 말했다.

"안전한 쪽으로 대비하는 게 좋아. 두꺼비가 전에 아프지도 않으면서 아무 이유 없이 몸이 아주 안 좋다고 말해 온 걸 알아. 하지만 변호사를 불러 달라고 한 건 처음이야! 정말로 아무 문제가 없다면, 의사가 두꺼비한테 멍청하다면서 기운을 북돋아 줄 거야. 그럼 뭔가 득이 되는 게 있겠지. 두꺼비의 비위를 맞춰 주는 게 좋겠어. 그렇게 오래 걸리지 않을 거야."

그래서 물쥐는 두꺼비의 고통을 덜어 주려고 마을로 달려갔다.

두꺼비는 문을 잠그는 소리를 듣자마자 침대에서 가볍게 뛰어내리더니 창가로 가서 물쥐가 마찻길로 사라지는 모습을 뚫어져라 바라보았다. 그러고는 배꼽을 잡고 웃으면서 당장 손에 잡히는 옷 중에서 제일 맵시 있는 옷을 재빨리 걸치고 화장대에 달린 작은 서랍에서 돈을 꺼내 주머니를 가득 채웠다. 그런 다음 침대보를 묶어서 줄을 만들고는 한쪽 끝을 자기 방의 특징인 멋진 창문 기둥에 묶었다. 두꺼비는 재빨리 줄을 타고 내려와 가볍게 땅바닥에 내려섰다. 그러고는 휘파람을 불며 물쥐가 사라진 반대편을 향해 즐겁게 발걸음을 내디뎠다.

마침내 오소리 아저씨와 두더지가 두꺼비 저택으로 돌아왔을 때 물쥐는 혼자서 우울하게 점심을 먹고 있었다. 물쥐는 식탁에 앉아서 그들을 마주보며 이 한심하고 말도 안 되는 이야기를 들려주어야 했다. 오소리 아저씨가 자신을 혼내진 않더라도 비꼬며 무시할 거라고는 예상했다. 하지만 두더지만큼은 가능한 자기를 편

들어 줄 거라고 생각했다. 그러나 두더지는 '이번엔 네가 얼간이 같았어, 물쥐야! 동물 중에서도 겨우 두꺼비라고!'라고 할 뿐이었다. 물쥐가 풀죽은 목소리로 말했다.

"그 녀석이 연기를 정말 잘했어."

오소리 아저씨가 몹시 화를 내며 맞받아쳤다.

"그 녀석이 너를 정말 잘 속였지! 떠든다고 상황이 좋아지지는 않아. 이번엔 두꺼비가 완전히 도망쳐 버렸어. 그건 분명해. 그리고 더 나쁜 것은, 그 녀석이 너무 우쭐해져서 자기가 매우 똑똑한 줄 알고 바보짓을 하면 어떻게 하냐는 거야. 우리는 이제 자유로워져서 편해지긴 했어. 보초를 서느라 귀한 시간을 허비할 필요가 없어졌으니까. 하지만 한동안은 계속 두꺼비 저택에서 자는 게 좋을 거야. 두꺼비가 언제 돌아올지 모르니까. 들것에 실리든 경찰에 붙잡혀서든."

오소리 아저씨는 얼마나 많은 물이 다리 아래를 흘러 지나가야, 두꺼비가 조상들이 물려준 이 집으로 돌아올지 알지 못했다. 하지만 그렇게 말할 수밖에 없었다.

한편 무책임한 두꺼비는 큰길을 따라서 기쁜 마음으로 씩씩하게 걸어 집으로부터 몇 킬로미터나 멀어졌다. 처음에 두꺼비는 샛길을 골라 걷고 들판을 지나면서 아무도 뒤따라오지 못하게 방향을 여러 번 바꿨다. 하지만 다시 붙잡힐 위험이 없다는 생각이 들자 온몸으로 환하게 내리쬐는 햇살을 받았다. 자연이 한목소리로 두꺼비에게 자기 자랑을 맘껏 늘어놓아도 좋다고 허락하는 것 같았다. 두꺼비는 자만심에 한껏 만족해서 춤을 추듯 길을 따라갔다. 두꺼비는 키득거리면서 혼잣말했다.

"정말 멋지게 해냈어! 머리로 폭력을 물리쳤어. 머리가 한 수 위지. 아무렴, 그렇고말고. 불쌍한 물쥐 같으니라고! 이런! 오소리 아저씨가 돌아오면 혼쭐이 나겠지! 쓸 만한 친구야, 물쥐 녀석. 참 좋은 점도 많아. 하지만 머리가 아주 나쁜 데다 배운 것도 전혀 없어. 조만간 내가 손 좀 봐줘야겠어. 녀석을 어떻게 가르치는지 두고 보라고."

두꺼비는 이렇게 자만심에 빠져서 고개를 꼿꼿이 치켜들고 성큼성큼 걸어서 작은 마을로 들어갔다. 큰 도로 저 아래쪽에 작은 길을 가로질러 '레드 라이온'이라는 간판이 흔들리고 있었다. 간판을 보자 아직 아침을 먹지 않은 게 생각났다. 한참을 걸은 뒤라 몹시 배가 고팠다. 두꺼비는 여관으로 들어가서 금방 나올 수 있는 음식 중에서 제일 좋은 식사를 주문하고 식당으로 들어갔다.

밥을 반쯤 먹었을 때 길 저 아래쪽에서 아주 귀에 익은 소리가 들려왔다. 두꺼비는 가슴이 마구 떨려 오기 시작했다. 빵빵! 소리는 점점 가까워졌고 자동차가 여관 마당으로 들어와 멈춰 서는 소리가 들렸다. 두꺼비는 터질 것 같은 감정을 숨기려고 탁자 다리를 움켜쥐었다. 곧 차를 몰고 온 사람들이 식당으로 들어왔고 그날 아침에 겪은 일들과 그동안 잘 타고 다녔던 마차의 장점을 주제로 즐겁게 수다를 떨었다. 두꺼비는 한참 동안 열심히 귀를 기울였다. 마침내 더 이상 참을 수 없을 지경이 되자 재빨리 식당에서 미끄러져 나와 계산대에서 돈을 지불했다. 그리고 곧바로 어슬렁거리며 여관 안뜰로 소리 없이 들어갔다. 두꺼비는 혼잣말했다.

"뭐 잘못될 게 있겠어? 그냥 보기만 할 건데!"

자동차는 뜰 한가운데에 지키는 사람 하나 없이 홀로 서 있었다. 마구간지기와 다른 식객들도 모두 밥을 먹고 있었다. 두꺼비는 느릿느릿 차 주위를 빙 돌면서 차를 살펴보고 평가하고 골똘히 생각에 잠겼다. 이윽고 두꺼비가 혼잣말로 중얼거렸다.

"궁금해. 이런 종류의 차가 어떻게 쉽게 출발할 수 있는지 정말 궁금해."

다음 순간, 어떻게 된 영문인지 몰라도 두꺼비는 어느새 운전대를 붙잡고 돌리고 있었다. 익숙한 소리가 들리자 오래된 열정이 두꺼비를 사로잡아 몸과 마음을 완전히 장악했다. 두꺼비는 마치 꿈을 꾸듯이 운전석에 앉아 있었다. 꿈을 꾸듯이 기어를 넣고 마당에서 차를 돌려 아치형 입구를 빠져나갔다. 그러다 보니 옳은지 그른지에 대한 의식도 없어졌고 분명한 결과에 대한 두려움도 잠시 미뤄 둔 것 같았다. 두꺼비는 속도를 높였다. 차는 거리를 삼킬 듯이 내달렸고 드넓은 시골을 지나 고속도로로 들어섰다. 두꺼비는 자기가 예전의 제일 잘나가던 두꺼비, 공포의 두꺼비, 도로의 무법자 두꺼비, 외로운 오솔길의 두꺼비였다는 사실만 떠올렸다. 두꺼비 앞에서 길을 내주지 않으면 고통스럽게 사라지거나 끝없는 암흑의 밤을 보내야 했다. 두꺼비는 날듯이 운전하며 흥얼거렸고 자동차는 그에 맞춰 단조로운 소리로 붕붕거렸다. 두꺼비는 어디로 가는지도 모르고 속도를 높여 몇 킬로미터를 달렸다. 본능이 시키는 대로 흥청거리면서, 자기 앞에 무슨 일이 닥칠지 신경도 쓰지 않았다.

***

재판장이 쾌활하게 말했다.

"제 생각에 이 사건의 유일한 어려움은 우리가 어떻게 하면 이 앞에 서 있는 구제불능의 불한당, 철면피한 악당에게 뜨거운 맛을 보여 줄 수 있느냐 하는 것입니다. 자, 봅시다. 이 자는 죄를 저질렀으며 증거도 명백합니다. 첫째, 값비싼 자동차를 훔쳤습니다. 둘째, 시민이 위험을 느끼게끔 거칠게 운전했으며 셋째, 경찰에게 아주 무례하게 굴었습니다. 서기는 우리가 각각의 범죄에 대해 가장 심하게 내릴 수 있는 벌이 무엇인지 알려 주기 바랍니다. 물론 피고에게 자비를 베풀 필요는 없습니다. 그럴 만한 게 없으니까요."

서기는 펜으로 코를 긁적거리며 말했다.

"어떤 사람들은 자동차 절도가 가장 나쁜 범죄라고 생각할지 모릅니다. 그렇기도 하고요. 하지만 경찰에게 무례하게 굴었기 때문에 두말할 필요 없이 제일 심한 벌을 받게 될 겁니다. 마땅히 그래야 하고요. 만약 절도죄로 12개월 형을 선고한다면 아주 관대한 처사입니다. 난폭한 운전으로 3년을 선고하는 것도 자비로운 처사입니다. 모독죄로, 그것도 아주 심한 모독죄로 15년 형은 받아야 한다고 봅니다. 증인석에서 나온 말의 겨우 십분의 일만 믿는다고 해도 말이죠. 이 숫자들을 다 합하면 정확하게 19년이 되는데……."

재판장이 말했다.

"잘했어요!"

"그래서 만일의 경우까지 대비해서 적어도 20년은 형벌을 내리는 게 좋겠습니다."

서기가 말을 마쳤다. 재판장이 이 말에 동의했다.

"멋진 제안이오! 죄수는 정신을 차리고 똑바로 서시오! 이번엔 20년이오. 그리고 명심하시오. 어떤 죄목으로든 우리 앞에 다시 나타났다간 훨씬 더한 엄벌에 처하겠소!"

그런 다음 무시무시한 간수들이 불행한 두꺼비에게 달려들었다. 간수들이 두꺼비를 쇠사슬로 묶어서 법정 밖으로 끌어내었고 두꺼비는 비명을 지르고 싹싹 빌다 허공에 대고 누군가에게 항의했다. 시장을 지나가는데 짓궂은 사람들은 야유를 퍼붓고 당근을 던지고 구호를 외치면서 공격했다. 시장 사람들은 수배자를 동정하면서 도움을 주지만 그 수배자의 범죄가 들통이 나면 늘 가혹하게 대했다. 학교에 다니는 아이들은 곤경에 빠진 신사를 보고 신이 나서 순진한 얼굴을 빛내며 야유를 퍼부었다. 두꺼비는 텅텅 울리는 도개교(*큰 배가 지나가도록 양쪽으로 열려 올리는 다리.)를 건너고 뾰족한 창살문 아래를 지나 으스스한 낡은 성의 아치형 입구로 들어갔다. 성의 오래된 탑들은 머리 위로 높이 솟아 있었다. 근무를 마친 군인들로 그득한 위병소를 지났는데 군인들은 씩 웃고 있었다. 그리고 불쾌하게 빈정대는 듯 기침을 해 대는 보초도 지나쳤다. 보초는 근무를 서면서 자신이 범죄를 얼마나 경멸하고 혐오하는지 보여 주려고 일부러 그렇게 했다. 낡고 구불구불한 계단을 올라가서 쇠로 된 갑옷과 모자로 무장한 병사들을 지나쳤다. 병사들은 철가면 너머로 위협하듯 두꺼비를 노려보았다. 안뜰에서는 사나운 개가 줄이 팽팽해지도록 두꺼비에게 덤벼들었다. 늙은 교도관은 창을 벽에 기대고 고기 파이와 브라운에일(*검은색이 도는 달달한 병맥주.)을 먹고 마시다가 깜박 졸고 있었다. 두꺼비는 팔다리를 잡아당기는 틀이 있는 고문실과 엄지손가락을 죄는 틀이 있는 고문실을 지나고, 교수대가 있는 곳으로 가는 모퉁이도 지나쳤다. 마침내 성의 가장 깊숙한 곳에 위치한 무시무시한 지하 감옥에 도착했다. 늙은 교도관이 중요한 열쇠꾸러미를 손가락에 끼우고 앉아 있었다. 두꺼비를 끌고 온 경찰관이 투구를 벗고 이마를 훔치며 말했다.

"이런 젠장! 일어나, 이 늙은 게으름뱅이야. 이 못돼먹은 두꺼비를 넘겨받으라고. 아주 나쁜 죄를 진 데다 누구보다 교활하고 머리가 좋은 범죄자야. 있는 재주를 다 써서 잘 감시하라고. 잘 들어, 이 늙은이야. 만약에 무슨 일이든 생기면 네 늙은 머리가 책임져야 할 거야. 둘 다 뒈질 거라고!"

간수는 진지하게 고개를 끄덕이며 불쌍한 두꺼비의 어깨에 쭈글쭈글한 손을 얹었다. 녹슨 키가 자물통 안에서 삐걱거리자 커다란 문이 끼이익 소리를 내며 열렸다. 이제 두꺼비는 길고 넓은 대지를 자랑하는 살기 좋은 영국에서 가장 튼튼한 성에 위치한, 가장 경비가 삼엄하며 가장 외딴 지하 감옥에 갇힌 힘없는 죄수가 되었다.

7. 새벽녘의 피리 소리

버들솔새 한 마리가 어두운 강둑 가장자리에 몸을 숨기고 짧은 노래를 가냘프게 지저귀었다. 밤 열 시가 넘은 시간이었지만 하늘은 아직 낮볕의 치맛자락에 매달려 빛의 여운을 간직하고 있었다. 몹시 더웠던 낮의 후덥지근한 열기도 짧은 한여름 밤의 서늘한 손가락이 닿자 부서지고 흩어지며 사라졌다. 그날 낮은 동이 틀 때부터 늦은 해질녘까지 구름 한 점 없이 더웠다. 두더지는 아직도 숨을 헐떡이며 강둑 위에 몸을 쭉 뻗고 누워서 친구가 돌아오기를 기다리고 있었다. 물쥐는 수달과 함께 시간을 보내기로 한 약속 때문에 외출했고 두더지는 친구 몇몇과 함께 강둑에서 시간을 보냈다. 늦게 돌아와 보니 집은 비어 있었고 물쥐가 돌아온 흔적은 보이지 않았다. 물쥐는 옛 친구와 늦게까지 같이 있는 게 분명했다. 아직도 집 안은 너무 더워서 두꺼비는 시원한 소리쟁이 잎 위에 누워 모든 것이 정말 좋았던 지난날에 대해 떠올렸다.

이윽고 바싹 마른 풀 위로 물쥐가 가볍게 걸어오는 발소리가 들렸다.

"아, 시원해서 다행이야."

물쥐가 말하면서 자리에 앉더니 가만히 생각에 잠겨 골똘히 강을 바라봤다. 곧 두더지가 물었다.

"저녁때까지 있었네?"

"다른 도리가 없었어. 그전엔 작별 인사를 들으려고 하지도 않았으니까. 수달이 얼마나 친절한지 너도 알잖아. 내가 떠나는 순간까지 즐겁게 해 주려고 할 수 있는 건 다했다니까. 하지만 줄곧 마음이 불편했어. 숨기려 했지만 수달들한테 아주 안 좋은 일이 생겼거든. 어려움에 빠져 있는 것 같아. 어린 포틀리가 다시 사라졌어. 비록 말은 안 하지만 그 애 아빠가 포틀리를 얼마나 걱정하는지 너도 알 거야."

두더지가 대수롭지 않게 말했다.

"뭐, 그 아이가? 음, 그렇다고 해도 크게 걱정할 필요 없잖아? 그 앤 늘 멀리까지 나갔다가 길을 잃고서는 금세 다시 나타나잖아. 너무 모험심이 강해. 하지만 지금까지 아무 일도 없었지. 이 근처에선 모두들 그 애를 잘 알고 제 자식처럼 좋아하잖아. 누구라도 그 애랑 마주치면 무사히 데려올 거야. 우리가 멀리 떨어진 곳에서 그 애를 찾았을 때도 침착하고 쾌활하게 있었잖아!"

물쥐가 진지하게 말했다.

"그랬지. 하지만 이번엔 아주 심각해. 벌써 며칠째 안 보여. 수달들이 높은 곳, 낮은 곳 할 것 없이 다 뒤졌어. 하지만 티끌만 한 흔적도 못 찾았다고. 그래서 몇 킬로미터 주위에 사는 동물들한테

다 물어봤는데 그 애를 봤다는 동물은 아무도 없었어. 수달은 겉으로 드러내는 것보다 훨씬 더 걱정하고 있어. 둑 때문에 걱정하고 있단 말이야. 어린 포틀리가 아직 헤엄치는 법을 제대로 배우지 못했으니까. 둑에는 해마다 이맘때에도 많은 물이 흘러내리고 있어. 늘 아이들의 마음을 빼앗는 곳이지. 그렇지만 거기에는…… 너도 알겠지만 덫 같은 것도 있어. 예전의 수달은 아들 때문에 속을 썩던 친구가 아니었어. 하지만 내가 집 밖으로 나올 때 수달이 따라나왔지. 산책하면서 바람 좀 쐬야겠다면서 말이야…… 난 그게 사실이 아니라는 걸 알 수 있었어. 그래서 난 수달에게 질문을 퍼부어서 다 털어놓게 만들었어. 그리고 마침내 모든 걸 알아냈어. 여울에서 밤새 지켜볼 생각이더군. 다리를 만들기 전에 여울이 있던 곳, 너도 알지?"

"잘 알지. 그런데 왜 하필이면 거기서 지켜보기로 했대?"

"음, 거기서 포틀리한테 처음으로 헤엄치는 법을 가르친 것 같아. 둑 가까이 자갈밭이 있는 얕은 곳에서 말이야. 게다가 고기 잡는 법을 가르친 곳도 거기였고, 포틀리가 처음으로 자기 손으로 고기를 잡고 자랑스러워한 곳도 거기였어. 그 앤 그곳을 무척 사랑했어. 그래서 수달은 그 애가 지금 어디에서 헤매고 있든 다시 돌아올 거라고 생각해…… 불쌍한 꼬마 녀석…… 어디서든 살아 있겠지. 자기가 좋아했던 여울로 돌아올지도 몰라. 어쩌다 여울을 지나다가 옛일을 기억하고는 거기 멈춰서 놀지도 모르지. 그래서 수달은 매일 밤 그곳에 가서 지켜본다는 거야. 혹시나…… 그냥 혹시나 하면서!"

둘은 잠시 입을 다물고 똑같은 생각을 했다. 여울 옆에 쭈그리고 앉아 혹시나 하는 마음으로 긴긴 밤 내내 지켜보며 기다리는 외롭고 슬픔에 잠긴 동물을 말이다. 이윽고 물쥐가 말했다.

"이런, 이런. 우리도 안으로 들어가야지."

말은 그렇게 했지만 참말로 발길이 떨어지지 않았다. 두더지가 말했다.

"물쥐야. 난 정말 이렇게 아무것도 하지 않은 채 들어가서 잠을 잘 수가 없어. 비록 할 수 있는 게 하나도 없다고 해도 말이야. 배를 꺼내서 강 위로 가 보자. 한 시간쯤 지나면 달이 뜰 거고 그럼 할 수 있는 데까지 찾아보는 거야. 어쨌든 잠을 자느라 아무것도 하지 않는 것보다는 나을 거야."

물쥐가 말했다.

"내 생각도 그래. 어쨌든 편히 잠들 수 있는 밤은 아니야. 게다가 곧 동이 터 올 거야. 강을 따라가면서 일찍 일어난 동물들에게 무슨 소식이라도 들을 수 있을지 몰라."

둘은 배를 꺼냈다. 물쥐가 노를 잡고 조심스럽게 저었다. 강 한가운데로 나가자 하늘이 희미하게 비치는 좁은 물길이 선명하게 나타났다. 하지만 두더지는 둑이나 관목 덤불, 나무들이 물 위로 그림자를 드리운 곳에서 조심스럽게 키를 조종했다. 그림자들은 아무리 봐도 둑만큼 단단해 보였다. 여느 때처럼 어둡고 쓸쓸한 밤은 작은 노랫소리와 재잘거리는 소리, 바스락거리는 소리, 깨어 있거나 막 깨어나려는 작고 분주한 생물들의 이야기 소리로 가득 차 있었다. 마침내 햇살이 비쳐서 이제 그만 자도 된다고 할 때까지, 작은 생물들은 밤을 새워 거래를 하며 오갔다. 강물 소리도 낮보다 훨씬 또렷해서 콸콸거리는 소리와 첨벙 소리가 뜻밖에 더 가까이에서 들려왔다. 그래서 둘은 누군가를 부르는 또렷한 목소리가 들리는 것 같아 계속해서 깜짝깜짝 놀랐다.

지평선이 하늘을 배경으로 또렷하게 나타났지만 어떤 곳에서는 점점 은빛으로 떠오르는 인광(*빛의 자극이 사라진 뒤에도 계속해서 내는 빛.)에 반사되어 검게 보이기도 했다. 마침내 땅의 가장자리 위로 달이 위풍당당하게 천천히 떠오르더니 밧줄에서 벗어나듯 확실하게 지평선을 벗어나 위로 쑥 떠올랐다. 물쥐와 두더지는 다시 한 번 땅 위와 물 위를 살펴보았다. 넓게 펼쳐진 풀밭과 조용한 공원, 신비로움과 무서움을 깨끗이 씻어 내고 부드럽게 흘러가는 강물이 모습을 드러냈다. 모두가 환하게 빛났지만 낮과는 아주 다른 모습이었다. 물쥐와 두더지가 자주 가던 곳은 전혀 다른 옷을 입고 둘을 반겼다. 마치 모습을 감추었다가 깨끗한 새 옷을 갈아입고 조용히 돌아와서 두 동물이 자기의 새 옷차림을 알아봐 주길 기다리며 수줍게 웃는 것 같았다.

두 친구는 배를 버드나무에 단단히 묶고 이 조용한 은빛 왕국에 발을 내딛었다. 그리고 끈기 있게 덤불과 속이 빈 나무, 크고 작은 땅굴, 도랑과 말라붙은 물길을 차근차근 살펴보았다. 그러고 나서 다시 배를 타고 반대편으로 건너가 같은 방식으로 조사하며 물길을 거슬러 올라갔다. 그사이 무심하고 고요한 달은 구름 한 점 없는 하늘에 떠 멀리서나마 최선을 다해 물쥐와 두더지의 수색을 도왔다. 그러나 시간이 다 되자 달은 물쥐와 두더지를 두고 마지못해 땅으로 저물었다. 또다시 신비로움이 강과 들을 뒤덮었다.

그러더니 천천히 변화가 보이기 시작했다. 지평선이 점점 또렷해졌고 들판과 나무가 더 분명하게 모습을 드러냈다. 조금 전과 완전히 다른 신비함이 퍼져 나오고 있었다. 새 한 마리가 갑자기 지저 귀더니 조용해졌다. 가벼운 산들바람이 휙 일어나서 갈대와 부들 이 바스락거렸다. 두더지가 노를 젓는 동안 고물에 앉아 있던 물쥐 가 갑자기 일어나 소리에 귀를 쫑긋하고 기울였다. 두더지는 둑을 주의 깊게 살피며 가볍게 노를 젓다가 호기심 어린 눈으로 물쥐를 바라봤다. 물쥐가 다시 자리에 주저앉아 한숨을 쉬며 말했다.

"사라졌어! 처음 듣는 소리였는데 낯설면서도 아주 아름다웠어! 이렇게 빨리 그칠 줄 알았으면 차라리 듣지 말걸. 아, 가슴이 아플 정도로 다시 듣고 싶어. 그 소리를 단 한 번만이라도 더 들을 수 있다면. 아, 다시 들려!"

물쥐는 소리를 지르고 나서 다시 온 신경을 집중했다. 그러더니 넋을 잃고 마법에 홀린 듯 한동안 조용히 있었다. 이윽고 물쥐가 말했다.

"이제 안 들려. 놓쳤어. 아, 두더지야! 정말 아름다웠어! 멀리서 즐겁게 떠드는 소리와 기쁨과 행복이 가득한 피리 소리가 가늘게 들려왔어! 그렇게 멋진 음악을 들을 줄은 꿈에도 몰랐어. 피리 소 리는 달콤한 음악보다 더 힘찼어! 노를 저어, 두더지야. 노를 저으 라고! 그 음악과 노랫소리가 우리를 부르고 있어."

두더지는 몹시 궁금했지만 물쥐가 시키는 대로 하면서 말했다.

"난 갈대와 부들과 고리버들을 스쳐 가는 바람 소리 밖에 듣지 못했는데."

물쥐는 정말로 그 소리를 들었다는 듯 대답하지 않았다. 그저 넋을 잃고 어쩔 줄 몰라 하며 몸을 떨었다. 물쥐는 자신의 영혼을 흔드는 이 새롭고 신성한 소리에 사로잡혀 모든 감각을 빼앗겼다.

힘없이 억센 손아귀에 잡혀 있으면서도 행복해하는 젖먹이가 된 것 같았다.

주위가 조용한 가운데 두더지는 꾸준히 노를 저었다. 곧 두더지와 물쥐는 후미진 강이 한쪽으로 길게 넓어지면서 두 갈래로 갈라지는 곳에 도착했다. 물쥐는 키 잡는 걸 잊고 있다가 두더지에게 역류를 타라고 지시했다. 살금살금 움직이는 빛의 물결이 점점 퍼져 가면서 이제 둘은 물가를 보석처럼 수놓은 꽃의 색도 알아볼 수 있었다.

"계속해서 또렷해지면서 가까워지고 있어. 이제 너도 분명히 들을 수 있을 거야! 아…… 드디어…… 너도 들리지?"

반가운 피리 소리가 물결처럼 밀려오자 두더지는 숨도 쉬지 못하고 얼어붙은 채 노 젓기를 멈췄다. 동무의 볼에는 눈물이 흐르고 있었다. 두더지는 이해한다는 듯 고개를 끄덕였다. 둘은 강둑 가장자리를 뒤덮고 있는 보라색 부처꽃을 스치듯 지나가며 잠시 그곳에 머물렀다. 그때 누군가 손에 손을 잡고 행진하면서 당당하게 부르는 것 같은 노랫소리가 들려왔고 그것이 두더지를 움직이게 만들었다. 두더지는 기계적으로 다시 노를 저으려고 몸을 숙였다. 빛이 점점 밝아 왔고 새벽이 다가왔지만 새들은 언제나처럼 노래를 부르지 않고 입을 다물었다. 천상의 음악만이 신비롭게 흐르고 있었다.

배가 앞으로 미끄러져 나갔고 강 양쪽으로 푸릇푸릇한 왕포아풀이 그 어느 아침보다 신선하게 펼쳐져 있었다. 장미가 그렇게 선명한 것도 처음 보았고 분홍바늘꽃이 이처럼 요란하게 핀 것도 처음 보았으며 널리 퍼진 조팝나무 향기가 이렇게 좋게 느껴진 것도 처음이었다. 그때 대기의 속삭임 속에 가락이 가득 차 오기 시작했다. 물쥐와 두더지는 그것이 무엇이든, 자신들의 탐험이 이제 끝을 향해 다가가고 있음을 확신했다.

커다란 반원 모양의 거품이 일고 햇빛이 반짝이고 초록빛 물마루가 빛났다. 커다란 댐이 둑과 둑 사이를 막자 빙글빙글 도는 소용돌이와 떠다니는 거품 줄기가 조용하던 수면을 휘저었다. 우르릉 소리는 모두를 달래듯이 소리를 죽여 갔고 소란한 소리도 조금씩 잦아들었다. 둑이 희미하게 빛나는 팔을 벌려 둘러싸고 있는 강 한가운데에는 작은 섬이 자리 잡고 있었다. 섬 가장자리에는 버드나무와 자작나무, 오리나무가 빽빽이 늘어서 있었다. 나무들은 수줍어하면서 의미심장한 표정으로 장막 뒤에 뭔가를 감추고 있는 것처럼 보였다. 그게 무엇이건 때가 되어 호출을 받고 선택된 이가 올 때까지 보여 주지 않을 것 같았다.

물쥐와 두더지는 천천히, 하지만 조금의 의심이나 주저함도 없이 뭔가 엄숙한 것을 기대하면서 떠들썩하게 부서지는 강물을 지나 꽃으로 뒤덮인 섬의 가장자리에 배를 댔다. 조용히 땅에 내려서 바닥을 덮고 있는 꽃과 향기로운 목초와 덤불 사이를 헤치고 나아갔다. 둘은 그곳에서 놀라울 정도로 파란 풀밭 위에 섰다. 야생 능금, 야생 버찌, 야생 자두와 같이 자연에서 저절로 자란 과일나무들이 풀밭을 둘러싸고 있었다. 쥐가 넋을 잃고 속삭였다.

"내가 음악을 듣고 꿈꾸었던 곳이야. 여기, 이 성스러운 곳에서 음악이 들려왔어. 여기 어디쯤에서 분명히 그 앨 찾을 수 있을 거야!"

그때 두더지는 갑자기 거대한 경외심에 휩싸여 강 쪽으로 몸을 돌렸다. 그리고 머리를 숙이고 땅에 발이 박힌 것처럼 꼼짝도 하지 못했다. 하지만 극심한 두려움은 아니었다. 오히려 놀랍도록 평화롭고 행복했다. 그 힘이 두더지를 짓눌러 꼼짝 못하게 했지만 보지 않고도 당당한 누군가가 아주 가까이에 있다는 것을 느낄 수 있었다. 두더지가 힘겹게 친구를 돌아보자 친구는 자기 옆에서 잔뜩 주눅이 들어 공포에 시달리며 심하게 떨고 있었다. 게다가 새들이 즐겨 찾던 나뭇가지에는 여전히 정적이 흘렀고 햇빛은 점점 밝아지고 있었다.

어쩌면 두더지는 감히 눈을 들어 보지 못했는지 모른다. 피리 소리는 잦아들었지만 두더지는 자기를 부르는 소리에 지배당하고 있는 것 같았다. 죽음이 코앞에서 두더지를 덮치기 위해 기다리고 있다 해도 참지 못하고 똑바로 바라보았을 것이다. 두더지는 덜덜 떨면서 보잘것없는 머리를 들었다. 눈앞에는 더할 나위 없이 깨끗한 새벽이 믿을 수 없는 색으로 가득 차 있었다. 붉어진 대자연도 숨을 죽인 것 같았다. 두더지는 '친구이자 조력자의 눈을 똑바로 바라보았다. 뒤쪽으로 구부러진 뿔이 밝아 오는 빛을 받아 어슴푸레 빛나고 있었다. 수염이 텁수룩한 입가엔 살짝 웃음을 머금었고, 재미있다는 듯 내려다보는 친절한 눈 사이로 단단하고 구부러진 매부리코가 보였다. 팔에서 넓은 가슴까지 근육이 물결쳤고 길고 부드러운 손가락에는 벌어진 입술에서 이제 막 뗀 팬파이프가 들려 있었다. 그것의 발굽 사이에, 아늑하게 누워서 평화롭고 만족스러운 잠에 빠져 있는 녀석이 보였다. 작고 동그라며 통통하고 어린애 같은 아기 수달이었다. 두더지는 이 모든 것을 생생한 아침의 하늘 아래에서 숨도 쉬지 못한 채 바라보았다. 두더지가 쳐다보는 동안에도 그것은 살아 있었다. 여전히 살아 있었기 때문에 두더지는 더 궁금했다. 두더지가 떨면서 숨을 고른 뒤 속삭였다.

"물쥐야! 무섭니?"

물쥐는 말로 다할 수 없는 사랑으로 눈을 빛내며 중얼거렸다.

"무섭냐고? 무섭다니! 저자가? 이런, 전혀! 그런데…… 그런데…… 두더지야, 그냥 두렵기는 해!"

그런 다음 두 동물은 땅에 쭈그리고 앉아 머리를 숙여 존경의 뜻을 보였다.

갑자기 해가 크고 노란 원반 같이 장엄하게 지평선 위로 떠올라 그들을 마주 봤다. 맨 처음 빛이 강가의 풀밭을 가로질러 비치자 동물들은 그 빛 때문에 눈이 부셨다. 다시 보았을 때 그 환영은 사라졌고 하늘에는 새벽을 맞이하며 환호하는 새들의 즐거운 노래로 가득했다.

두더지와 물쥐는 아무 말도 못하고 멍하니 바라보다가 조금 전에 봤던 것들이 사라져 버렸다는 사실을 천천히 깨닫기 시작했다. 변덕스러운 산들바람이 물 위에서 춤추듯 일어나서 사시나무를 까딱까딱 건드리고 이슬에 젖은 장미를 흔들었다. 그런 다음 부드러운 손길로 두더지와 물쥐의 얼굴을 가볍게 쓰다듬고는 흔적도 없이 사라져 버렸다. 친절한 목신(*숲, 사냥, 목축을 맡아보는 반인반신.)이 두더지와 물쥐에게 마지막으로 조심스럽게 내려 준 최고의 선물은 바로 망각이었다. 목신이 자신의 모습까지 드러내며 그들을 도운 이유는, 자신에 대한 기억이 즐거움과 기쁨 위로 그림자를 드리우지 못하게 하려는 것이었다. 그래야 두 동물이 전처럼 행복하게 걱정 없이 살아갈 수 있기 때문이었다. 계속해서 자신에 대한 기억이 떠오른다면, 두더지와 물쥐는 어려움을 헤치며 남을 도운 대가로 자신들의 남은 인생을 망치게 될 게 분명했다.

두더지는 눈을 비비며 물쥐를 바라봤고 물쥐는 두더지를 어리둥절한 표정으로 쳐다봤다. 두더지가 물었다.

"미안. 뭐라고 했어?"

물쥐가 천천히 대답했다.

"내 생각엔 바로 이곳일 것 같아. 여기 이곳이야말로 포틀리를 찾을 만한 곳이라고 말했어. 봐! 저기 꼬마 녀석이 있어!"

물쥐는 기쁨의 소리를 지르며 잠들어 있는 포틀리 쪽으로 달려 갔다. 하지만 두더지는 생각에 잠겨 잠깐 동안 우두커니 서 있었다. 마치 아름다운 꿈에서 깨어나 돌이켜 생각하려고 애써 보지만 희미한 아름다움에 대한 느낌밖에 기억해 내지 못하는 것과 같았다. 아름다움! 그것도 때가 되면 사라질 것이다. 몽상가는 힘들고 추운 현실을 씁쓸하게 받아들여야 한다. 그렇게 두더지는 짧은 시간동안 기억과 싸운 뒤 슬프게 고개를 젓고는 물쥐를 따라갔다.

포틀리는 낑낑대며 일어났다. 그리고 예전에 자기와 놀아 주었던 아빠의 친구를 알아보고는 기뻐서 몸을 들썩거렸다. 하지만 잠시 뒤 포틀리는 점점 멍한 얼굴로 애원하듯 끙끙거리며 빙글빙글 돌기 시작했다. 마치 보모의 팔에 안겨 행복하게 잠들었던 아이가 깨어나서는 낯선 곳에 혼자 누워 있다는 사실을 알아차리고 구석과 선반, 이 방과 저 방을 뒤지며 마음속으로 절망하는 것과 같은 모습이었다. 그래도 포틀리는 지치지 않고 끈덕지게 섬을 뒤지고 또 뒤졌다. 마침내 암담한 심정으로 포기하고는 제자리에 주저앉아서 쓰라리게 울었다.

두더지는 포틀리를 달래려고 재빨리 달려갔다. 하지만 물쥐는 남아서 풀밭 깊이 또렷하게 남은 발굽 자국을 의심스럽게 살펴보았다.

　"아주…… 커다란…… 어떤 동물이…… 여기에 있었어."

　물쥐는 천천히 생각에 잠겨 중얼거렸다. 그리고 생각하고 또 생각했다. 이상하게 마음이 설레었다.

　"따라와, 물쥐야! 저기 여울에서 기다리는 불쌍한 수달을 생각해야지!"

　포틀리는 물쥐가 뱃놀이를 약속하자 곧 마음을 진정시켰다. 두 동물은 포틀리를 강가로 이끌어 둘 사이의 배 바닥에 안전하게 앉히고는 노를 저어 굽은 물가를 따라갔다. 해는 이제 완전히 떠서 세상을 뜨겁게 달궜고 새들은 활기차고 자유롭게 노래했으며 꽃은 둑 양쪽에서 웃음지으며 고개를 끄덕였다. 하지만 왜 그런지 모르게…… 어딘가에서 봤던 것보다 색깔이 풍성하지도 않고 화려하지도 않은 것 같았다.

　두더지와 물쥐는 큰 강줄기에 다다랐다. 뱃머리를 상류로 돌린 다음 친구가 외롭게 밤샘하고 있는 곳으로 향했다. 두더지는 낮익은 여울로 가까이 다가가서 둑에 배를 댔다. 그리고 포틀리를 일으켜 강둑길에 내려 준 다음 다정하게 등을 두드리며 작별 인사를 했다. 둘은 다시 큰 강줄기로 배를 밀고 포틀리가 길을 따라 의젓하게 뒤뚱뒤뚱 걸어가는 모습을 흐뭇한 심정으로 바라보았다. 포틀리는 갑자기 주둥이를 치켜들더니 뭔가를 알아보고 높은 소리로 낑낑거렸고 꿈틀거리더니 뒤뚱뒤뚱 걸었다. 두더지는 어린 동물의 어설픈 걸음걸이를 지켜봤다. 긴장으로 뻣뻣해진 수달이 멍

하게 쭈그리고 있던 강 위쪽, 얕은 물에서 뛰쳐나와 다가오는 것이
보였다. 놀란 수달이 고리버들을 뚫고 길 위로 올라왔고 기뻐서 외
치는 고함이 들려왔다. 두더지는 노 하나를 힘차게 저어 배를 돌
린 다음 흐르는 물살에 배를 맡겼다. 둘의 임무는 이제 행복하게
끝났기 때문이다. 배가 흘러가자 두더지는 녹초가 되어 노에 기대
며 말했다.

"이상하게 피곤해. 아마 밤을 새워서 그런 거라고 말하겠지. 하
지만 나한테 밤새는 건 아무것도 아니야. 우린 해마다 이맘때쯤이
면 일주일에 절반이 넘도록 밤을 새워. 하지만 지금은 단순히 밤
을 샌 게 아니야. 마치 아주 신 나면서 조금은 무서운 뭔가를 지나
왔고 그게 막 끝난 것 같은 느낌이야. 그런데 아직 특별한 일은 하
나도 벌어지지 않았잖아."

물쥐가 몸을 뒤로 기대 눈을 감으며 중얼거렸다.

"아니면 뭔가 아주 놀랍고 멋지고 아름다운 거든지. 나도 너하
고 똑같아. 그냥 죽을 것 같이 피곤해. 비록 몸이 피곤한 건 아니
지만. 물살이 우리 집 방향으로 흐르다니 정말 다행이야. 몸속 깊
숙이 햇살을 받는 느낌은 너무 좋아! 게다가 갈대를 스치는 바람
소리에 귀를 기울이는 것도 얼마나 좋은데!"

두더지가 졸린 듯 꾸벅이며 말했다.

"마치 음악 같아…… 먼…… 아주 먼 곳에서 흘러나오는 음악."

쥐가 꿈결 같이 느릿느릿 중얼거렸다.

"나도 그렇게 생각했어. 춤곡인가…… 즐겁고 신 나는 음악이
들려와…… 노랫말도. 노랫말은 이야기가 되어서 다시 흘러나오기
도 하고…… 들렸다가 안 들렸다가 해……. 그러고 나서 또다시 춤

곡이 들리고…… 마지막엔 갈대가 부드럽고 희미하게 속삭이는 소리만 들려."

두더지가 슬픈 듯 말했다.

"넌 나보다 잘 알아들었구나. 난 노랫말은 듣지 못했는데."

물쥐가 눈을 감은 채 부드럽게 말했다.

"내가 들려줄게. 이제 다시 노랫말이 들려. 희미하지만 또렷해. '두려워하지 말아요…… 놀라움을 즐거움으로 바꿔요…… 남을 도울 때 나의 힘을 보게 될 거예요…… 하지만 그다음엔…….' 지금은 갈대 소리가 노랫소리를 삼켜 버렸어. 또 들린다. '잊어요, 잊어버려요!' 갈대가 한숨 쉬듯 말하는 소리가 바스락거리는 소리와 속삭임에 묻혀 버렸어. 목소리가 다시 들려……. '팔다리가 부러지고 떨어지지 않게…… 나는 설치된 덫을 풀어 주어요. 덫을 풀어 주는 내 모습을 잠깐 볼 수도 있어요…… 그다음엔 분명히 잊어버릴 테지만.' 배를 가까이 대, 두더지야. 갈대에 더 가까이 가 봐! 알아듣기 어려워. 점점 소리가 작아지고 있어. '나는 돕는 이와 치료하는 이를 응원한다네…… 작은 이가 길을 잃고 숲에서 비를 맞고 헤맨다면 나는 상처를 감싸고…… 모두 잊으라고 말한답니다!' 두더지야, 더 가까이! 아냐, 소용없어. 노래가 갈대의 속삭임 속으로 사라졌어."

두더지가 궁금해하며 물었다.

"그런데 그게 무슨 뜻이야?"

물쥐가 간단하게 대답했다.

"나도 몰라. 난 들리는 대로 이야기해 준 것뿐이야. 아! 이제 다시 들려. 이번엔 크고 또렷해! 이번엔 마침내 정말이야, 틀림없어.

간단하고…… 정열적이고…… 완벽해……."

뜨거운 햇빛 속에서 한참을 기다리다가 반쯤 졸린 목소리로 두더지가 말했다.

"자, 그럼 들어 보자."

하지만 대답이 없었다. 두더지는 물쥐를 쳐다보고 왜 그런지 알아차렸다. 물쥐는 뭔가를 듣고 있는 것처럼 얼굴 가득 행복한 웃음을 지으며 깊이 잠들어 있었다.

8. 두꺼비의 모험

두꺼비는 눅눅하고 역겨운 지하 감옥에 갇혀 있었다. 중세 요새의 무시무시한 어둠이 바깥세상의 환한 햇빛으로부터 두꺼비를 가로막고 있었다. 두꺼비는 얼마 전까지만 해도 영국의 포장도로가 전부 제 것인 양 큰 도로를 누비며 아주 행복하게 지냈는데 지금은 팔다리를 쭉 뻗고 감옥 바닥에 누워서 쓰라린 눈물을 흘리며 절망에 빠져 있었다. 두꺼비가 말했다.

"다 끝났어. 적어도 두꺼비의 시대는 갔어. 인기 많고 멋진 두꺼비, 부유하고 친절한 두꺼비, 자유롭고 얽매이지 않고 당당한 두꺼비였는데! 이제 어떻게 자유로울 수 있을까. 멋진 자동차를 대담하게 훔치고 얼굴이 벌개진 경찰 앞에서 그렇게 끔찍하고 뻔뻔하게 굴다니."

두꺼비는 목이 메어 흐느꼈다.

"난 정말 멍청했어. 이제 난 이 지하 감옥에서 썩어야 해. 나를

135

안다고 자랑스러워하던 이들이 모두 두꺼비라는 이름을 잊어버릴 거야! 오, 현명한 오소리 아저씨! 오, 영리하고 똑똑한 물쥐와 사려 깊은 두더지! 너희들의 판단력은 정말 뛰어나! 인간과 세상의 문제에도! 아, 버림받은 불행한 두꺼비!"

엉큼한 늙은 교도관은 두꺼비의 주머니에 돈이 가득 들어 있다는 사실을 알고는 돈만 많이 주면 필요한 물건뿐 아니라 사치품도 들여보내 줄 수 있다고 말했다. 하지만 두꺼비는 몇 주 동안 밤낮으로 한탄하면서 보냈다. 식사와 간식도 마다했다.

그 교도관에겐 딸이 하나 있었다. 마음씨도 착하고 성격도 좋아서 아빠를 도와 가벼운 일 정도는 함께했다. 이 딸은 동물을 유난히 좋아했다. 낮이면 카나리아의 새장을 작은 성의 거대한 벽에 걸어 놓아서 점심 먹은 뒤 낮잠을 즐기려는 죄수들을 방해했다. 밤에는 새장을 휴게실 탁자 위에 두고 장식이 달린 덮개로 덮어 두었다. 얼룩 쥐 몇 마리와 쉬지 않고 쳇바퀴를 도는 다람쥐 한 마리도 키웠다. 하루는 이 마음씨 착한 딸이 두꺼비의 처지를 불쌍히 여겨서 아버지에게 말했다.

"아버지! 전 저 불쌍한 동물이 저렇게 불행해하면서 야위어 가는 걸 그냥 보고만 있진 못하겠어요. 제가 두꺼비를 돌볼 수 있게 해 주세요. 아버지도 제가 얼마나 동물을 좋아하는지 아시잖아요. 제가 직접 두꺼비에게 음식을 만들어 먹이고 일어나 앉히고 모든 것에 의욕을 갖도록 만들게요."

교도관은 딸에게 하고 싶은 대로 하라고 대답했다. 교도관은 두꺼비의 부루퉁한 태도와 심술궂게 점잔 빼는 행동에 질릴 대로 질려 있었다. 그래서 딸은 고마운 자비를 베풀기 위해 두꺼비의 감방을 찾아가 문을 두드렸다. 딸이 감방에 들어가며 달래듯 말했다.

"자. 힘내, 두꺼비야. 일어나서 눈물을 닦고 정신을 차려. 힘내서 좀 먹어 보렴. 봐, 너에게 주려고 내 것을 가져왔어. 오븐에서 막 꺼내서 따끈따끈해!"

접시 두 개에 담긴 감자와 양배추 볶음의 냄새가 좁은 감방을 가득 채웠다. 강한 양배추 냄새가 고통스러워하며 바닥에 엎드려 있는 두꺼비의 코를 찔렀다. 한순간 두꺼비는 삶이 생각했던 것처럼 그렇게 공허하거나 절망적이지 않다고 생각했다. 하지만 두꺼비는 여전히 울부짖고 발길질을 해 가며 위로받기를 거부했다. 그래서 지혜로운 여자 아이는 잠시 물러났다. 물론 뜨거운 양배추 냄새는 그대로 남았다. 예상했던 대로 두꺼비는 흐느끼다가 냄새를 맡았고 점점 새롭게 기운이 나는 생각을 떠올리기 시작했다. 기사도 정신과 시와 앞으로 해야 할 일들이 생각났다. 햇볕이 내리쬐고 바람이 부는 넓은 풀밭에서는 소가 풀을 뜯어 먹고 텃밭에는 약초가 쭉쭉 뻗어 있고 벌들이 금어초를 정겹게 에워싸고 있었다. 두꺼비 저택의 식탁에 놓여 있는 접시들이 위안을 주듯 땡그랑거리는 소리, 음식에 바싹 다가가느라 의자를 끌어서 바닥을 긁는 소리, 좁은 감방엔 희망적인 기운이 감돌았다. 두꺼비는 친구들을 생각했다. 친구들이 분명히 뭔가 할 수 있을 것 같았다. 변호사들이 얼마나 비웃을까? 변호사들과 친하게 지내지 않았다니 얼마나 멍청했는지 모른다. 끝으로 자신이 얼마나 영리한지 생각했다. 돈이 많아서 마음만 먹으면 뭐든 할 수 있을 것 같았다. 이제 거의 다 나아진 것 같았다.

몇 시간 뒤, 여자 아이가 김이 모락모락 피어오르는 향기로운 차를 쟁반에 들고 돌아왔다. 쟁반에는 뜨거운 버터를 바른 토스트 접시도 놓여 있었다. 양면을 진한 갈색이 돌도록 구운 두꺼운 빵 사이에서 황금빛 버터가 녹아 벌집에서 흐르는 꿀처럼 흘러내렸다. 버터 바른 토스트 냄새가 두꺼비에게 분명하게 알려 줬다. 따뜻한 부엌, 서리가 내려 반짝이는 날의 아침 식사, 겨울밤 산책을 끝내고 실내화를 신은 발을 난로 철망에 올려놓았던 아늑한 거실, 고양이가 만족스럽게 가르랑거리는 소리, 졸린 카나리아가 지저귀는 소리에 대한 기억이 떠올랐다. 두꺼비는 다시 똑바로 일어나 앉아 눈물을 닦고 차를 홀짝이며 우적우적 토스트를 먹더니 곧이어 자신과 자기가 살던 집에 대해 이야기했다. 그곳에서 어떻게 살았는지, 자신이 얼마나 중요한 존재였는지, 얼마나 많은 친구들이 자기를 그리고 있는지 거리낌 없이 털어놓기 시작했다.

교도관의 딸은 두꺼비가 맛있는 음식을 먹고 이런 이야기를 풀어내면서 용기를 얻고 있다는 사실을 알아차렸다. 정말 그랬다. 그래서 여자 아이는 계속 이야기하라고 부추겼다.

"두꺼비 저택 이야기를 들려줘. 아름다운 곳 같아."

두꺼비가 자랑스럽게 말했다.

"두꺼비 저택은 신사가 살기에 필요한 건 다 있는 유일한 곳이야. 지어진 때는 14세기로 거슬러 올라가지만 편리한 현대식 시설을 완비하고 있어. 최신 위생 시설이야. 교회, 우체국, 골프장과는 5분 거리에 있고. 아주 알맞은……."

여자 아이가 웃으며 말했다.

"세상에! 믿을 수 없어. 사실대로 말해 줘. 하지만 먼저 내가 차랑 토스트를 더 갖다줄 때까지 기다려야 해."

여자 아이는 사뿐히 걸어갔다가 곧 음식을 한 접시 가득 들고 돌아왔다. 두꺼비는 게걸스럽게 토스트를 먹었다. 정신도 제법 예전처럼 회복되어서 여자 아이에게 보트 창고와 양어장, 오래된 벽으로 둘러싸인 텃밭, 돼지우리와 마구간, 비둘기장과 닭장, 낙농장, 세탁소, 도자기 찬장, 시트 다리미(여자 아이는 이걸 특히 좋아했다.), 연회장에 대해 들려줬다. 또 연회장에서 다른 동물들과 식탁 주위에 모여 즐겁게 대화를 나누던 추억에 대해 이야기했다. 두꺼비는 기분이 좋아져서 노래까지 부르며 이야기에 열중했다. 그때 여자 아이는 두꺼비의 동물 친구들에 대해 알고 싶어 했고 두꺼비가 그들과 어떻게 지냈는지, 여가 시간엔 무엇을 하는지에 아주 관심이 많았다. 물론 여자 아이는 자신이 동물을 애완동물로써만 좋아한다고 밝히지 않았다. 두꺼비가 아주 불쾌하게 여길 것이라고 느꼈기 때문이다. 여자 아이가 두꺼비의 물병에 물을 가득 채우고 지푸라기를 다독여 이부자리를 만들어 주었다. 그리고 잘 자라고 인사했다. 두꺼비는 어느새 예전처럼 자신감이 넘치고 자기만족적인 동물이 되었다. 자기가 저녁 만찬 때 즐겨 부르던 짧은 노래를 한두 곡 부르면서 지푸라기 속에 몸을 웅크리고 푹 쉬었다. 즐거운 꿈까지 꾸면서 말이다.

그 뒤로 따분한 날이 계속되면서 두꺼비와 교도관의 딸은 재미있는 이야기를 많이 나누었다. 교도관의 딸은 점점 두꺼비가 안쓰럽게 여겨졌다. 여자 아이의 눈에는, 아주 보잘것없는 범죄 행위 때문에 불쌍하고 작은 동물이 감옥에 갇혀 있어야 한다는 사실이 무척 딱하게 보였다. 허영심 많은 두꺼비는 여자 아이가 자기에게 관심이 있기 때문에 잘해 준다고 생각했다. 그래서 두꺼비는 둘 사이에 자리 잡고 있는 사회적 차이가 너무 크다며 안타까워했다. 어여쁜 아가씨가 자기를 아주 많이 존경하는 게 분명하다고 생각했기 때문이었다.

어느 날 아침 여자 아이는 깊은 생각에 잠겨 아무렇게나 대답하고 두꺼비의 재치 있는 말과 흥미로운 이야기에도 제대로 관심을 보이지 않았다. 이윽고 여자 아이가 말했다.

"두꺼비야. 잘 들어 봐. 나한테는 세탁 일을 하는 숙모가 있어."

두꺼비가 상냥하고 싹싹하게 말했다.

"저런, 저런. 신경 쓰지 마. 그 일은 이제 그만 생각해. 나한테도 세탁 일을 해야만 하는 친척 아줌마가 여럿 있거든."

"잠깐만 조용히 해 줘. 넌 말이 너무 많아. 그게 가장 큰 흠이야. 생각하려는데 너 때문에 머리가 복잡해지잖아. 아까 말한 것처럼 나한텐 세탁 일을 하는 숙모가 있어. 이 성에 갇혀 있는 죄수들의 옷을 빨아. 너도 알겠지만 우린 돈을 벌 수 있는 일거리를 찾으면 되도록 우리 식구한테 맡기려고 노력하고 있어. 숙모는 월요일 아침에 빨랫감을 가져가서 금요일 저녁에 가지고 와. 오늘은 목요일이잖아. 그런데 이런 생각이 들었어. 나한테 들려주던 이야기로 보건대 넌 부자 같아. 그리고 우리 숙모는 가난해. 몇 파운드쯤은 네겐 아무것도 아니겠지만 숙모한테는 아주 큰돈일 거야. 숙모가 너한테 접근할 때…… 너희 동물이 쓰는 말로 숙모의 마음을 사는 거야……. 그래서 숙모의 옷과 보닛(*여자들이 주로 쓰는 모자로 턱 밑에서 끈을 맨다.) 모자로 변장을 하는 거야. 그러면 세탁부인 체하면서 감옥에서 탈출할 수 있을 거야. 넌 여러모로 우리 숙모랑 닮았어. 특히 겉모습이."

두꺼비가 씩씩거리며 말했다.

"무슨 소리야. 난 아주 우아하게 생겼어…… 나를 보라고."

여자 아이가 대답했다.

"우리 숙모도 그래. 숙모도 우아하다니까. 맘대로 해. 이 지독하게 잘난 체하며 고마워할 줄 모르는 동물아. 네가 안타까워서 널 도와주려고 했을 뿐이야!"

두꺼비가 서둘러 말했다.

"그래그래. 알았어. 정말 고마워. 하지만 잘 들어! 내가 세탁부로 변장해서 시골로 돌아가면 두꺼비 저택의 두꺼비 씨라고 알아보는 이가 아무도 없을 거라고!"

여자 아이가 아주 힘차게 대답했다.

"그럼 넌 여기서 두꺼비로 살다 죽으렴. 난 네가 네 마리나 되는 말이 끄는 마차를 타고 여기서 나가고 싶어 하는 줄은 몰랐어!"

정직한 두꺼비는 언제나 잘못을 받아들일 준비가 되어 있었다.

"넌 착하고 친절하고 똑똑한 아이야. 난 정말 잘난 체하는 어리석은 두꺼비지. 괜찮다면 네 숙모한테 날 소개시켜 줘. 틀림없이 훌륭한 부인일 거야. 양쪽 모두가 만족할 만한 거래를 할 수 있을 거야."

다음날 저녁 여자 아이는 두꺼비의 일주일치 빨래를 수건에 싸 놓고 숙모를 두꺼비의 방으로 안내했다. 숙모와는 미리 얘기를 끝냈다. 두꺼비가 일부러 눈에 잘 띄도록 탁자 위에 놓아둔 금화를 숙모가 발견하자 사실상 문제가 매듭지어졌다. 더 이상 의논할 게 없었다. 금화는 숙모가 생각한 것보다 훨씬 많았다. 금화를 준 보답으로 두꺼비는 무늬가 찍힌 면 덧옷과 앞치마, 숄, 꾀죄죄한 검은색 보닛 모자를 받았다. 노부인이 내놓은 단 하나의 조건은 자신이 재갈에 물리고 손발이 묶인 채 구석에 버려져야 한다는 것이었다. 노부인은 자기가 꾸며 낸 대로 해야 이 불안한 계략이 성공할 수 있다고 말했다. 노부인은 의심스런 상황에서도 일자리에서 쫓겨나고 싶어 하지 않았다.

그 제안에 두꺼비는 뛸 듯이 기뻤다. 극단적이고 위험한 자라는 명성을 지우려면 어떤 방식으로든 감옥을 떠나야 했다. 그리고 두꺼비는 가능한 여자 아이의 숙모가 어쩔 수 없이 당한 희생자로 보이도록 도울 준비가 되어 있었다. 여자 아이가 말했다.

"이젠 네 차례야, 두껍아. 그 겉옷과 조끼를 벗어. 너는 지금도 충분히 뚱뚱해."

여자 아이는 온몸이 흔들리게 웃으면서 두꺼비에게 무늬가 찍힌 면 덧옷을 입힌 다음 단추를 채우고 숄을 능숙하게 씌워 주었다. 그리고 볼 아래로 꾀죄죄한 모자의 끈을 묶어 주었다. 여자 아이가 킥킥 웃었다.

"정말 아줌마랑 닮았어. 전에는 이렇게 존경스러워 보이지 않았을 거야. 자, 이제 안녕. 행운을 빌게. 올라왔던 길을 똑바로 내려가. 누가 뭐라고 하면, 아마 남자들이 그러겠지만, 가벼운 농담으로 받아들여도 돼. 하지만 네가 세상에 홀로 남겨진 나이든 미망인이라는 걸 잊지 말고 기운이 딸리는 것처럼 행동해야 해."

떨리는 가슴을 안고, 하지만 가능한 흔들림 없이 두꺼비는 조심스럽게 발걸음을 옮기기 시작했다. 두꺼비는 모든 일이 잘 풀려서 깜짝 놀랐고 곧 기분이 좋아졌다. 하지만 자신의 매력적인 외모가 탈출에 도움이 되었다고 생각했는데 여자 옷을 입고 있으니 자기가 정말 보잘것없어 보였다. 낯익은 꽃무늬 옷과 땅딸막한 외모는 빗장을 여는 통행증 같았다. 제대로 길을 가고 있는지 헷갈려서 망설일 때마저도 다음 문의 문지기가 도와주었다. 문지기들은 얼른 차를 마시러 갈 생각으로 두꺼비에게 빨리 오라고 소리쳤다. 밤새 기다리고 싶은 생각은 조금도 없었다. 가장 위험한 일은 두꺼비가 친근한 농담이나 재치 있는 말에 즉각적으로 대답하면서 맞장구를 칠지도 모른다는 점이었다. 왜냐하면 두꺼비는 자존심이 셌고 문지기들이 하는 농담은 대부분(두꺼비의 생각이다.) 형편없고 어설펐기 때문이었다. 재미와 재치가 넘치는 농담 같은 건 전혀 없었다. 하지만 두꺼비는 성질을 죽이고 상대방 문지기들과 자기 차림새에 맞게 적당히 대꾸했고 한계를 벗어나지 않도록 최선을 다했다.

마지막 초소에서는 몇 시간이나 걸린 것처럼 느껴졌다. 문지기가 나가도 좋다는 허락을 쉽사리 하지 않았던 데다, 작별 인사로 꼭 한 번만 안아 보자고 팔을 활짝 벌리는 바람에 이리저리 피해야 했다. 하지만 두꺼비는 마침내 등 뒤로, 커다란 바깥문에 달린 쪽문이 찰칵 닫히는 소리를 들었다. 근심스런 얼굴 위로 바깥세상의 산뜻한 공기를 느끼며 이제 자유라는 걸 깨달았다.

두꺼비는 이 겁 없는 모험이 쉽게 성공하자 정신이 어지러울 지경이었다. 두꺼비는 마을 불빛을 향해 빠르게 걸었다. 다음에 무엇을 해야 할지 조금도 알지 못했지만 한 가지는 확실했다. 여자 아이의 숙모가 사는 동네에서 될 수 있는 한 빨리 벗어나야 한다는 것이었다. 자기가 닮은 척해야만 했던 여자는 너무 유명한 데다 인기도 많았다.

두꺼비가 생각에 잠겨 걸어가는데 마을에서 조금 떨어진 곳에 있는 빨갛고 파란 불빛이 눈길을 끌었다. 엔진이 김을 내뿜으며 칙칙 소리를 내고 있었고 화물차가 선로를 바꾸느라 덜거덕덜거덕 부딪치는 소리도 들렸다. 두꺼비는 생각했다.

'아하! 이런 행운이 있나! 기차역은 지금 나한테 가장 필요한 거잖아. 게다가 기차를 타면 마을을 지나갈 필요도 없어. 비록 자존심을 버리고 말재주를 부리면서 잘 헤쳐 나가고 있긴 하지만 더 이상 이렇게 창피한 행색으로 나다니지 않아도 돼.'

그래서 두꺼비는 기차역으로 방향을 잡았다. 시간표를 보니 집으로 향하는 기차는 30분 뒤에 출발할 예정이었다. 두꺼비는 기분이 좋아져서 혼잣말로 중얼거렸다.

"계속 운이 좋아."

두꺼비는 표를 사러 매표소로 향했다. 마을에서 제일가는 두꺼비 저택과 가장 가까운 역 이름을 댔다. 돈을 찾아 아무 생각 없이 조끼 주머니에 손을 넣었다. 하지만 지금까지 우아한 주머니가 붙어 있던 자리에는 잊고 있던 면 덧옷이 있었다. 두꺼비는 악몽이라도 꾸는 것 같았다. 발이 묶인 채 물속에서 버둥거리는 것처럼 근육에서 힘이 빠지는 것 같았다. 그사이 뒤에서 줄을 서서 기다리고 있던 여행자들이 짜증을 내며 조금은 나무라는 것처럼 투덜대기 시작했다. 세탁부로 변장한 두꺼비를 안됐다는 눈으로 보는 사람도 있었다. 두꺼비는 어떻게 해야 할지 전혀 알 수 없었다. 면 덧옷을 헤치고 마침내 조끼 주머니가 있어야 할 자리에 앞발이 닿았는데 돈이 하나도 없는 데다, 돈을 넣어 둔 주머니도 없었고, 주머니가 달린 조끼조차 없었다!

두꺼비는 외투와 조끼 모두 자기가 있던 감방에 놔두고 왔다는 사실이 기억났다. 지갑, 돈, 열쇠, 시계, 성냥, 필통 따위의 물건들 모두를 감방에 두고 왔다. 주머니가 하나이거나 아예 없는 싸구려 조끼와 달리 두꺼비의 조끼엔 주머니가 많아서 옷의 주인은 맘껏 뛰어다닐 수 있었다. 두꺼비는 문제를 해결하려고 필사적으로 애썼다. 예전처럼 대지주와 대학 교수를 섞은 듯한 멋진 태도로 말했다.

"이것 보시오! 내가 지갑을 잊어버리고 왔소. 나한테 그냥 차표를 주시오. 그럼 내일 돈을 보내 드리리다. 난 이 부근에서 유명하다오."

직원은 꾀죄죄한 검은 보닛을 쓴 두꺼비를 잠시 쳐다보더니 웃으면서 말했다.

"정말 아주머니는 이 부근에서 꽤 유명하겠지요. 이런 놀이를 여러 번 해 봤다면 말입니다. 자, 창문에서 비켜 주세요, 아주머니. 다른 승객들을 방해하고 있잖아요!"

이때 뒤에서 몇 번 재촉하던 나이 많은 신사가 두꺼비를 옆으로 밀어냈다. 심지어 두꺼비를 아줌마라고 불러서, 두꺼비는 그날 저녁에 겪었던 그 어떤 일보다 더 화가 났다.

두꺼비는 절망에 가득 차서 어찌할 바를 몰랐다. 무턱대고 이리저리 헤매면서 기차가 서 있는 플랫폼으로 내려갔다. 눈물이 주룩주룩 흘러내렸다. 안전한 집이 멀지 않았는데 좀스러운 월급쟁이 공무원과 돈 몇 푼 때문에 집으로 돌아가지 못한다는 사실이 견디기 힘들었다. 머지않아 두꺼비가 탈출했다는 게 들통 나면 추적이 시작될 테고, 경찰에게 잡혀 욕먹고 쇠사슬에 묶여 빵과 물과 짚만 있는 감옥으로 끌려갈 것이다. 보초도 두 배로 서고 벌도 두 배로 받을 것이다. 아, 여자 아이의 비꼬는 웃음소리를 어떻게 견딜 것인가! 무엇을 하지? 두꺼비는 걸음도 빠르지 않았다. 게다가 불행히도 다른 사람들의 눈에 띄는 겉모습을 하고 있었다. 객차의 의자 아래에 비집고 들어갈 수 없을까? 자상한 엄마 아빠가 준 여행비를 몽땅 다른 데 쓰고 이런 방법을 선택한 남학생을 본 적이 있었다. 곰곰이 생각하다가 맞은편에서 기관사가 애정 어린 손길로 기관차에 기름칠을 하며 전체적으로 손질하는 모습을 발견했다. 건장한 기관사는 한 손에는 기름통을, 다른 손에는 무명천 자투리를 들고 있었다. 기관사가 말했다.

"안녕하세요! 무슨 일 있어요? 별로 즐거워 보이지 않네요."

두꺼비가 다시 눈물을 흘리며 말했다.

"오, 선생님! 전 가난하고 불쌍한 세탁부예요. 돈을 모조리 잃어버려서 차표를 살 수 없어요. 어쨌든 오늘 밤 집에 가야만 하는데 어떻게 해야 할지 모르겠어요. 아, 세상에."

기관사가 사려 깊게 말했다.

"정말 안됐네요. 돈을 잃어버려서…… 집에 갈 수 없다니…… 기다리는 아이들도 있겠죠?"

두꺼비가 흐느끼며 말했다.

"아주 많아요. 배도 고플 거고 성냥도 갖고 놀 거예요. 등잔을 뒤엎겠죠. 불쌍한 어린것들. 자기들끼리 싸우기도 하고 그러겠죠."

마음 착한 기관사가 말했다.

"이런……. 제 계획을 들어 보세요. 아주머니가 말했듯이 아주머니는 세탁부잖아요. 좋아요, 그럼 됐어요. 보시다시피 전 기관사예요. 말할 필요도 없이 아주 지저분한 직업이죠. 셔츠를 많이 더럽혀요. 제 아내가 빨래하느라 꽤 힘들어해요. 집에 가서 제 셔츠 몇 장을 빨아 준다면 제 기관차에 태워 줄게요. 회사 규칙을 어기는 거지만 이렇게 외진 곳에서는 그렇게 까다롭게 굴지 않아도 되거든요."

두꺼비는 기꺼이 기관차 운전석으로 기어 올라갔다. 고통은 황홀감으로 변했다. 물론 두꺼비는 살면서 한 번도 셔츠를 빨아 본 적도 없었고, 해 보려고 애썼어도 하지 못했을 것이며, 어쨌든 시작하지도 않았을 것이다. 하지만 생각했다.

'두꺼비 저택에 안전하게 도착해서 다시 돈을 찾아 주머니에 넣을 수 있게 된다면 기관사에게 빨래를 양껏 할 수 있도록 많은 돈을 보내 줄 거야. 그럼 내가 직접 빨래해 주는 거나 마찬가지지. 아니면 더 나을 수도 있고.'

역무원이 신호 깃발을 흔들자 기관사는 즐겁게 경적을 울려 대답하고 기차를 역 밖으로 움직였다. 기차에 속도가 붙으면서 두꺼비는 양옆으로 진짜 들판과 나무, 울타리, 소와 말을 볼 수 있었다. 모두 나는 듯이 두꺼비를 지나갔다. 매순간 두꺼비 저택에 얼마나 가까워지는지 생각했다. 마음이 통하는 친구, 주머니에서 짤랑거리는 돈, 폭신폭신한 침대, 맛있는 음식, 자신의 모험과 뛰어난 재치에 대해 쏟아질 찬사와 감탄이 떠올랐다. 두꺼비는 위아래로 깡충깡충 뛰고 소리 지르며 노래를 흥얼거렸다. 기관사는 가끔 세탁부를 만난 적이 있었지만 이런 세탁부는 처음이라서 무척 놀랐다. 기차가 한참을 달렸다. 두꺼비는 집에 도착하면 저녁으로 무엇을 먹을지 고민하고 있었다. 그런데 기관사가 어리둥절한 표정으로 엔진 쪽에 몸을 기대고 귀를 기울이고 있었다. 그러더니 석탄 더미 위에 올라가서 기차 뒤쪽을 내다보았다. 기관사가 돌아와서 두꺼비에게 말했다.

"아주 이상해요. 이 기차는 오늘 밤 이 방향으로 가는 마지막 기차예요. 그런데 우리를 따라오는 다른 기차 소리가 들렸어요. 정말이에요."

두꺼비는 곧바로 바보 같고 이상야릇한 짓을 멈췄다. 심각해지고 우울해졌으며 허리 아래에서 다리까지 묵직하게 아파서 아무리 애를 써도 서 있을 수가 없었다.

이때 달이 밝게 빛났다. 다시 석탄 더미 위에 올라간 기관사가 그들 뒤 선로 먼 곳을 볼 수 있게 되었다. 이윽고 기관사가 큰 소리로 말했다.

"이제 정확히 보여요! 기관차예요. 우리 선로예요. 빠른 속도로 다가오고 있어요. 마치 우리를 쫓는 것처럼 보여요!"

두꺼비는 우울해졌고 석탄 먼지 속에 쭈그리고 앉아, 이제 꼼짝없이 붙잡혔다고 생각했다. 그리고 무엇을 해야 할지 머리를 쥐어짰다. 기관사가 큰 소리로 외쳤다.

"빠르게 우릴 따라잡고 있어요. 기관차에 이상한 사람이 많아요! 늙은 교도관 같은 사람이 미늘창(*끝이 둘이나 세 가닥으로 갈라진 창.)을 흔들고 있어요. 모자를 쓴 경찰이 몽둥이를 휘두르고 있고요. 그리고 초라한 옷차림에 중산모를 쓴 남자는 이렇게 멀리서 봐도 사복형사가 틀림없는데 권총과 지팡이를 흔들고 있어요. 모두 똑같은 말을 외치고 있어요. '멈춰! 멈춰! 멈춰!'라고요."

그때 두꺼비가 석탄 속에 무릎을 꿇고 앞발을 꽉 움켜쥐며 애원하듯 울부짖었다.

"살려 주세요. 살려만 주세요. 친절하신 기관사님. 다 털어놓을게요. 전 보이는 것처럼 평범한 세탁부가 아니에요! 악의는 없었어요. 기다리는 아이도 없어요. 난 두꺼비예요. 유명하고 인기 많고 땅 많은 지주 두꺼비예요. 적들이 나를 무시무시한 지하 감옥에 가뒀는데 좀 전에 엄청난 용기를 내서 탈출했어요. 저 기관차에 탄 녀석들한테 잡히면 이 불쌍하고 불행하고 죄 없는 두꺼비는 쇠사슬과 빵과 물과 지푸라기와 고통만 있는 감옥에 다시 갇힐 거라고요!"

기관사는 두꺼비를 굳은 얼굴로 내려다보다가 말했다.

"사실대로 말해 봐. 무엇 때문에 감옥에 들어갔지?"

불쌍한 두꺼비는 얼굴이 새빨개진 채 대답했다.

"대단한 일은 아니었어요. 그저 주인이 밥을 먹는 사이 자동차를 빌렸어요. 그 사람들은 그때 차가 필요 없었거든요. 훔칠 생각은 아니었어요. 정말이에요. 하지만 사람들은…… 특히 판사는 내가 생각 없이 한 행동에 대해서 아주 무자비하게 벌을 주었어요."

기관사는 아주 심각해 보였다.

"네가 정말 못된 두꺼비가 아닐까 두려워. 법을 어겼으니 법에 따라 너를 저들에게 넘겨야만 할 거야. 하지만 넌 분명히 아파하고 괴로워하고 있어. 그래서 널 저버리지 않겠어. 일단 나는 자동차가 없어. 그리고 두 번째로 내 기관차에서 경찰의 명령을 받는 것도 참지 못하겠고. 게다가 동물이 눈물을 흘리는 모습을 보면 늘 이상하게 마음이 약해진단 말이야. 그러니 힘내, 두꺼비야! 내가 최선을 다할 테니. 그럼 저 사람들을 이길지도 몰라."

둘은 미친 듯이 삽질을 해서 보일러에 석탄을 많이 넣었다. 보일러에서 요란한 소리가 나면서 불꽃이 날렸고 엔진이 힘차게 움직였다. 하지만 뒤쫓아 오는 사람들은 점점 가까이 따라붙었다. 기관사가 한숨을 쉬고 헝겊 자투리로 이마를 닦으면서 말했다.

"소용없는 것 같아, 두꺼비야. 보다시피 저들은 가볍고 엔진도 더 좋아. 우리가 할 수 있는 방법이 딱 하나 있어. 단 한 번의 기회니까 내 말을 잘 들어야 해. 조금만 더 가면 앞에 긴 터널이 있어. 터널을 지나면 무성한 숲이 나와. 자, 난 속도를 최대로 높여서 터널을 지나갈 거야. 하지만 뒤따라오는 녀석들은 사고가 날까 봐 속도를 늦출 테지. 터널에서 빠져나가자마자 증기를 막고 브레이크를 최대한 단단히 잡을게. 넌 저들이 터널을 나와 너를 발견하기 전 안전하다 싶을 때 숲 속으로 뛰어내려서 숨는 거야. 그러고 나면 난 다시 최고 속도로 달려가고 저들은 원하는 대로 아주 오랫동안 멀리까지 날 따라오겠지. 자, 내가 말하면 뛰어내릴 준비를 해!"

둘은 보일러에 석탄을 더 많이 넣었다. 기차가 터널 속으로 쏜살같이 들어갔다. 엔진은 서둘러 움직이며 요란하게 달가닥거렸다. 마침내 다른 쪽 끝으로 빠져나와서 신선한 공기와 평화로운 달빛 속으로 들어서자 선로 양쪽에 시커멓게 누워 있는 숲이 보였다. 기관사가 증기를 막고 브레이크를 당기자 두꺼비는 발판 위로 내려갔다. 기차가 거의 걷는 속도만큼 늦춰지자 기관사가 소리 질렀다.

"지금이야. 뛰어!"

두꺼비는 훌쩍 뛰어서 좁은 선로 옆으로 비스듬한 경사면을 굴러 내려갔다. 그러고는 얼른 몸을 일으켜서 재빨리 숲 속으로 몸을 숨겼다. 다행히 조금도 다치지 않았다.

숨어서 엿보니 기차가 다시 속도를 내며 엄청난 속도로 사라졌다. 그때 터널 밖으로 다른 기차가 요란한 소리를 내고 경적을 울리며 쫓아 나왔다. 마구 섞인 승객들이 다양한 무기를 흔들며 소리쳤다.

"멈춰! 멈추라고! 멈추라니까!"

그들이 지나가자 두꺼비는 통쾌하게 웃어 댔다. 이렇게 웃어 보기는 감옥에 갇힌 뒤로 처음이었다. 하지만 지금은 아주 늦은 시간이고 어두웠으며 춥기까지 했다. 돈도, 저녁거리도 없이 낯선 숲에 있었다. 집과 친구들로부터 아직도 멀리 떨어져 있다는 생각이 들자 웃음소리가 쑥 들어가 버렸다. 게다가 요란하게 달가닥거리던 기차가 지나가고 난 뒤 주위는 놀랄 정도로 쥐 죽은 듯 조용했다. 두꺼비는 피난처인 숲을 감히 떠날 생각을 하지 못했다. 할 수 있는 한 기찻길에서 멀리 떨어져야겠다는 생각을 하면서 기찻길을 등지고 숲 속 깊숙이 들어갔다.

감옥 속에서 몇 달을 보낸 뒤라 두꺼비는 숲이 낯설고 쌀쌀맞게 여겨졌다. 꼭 자기를 놀리는 것만 같았다. 쏙독새가 규칙적으로 달그락 소리를 내는 바람에 두꺼비는 교도관들이 자기를 찾아서 숲에 가득 들어찼다고 생각했다. 그 소리는 점점 가까이 다가오고 있는 것만 같았다. 부엉이가 소리도 없이 두꺼비 쪽으로 내려와 날개로 어깨를 건드리고 날아갔다. 두꺼비는 그게 교도관의 손인 줄 알고 깜짝 놀랐다. 부엉이는 호! 호! 낮은 소리로 웃으면서 나방처럼 휙휙 스쳐 지나갔다. 두꺼비는 부엉이의 취미가 고약하다고 생각했다. 여우와 마주치기도 했다. 여우는 멈춰 서더니 비웃는 태도

151

로 두꺼비의 위아래를 훑어본 다음 말했다.

"안녕하슈, 세탁부 아줌마! 이번 주엔 양말 한 짝과 베갯잇밖에 없어! 다시는 그런 일 없도록 조심하지!"

그러고는 빼기면서 킬킬댔다. 두꺼비는 여우에게 돌을 던지려고 이리저리 주위를 둘러보았지만 돌멩이 하나 보이지 않아서 더 화가 났다. 마침내 두꺼비는 춥고 배고프고 지쳐서 피신처로 삼을 만한 속이 빈 나무를 찾았다. 나무 구멍에 잔가지와 낙엽을 깔아서 최대한 편안한 잠자리를 만든 후 다음날 아침까지 곯아떨어졌다.

9. 모두가 나그네

물쥐는 안절부절못했다. 자기도 왜 그러는지 정확히 알 수 없었다. 어느 모로 보나 여름은 여전히 한창이었다. 푸르던 밭은 황금색으로 물들었고 마가목 열매는 붉게 익어 가고 숲에는 여기저기서 황갈색 단풍이 빠르게 밀려오고 있었지만 여름의 빛과 온기와색깔은 조금도 약해지지 않고 그대로 남아 있었다. 계절이 바뀌면서 느껴지는 차가운 기운도 전혀 없었다. 하지만 피로를 모르는 연주자들이 과수원과 관목 숲에서 끊임없이 부르던 노랫소리는 저녁에 드리는 예배처럼 작아졌다. 개똥지빠귀는 한 번 더 자기를 도드라지게 드러내기 시작했다. 변화와 이별의 분위기가 느껴졌다. 물론 뻐꾸기는 오랫동안 말이 없었다. 하지만 여러 달 동안 무리지어날아다니며 낯익은 광경의 일부가 되었던 다른 깃털 달린 여러 친구들은 보이지 않았고, 그 수도 하루가 다르게 점점 줄어들었다. 물쥐는 새들의 움직임을 주의 깊게 지켜보다가 날마다 남쪽으로 향하고 있다는 걸 알아차렸다. 밤에 침대에 누웠을 때조차도, 단호한 부름의 소리가 시키는 대로 어둠 속을 성급하게 날아가는 날갯짓 소리를 들을 수 있었다.

대자연이라는 거대한 호텔도 다른 것들처럼 한철이 있다. 손님들이 하나둘씩 짐을 꾸려서 돈을 지불하고 떠나가면 식사를 준비하던 테이블의 수도 눈에 띄게 줄어든다. 그리고 객실 문을 닫고 양탄자를 걷어 내고 웨이터를 내보낸다. 여전히 이곳에 머물러야 하는 손님들은 호텔이 다음 해에 다시 문을 열 때까지 하숙을 하지만 떠나는 손님들의 작별 인사에 조금은 영향을 받기 마련이다. 떠날 손님들은 계획과 이동 경로와 새로운 곳에 대해서 열렬히 의견을 나눈다. 그리고 서로의 동료 의식은 날마다 줄어든다. 그들은 안절부절못하고 우울해하고 툭하면 짜증을 부린다. 왜 그렇게 변화를 갈망하는 걸까? 왜 우리처럼 조용히 이곳에 머무르면서 즐겁게 지내지 못하는 걸까? 이 호텔이 비수기일 때 우리끼리 얼마나 재미있게 지내는지 너희는 모를걸. 우리는 남아서 정말 즐거웠던 한 해가 저물어 가는 걸 지켜봐. 물론 다 맞는 말이었지만 떠나는 이들은 늘 이렇게 대답한다. 우리도 너희가 정말 부러워. 다른 해에도 그랬지. 하지만 우린 지금 약속이 있어. 문가에 버스가 와 있어. 이제 우린 갈 시간이 됐어! 그렇게 그들은 웃음을 짓고 고개를 끄덕이며 떠나가고, 우리는 그들을 그리워하며 속상해한다. 물쥐는 한곳에 뿌리박고 남의 도움 없이 자급자족하는 동물이다. 그래서 누가 떠나든 물쥐는 남았다. 하지만 물쥐는 하늘에 무엇이 있는지 신경이 쓰였고 그 영향력을 느낄 수 있었다.

모두가 이렇게 바빠 떠나는 상황에서 무엇엔가 진지하게 몰두하

기란 어렵다. 수위가 얕아지고 느려진 강에서 골풀은 길고 무성하게 자라 있었고, 물쥐는 이런 강가를 떠나 땅으로 향했다. 밭을 가로질러 어느새 바짝 말라서 먼지가 풀풀 날 것 같은 목초지를 한두 개 지나고, 노랗게 물결치며 사각거리는 널따란 밀밭으로 들어갔다. 밀밭에는 조용한 움직임과 작은 속삭임이 가득했다. 물쥐는 종종 숲길을 어슬렁거리기를 즐겼다. 뻣뻣하고 억센 나무줄기가 물쥐의 머리 위로 황금빛 하늘을 드리웠다. 언제나 춤추고 어른거리고 작게 속삭이는 하늘이었다. 아니, 지나가는 바람에 거세게 흔들리고도 스스로 제자리로 돌아와 즐겁게 웃었다. 또 이곳에는 물쥐의 작은 친구들이 많았다. 그 자체로 완벽한 사회를 이뤄 아주 바쁘게 생활하면서도 늘 손님과 잡담하며 새로운 소식을 나눌 여유가 있었다. 그러나 오늘은 뗏밭쥐와 들쥐들이 어느 정도 예의를 차리긴 했지만 어딘가에 정신이 팔려 있는 것 같았다. 여러 쥐들이 바쁘게 땅을 파고 굴을 뚫고 있었다. 몇몇 쥐들은 한자리에 모여 작은 아파트의 지도와 설계도를 살펴보고 있었다. 그러면서 그 아파트가 아담하고 살기 좋을 것이고 상가 가까이에 있어서 편리하다고 말했다. 또 몇몇 쥐들은 먼지투성이 트렁크와 옷 바구니를 꺼내고 있었고, 어떤 쥐들은 벌써 짐을 한가득 꾸려 놓았다. 들고 가려고 준비한 밀, 귀리, 보리, 너도밤나무 열매, 견과류 보따리가 사방에 즐비했다.

쥐들은 물쥐를 보자마자 소리쳤다.

"물쥐가 오네! 이리 와서 좀 도와줘, 물쥐야. 그렇게 멍하니 서 있지만 말고!"

물쥐가 딱딱하게 말했다.

"지금 장난해? 아직은 겨울을 날 곳을 생각할 때가 아니잖아. 겨울은 한참이나 남았다고!"

들쥐 한 마리가 조금 부끄러워하면서 설명했다.

"그래, 우리도 알아. 하지만 늘 그렇듯이 마침 준비하기 좋을 때 잖아. 안 그래? 우린 그 무시무시한 기계들이 덜덜거리며 들판을 휘젓고 다니기 전에 이곳에서 가구며 짐이며 저장 식품을 옮겨야 해. 그런 다음엔 너도 알다시피, 좋은 아파트는 아주 빨리 나가니 까, 너무 늦으면 뭐든 참고 받아들이는 수밖에 없어. 그리고 다들 새 집에 들어가서 자리 잡기 전에 실내 장식을 다시 하고 싶어 하 고. 물론 이르다는 것도 알아. 하지만 우린 이제 막 시작했어."

물쥐가 말했다.

"아, 그놈의 시작! 정말 멋진 날이잖아. 배를 타거나 산울타리를 따라 산책하거나 숲으로 소풍을 가는 건 어때."

들쥐가 서둘러 대답했다.

"글쎄, 오늘은 안 될 것 같아. 다음에…… 우리한테 좀 더 시간 이 있을 때에……."

물쥐는 비웃듯이 콧방귀를 뀌고 휙 몸을 돌려 나가다가 모자 상자에 걸려서 볼품없이 넘어지고 말았다. 들쥐 한 마리가 다소 딱딱하게 말했다.

"앞에 뭐가 있는지 좀 더 조심히 살폈으면 다치진 않았을 텐 데…… 화를 내지도 않았을 테고 말이야. 그 여행 가방 조심해, 물 쥐야! 어디 좀 앉아 있는 게 좋겠어. 한두 시간쯤 뒤면 우리도 좀 더 여유롭게 시간을 낼 수 있을 거야."

물쥐는 발밑을 조심하며 들판을 벗어났다. 그리고 퉁명스럽게 대꾸했다.

"나한테 '여유롭게' 시간을 낼 것까진 없어. 크리스마스 전인 건 확실하니까."

물쥐는 약간 풀이 죽어서 다시 강으로 돌아갔다. 강은 늘 그 자리에서 끊임없이 흘렀다. 강은 절대로 짐을 싸지도 않고 떠나지도 않고 겨울을 나려고 다른 곳으로 가지도 않는다.

강둑에 늘어선 고리버들 속에 앉아 있는 제비 한 마리가 물쥐의 눈에 들어왔다. 곧이어 한 마리가 더 날아오더니 또다시 한 마리가 날아왔다. 제비들은 나뭇가지에 앉아서 안절부절못하고 꼼지락거리면서 낮은 소리로 진지하게 이야기를 나눴다. 물쥐가 한가하게 다가가서 말했다.

"뭐야, 벌써? 뭘 그렇게 서둘러? 정말 말도 안 돼."

처음에 본 제비가 대답했다.

"아, 네 말이 그런 뜻이라면 우린 아직 안 떠나. 우린 그냥 계획을 세우고 정리를 하려는 것뿐이야. 너도 알다시피 의논하는 거라고⋯⋯. 올해는 어느 길로 갈까, 어디에서 멈춰 설까 같은 것들. 여행의 재미의 반은 그거잖아!"

물쥐가 말했다.

"재미라고? 그거야말로 정말 이해하지 못하겠군. 너희들도 이 상쾌한 곳을 떠나야 하겠지. 친구들이 그리워할 테지만 네가 지금까지 자리 잡고 살았던 아늑한 집을 떠나야 하겠지. 네가 용감하게 떠날 때가 된 것은 의심의 여지가 없어. 너희들은 모든 문제와 불편함과 변화와 낯선 것에 맞서면서 불행하지 않은 체하겠지. 하지만 그 부분에 대해 생각하고 얘기하고 싶어. 너에게 정말로 필요한 것은……."

두 번째 제비가 말했다.

"아냐, 당연히 넌 이해하지 못해. 우린 먼저 우리 안에서 뭔가 꿈틀거리는 게 느껴져. 달콤한 불안 같은 거 말이야. 그런 다음 추억이 하나씩 생각나. 먼 길을 갔다가 집으로 돌아오는 비둘기처럼. 추억은 밤이면 꿈속에서 퍼덕이고 낮이면 우리와 함께 빙글빙글 돌며 날아다녀. 우린 서로에게 물어보고 음을 비교하고 그게 정말 맞는지 확인하고 싶어. 오랫동안 잊고 있던 곳의 이름과 향기와 소리가 하나씩 돌아와서 손짓해."

물쥐가 아쉬워하며 제안했다.

"올해에는 여기 남아 있으면 안 돼? 우리 모두 너희들이 편안하게 지낼 수 있게 최선을 다할게. 네가 멀리 가 버린 다음에 우리가 여기서 얼마나 재미있게 보내는지 모르잖아."

그러자 세 번째 제비가 말했다.

"나도 어느 해엔가 '남아' 있어 보려고 했어. 나는 자라면서 이곳이 너무 좋아서 때가 되었을 때 망설였고 친구들에게 나를 두고 가라고 말했지. 몇 주 동안은 괜찮아 보였어. 하지만 그 뒤엔…… 아, 밤이 너무 길어서 지긋지긋했어! 몸은 덜덜 떨리고 햇빛은 비추지도 않고! 공기는 너무 춥고 축축하고 아무리 찾아도 벌레는 한 마리도 없고! 아, 정말 나빴어. 용기는 박살났지. 나는 어느 폭풍우 치는 추운 밤에 날개를 펴고 강한 동풍을 타고서 내륙으로 날아갔어. 거대한 산맥을 지나갈 때는 세찬 눈보라가 몰아쳐서 헤쳐 나가느라 힘겹게 싸워야 했어. 하지만 내 아래에 펼쳐져 있던 매우 푸르고 고요한 호수를 향해 내려갈 때, 등에 내리쬐던 뜨거운 햇볕 덕에 느꼈던 더없이 행복한 기분은 절대 잊지 못할 거야. 맨 처음 먹었던 통통한 벌레 맛도! 과거는 악몽 같았어. 한 주일, 한 주일, 남쪽으로 내려갈수록 미래는 온전히 행복한 휴일 같았어. 마음 놓고 빈둥거리고 한껏 꾸물거리면서도 늘 그 부름에 주의를 기울였어! 이미 경고를 받았으니 다시 그 부름을 어길 생각은 꿈에도 못해."

다른 제비 두 마리가 꿈꾸듯이 말했다.

"아, 그래. 남쪽에서 부르는 소리, 남쪽에서! 그 노래, 그 빛깔, 그 빛나는 공기! 아, 기억나니……."

그러고는 제비들은 물쥐를 잊어버리고 깊은 회상에 빠져들었다. 물쥐는 넋을 잃고 이야기를 들었다. 가슴속이 불타올랐다. 마침내 물쥐의 가슴도 떨려 왔다. 자신의 마음이 이렇게 미묘하게 떨리다니 뜻밖이었다. 남쪽으로 날아가는 새들의 수다만으로, 그들한테 전해 들은 이야기만으로 새로운 격한 감정이 깨어났고 가슴은 설렘으로 흠뻑 젖었다. 남쪽의 뜨거운 태양과 바람에 실려 오는 향기가 진짜라면, 한순간이라도 진짜라면 얼마나 좋을까? 물쥐는 눈을 감고 잠시 흥에 겨워 상상에 빠졌다. 다시 눈을 뜨니 강물이 차갑고 매서워 보였다. 초록빛이었던 들판도 어두운 잿빛으로 변하고 있었다. 그러다가 충성스런 가슴이 이렇게 나약해지는 자신을 두고 배신자라고 외치는 소리가 들리는 것 같았다. 물쥐가 샘을 내며 제비들에게 물었다.

"그러면 도대체 왜 돌아오는 거야? 이 재미없고 볼품없는 시골 마을이 뭐가 좋은 거냐고?"

첫 번째 제비가 말했다.

"때가 되면 또 다른 부름이 우리를 마구 흔들어. 무성한 초원의 풀, 촉촉히 젖은 과수원, 따뜻한 날씨, 벌레를 잡아먹던 연못이 부르는 소리가 말이야. 소가 풀을 뜯으면서 우리를 부르고, 건초를 만드는 풍경과 처마가 멋진 집 주위에 모여 있는 농장의 온갖 건물들이 불러."

두 번째 제비가 말했다.

"너 혼자만 뻐꾸기의 노랫소리를 미치도록 다시 듣고 싶어 할 줄 알았어?"

세 번째 제비가 말했다.

"때가 되면 우린 영국의 강물 위에서 조용히 흔들리는 수련이 다시 보고 싶어 향수병에 걸릴 거야. 하지만 오늘은 모든 게 희미하고 흐려지고 아주 멀리 있는 것 같아. 지금 우리들의 피는 다른 음악에 맞춰 춤추고 있어."

제비들은 또다시 자기들끼리 재잘댔다. 이번에는 보랏빛 바다와 황갈색 모래, 도마뱀이 기어 다니는 벽에 대해서 신 나게 떠들었다.

물쥐는 안절부절못하며 또다시 길을 떠나 북쪽 강둑으로 완만하게 나 있는 오르막길을 올라갔다. 구불구불한 내리막길 쪽을 향해 눈길을 돌렸지만 남쪽으로는 시야가 막혀서 더 이상 보이지 않았다. 그것은 지금까지 물쥐의 소박한 지평선이었고, 달에 있는 산맥이었고, 한계였다. 그 너머로는 물쥐가 보거나 알고 싶은 것이 아무것도 없었다.

오늘 물쥐는 마음속에서 새롭게 흔들리는 간절한 바람을 품고 남쪽을 똑바로 바라보았다. 길고 낮은 윤곽 위로 맑은 하늘이 약속이라도 하는 듯 고동치는 것 같았다. 오늘은 이곳의 모든 것이 처음 보는 것처럼 낯설었고 미지의 세계처럼 느껴졌다. 이제 물쥐가 보기에도 언덕의 이쪽 강둑은 텅 비어 있었고 반대편 강둑은 많은 동물로 북적이며 총천연색의 파노라마가 펼쳐지고 있었다. 그 너머로 파도치며 넘실대는 초록빛 바다! 올리브 나무숲을 배경으로 하얗게 반짝이는 별장들이 늘어선 바닷가에 내리쬐는 햇살! 포도주와 향신료를 싣고 보랏빛 섬으로 향하는 용감한 배들이 모여 있는 조용한 항구들, 나른한 바다에 낮게 떠 있는 섬들!

물쥐는 일어서서 한 번 더 강가 쪽으로 내려갔다. 그랬다가 다시 마음을 바꾸고 먼지 나는 길 쪽으로 나섰다. 물쥐는 두껍고 차가운 산울타리가 얼기설기 엉켜 있는 아래에 반쯤 몸을 숨겼다. 그리고 사색에 잠겨서 자갈길을 따라 이어지는 놀라운 세상을 꿈꿨다. 모든 여행자들도 그 길을 밟고서 부와 모험을 찾아 나섰을지 모른다. 멀리, 저 멀리 그곳으로!

귓가에 발소리가 들려왔다. 피곤에 전 누군가가 걸어오는 모습이 눈에 들어왔다. 쥐였다. 게다가 먼지를 잔뜩 뒤집어쓰고 있었다. 나그네는 물쥐에게 가까이 다가와서 정중하게 인사했다. 외국의 인사 방식이 엿보였다. 나그네는 잠시 머뭇거리더니 환하게 미소지으며 물쥐 옆 차가운 풀 속에 앉았다. 지쳐 보였다. 물쥐는 나그네가 생각에 빠져 있는 걸 알고 아무것도 묻지 않고 쉬게 내버려두었다. 동물들이 뭉친 근육을 풀면서 쉴 때, 그저 말없이 기다려주는 것이 얼마나 중요한지 잘 알고 있었기 때문이다.

나그네는 삐쩍 야위었고 어깨는 둥글게 굽었다. 앞발은 가늘고 길었으며 눈가엔 주름이 자글자글했다. 보기 좋게 잘생긴 귀에

는 작은 금 귀걸이를 하고 있었다. 뜨개질로 만든 셔츠는 색이 바
랜 푸른색이었고 무릎까지 오는 반바지는 원래는 파란색으로 보였
으나 지금은 헝겊을 대어 깁고 얼룩도 져 있었다. 나그네가 가지고
다니는 작은 물건들은 파란색 면 손수건에 잘 싸여 있었다.

　나그네는 잠시 쉬면서 숨을 크게 내쉬고 코를 킁킁거리며 냄새
를 맡더니 주위를 둘러보았다. 나그네가 말했다.

　"토끼풀이네, 산들바람을 타고 따뜻하게 훅 불어오는 냄새가
말이야. 그리고 저건 소네, 뒤에서 풀을 뜯어 먹는 소리가 들리더
니. 멀리서 수확하는 소리도 들리네. 저 멀리 숲을 배경으로 오두
막에서 푸른 연기가 피어오르고. 강도 근처 어딘가 가까이에 있나
봐, 쇠물닭이 우는 소리가 들리는 걸 보니. 네 체격을 보니 민물에
사는 뱃사공이구나. 모든 게 잠든 것 같지만 줄곧 깨어 있어. 넌
정말 잘살고 있구나, 친구. 두말할 필요도 없이 세상에서 제일 멋
진 삶이야. 네가 그걸 잘 이끌어 갈 수만 있다면."

　물쥐가 꿈을 꾸듯이 대답했다.

　"맞아요, 이런 게 멋진 삶이에요. 유일하게 살 만한 삶 말이에
요."

　하지만 물쥐의 목소리엔 평소처럼 진심 어린 확신이 들어 있지
않았다. 이방인이 조심스럽게 말했다.

　"내가 꼭 그렇게 말한 건 아니야. 하지만 그렇게 사는 게 최고
인 건 분명해. 나도 그렇게 살려고 해 봤어. 그래서 알아. 얼마 전
까지 한 여섯 달 동안 그렇게 살려고 노력했기 때문에 그게 최고
라는 걸 알아. 하지만 여기 있는 나는 발도 아프고 배도 고파. 나
는 남쪽으로 방랑을 떠났어. 그 오래된 부름을 따라서 말이야. 오

래전 삶으로 돌아갔어, 그게 내 삶이지. 삶은 나를 놓아주지 않을 거야."

물쥐가 골똘히 생각에 잠겨 혼잣말했다.

"그렇다면 이게 또 다른 삶일까요? 그래서 어디서 오는 길이에요?"

어디로 향하는지는 차마 묻지 못했다. 그 대답은 듣지 않아도 알 것 같았다. 나그네가 짧게 대답했다.

"작고 멋진 농장. 저쪽 위에 있는 곳 말이야."

나그네가 턱을 들어 북쪽을 가리키며 말했다.

"신경 쓰지 마. 난 원하는 건 다 가지고 있었으니까. 살면서 필요한 건 다 있었어. 아니, 그 이상이지! 그런데도 나는 여기에 있어. 아무리 해도 여기 있는 게 좋아. 여기 있는 게 좋다고! 길을 떠나 멀리 갈수록, 내 가슴이 바라는 것에 더 가까워져!"

나그네는 드넓은 땅에서 부르는 어떤 소리에 귀를 기울이고 있는 것처럼 눈을 반짝이며 지평선을 뚫어져라 보았다. 거기에서는 목초지와 농장 안마당에서 흘러나오는 즐거운 음악 소리가 들려왔다. 물쥐가 말했다.

"아저씨는 우리와 다르네요. 농부도 아니고, 게다가 내 생각엔 이 지방 출신도 아니에요."

나그네가 말했다.

"맞아. 난 바다를 항해하는 쥐야. 나는 콘스탄티노플(*터키 이스탄불의 옛 이름.) 항구 출신이지. 하지만 거기서도 난 말투 때문에 약간 이방인 취급을 받았어. 콘스탄티노플 얘기는 들어 봤지? 멋진 도시야. 아주 오래되었고 눈부시게 아름다운 곳이지. 노르웨이의 시구르트 왕도 들어 봤을 거야. 어떻게 시구르트 왕이 예순 척의 배를 끌고 그곳에 도착했는지, 그가 어떻게 부하들과 함께 말을 타고서 보라색과 황금색으로 덮인 거리를 지나갔는지 말이야. 황제와 황후도 시구르트 왕이 배에서 연 만찬에 참석했어. 시구르트 왕이 돌아가고 난 뒤에도 그와 함께 왔던 스칸디나비아 사람들은 뒤에 남아서 황제의 경호원이 되었어. 그리고 우리 조상 한 분은 노르웨이에서 태어났는데 그때 시구르트 왕이 황제에게 선물한 배에 같이 남았어. 그때부터 우린 당연히 쭉 배에서 생활했지. 내 얘기를 하자면, 내가 태어난 도시뿐 아니라 런던 강 사이의 활기찬 항구는 어디나 내 고향과 다름없어. 난 그 항구들을 잘 알아. 항구도 나를 알고. 나를 어느 부두, 어느 바닷가에 내려놓아도 난 내 고향에 있는 거나 마찬가지야."

물쥐가 더욱 관심을 보이며 말했다.

"정말 멋진 항해를 하는군요. 몇 달 동안이나 육지는 보이지 않고 식량은 줄어들고 물도 배급받고 웅장한 바다와 가슴으로 이야기를 나누는 일이 거의 전부였겠네요?"

바닷쥐가 솔직하게 말했다.

"그렇진 않아. 네가 말하는 그런 삶은 나한테 전혀 맞지 않았어. 나는 지금 연안 무역을 하기 때문에 뭍을 보지 못하는 경우는 거의 없어. 매력적인 해변에서 보내는 것도 바다를 항해할 때만큼 즐거워. 아, 그 남쪽의 항구들! 그 항구의 냄새, 밤이면 보이는 정박등(*밤에 배가 정박한 위치를 알리기 위해 갑판에 켜 두는 등불.), 그 매력이란!"

물쥐가 다소 의심스러운 목소리로 말했다.

"그럼 좀 더 좋은 쪽을 택한 거군요. 괜찮다면 연안 무역 하던 얘기 좀 들려줄래요? 용감한 동물이 먼 훗날 따뜻한 난롯가에서 쉬며 수많은 기억을 풀어놓으려면 어떤 추억을 수확해서 가져와야 할까요? 솔직히 오늘은 내 삶이 다소 답답하게 갇혀 있다는 느낌 이 들었거든요."

바닷쥐가 말했다.

"마지막 여행을 마친 나는 농장을 가져 보겠다는 큰 꿈을 품고 육지에 정착하게 됐어. 내 마지막 여행은 좋은 본보기 구실을 할 거야. 정말로 아주 화려한 인생의 전형이지. 늘 그렇듯 집안 문제 가 생겼어. 집안의 폭풍 경보가 사라지자, 나는 다시 콘스탄티노 플에서 작은 무역선에 올랐어. 파도가 칠 때마다 불멸의 기억을 가 져다주는 유서 깊은 바다를 지나 고대 그리스의 섬들과 레반트(* 이스라엘, 요르단 등이 있는 지중해 동부 지역.)로 향했지. 그때의 황금 빛 낮과 아늑한 밤들이란! 늘 항구를 들락거렸어. 옛 친구들이 어 디에나 있었으니까. 뜨거운 낮에는 서늘한 사원이나 망가진 물탱 크에서 낮잠을 자고, 해가 지면 벨벳 같은 하늘에 무수하게 떠 있 는 별들 아래에서 잔치를 벌이고 노래를 불렀어! 그다음엔 방향을 돌려서 아드리아 해로 갔어. 아드리아 해의 바닷가엔 호박색, 장미 색, 연한 청록색의 공기가 떠다녀. 우린 넓은 육지로 에워싸인 항 구에 자리를 잡고 웅장한 고대의 도시를 배회했어. 마침내 어느 날 아침 우리 뒤쪽에서 장엄하게 해가 뜨고 우린 말을 타고 황금빛 길을 따라서 베네치아로 이동했지. 아, 베네치아는 멋진 도시야. 쥐가 마음대로 돌아다니면서 즐길 수 있는 곳이야! 돌아다니다가 힘이 들면 밤에 대운하 가장자리에 앉아서 친구들과 잔치를 벌였어. 공중엔 음악이 가득하고 하늘엔 별이 총총하지. 흔들리는 곤돌라의 윤나는 뱃머리에선 등불이 반짝반짝 빛났어. 곤돌라가 아주 많아서 운하 이쪽에서 저쪽까지 곤돌라를 밟고 건널 수도 있었지! 그리고 음식도 훌륭해! 조개 좋아하나? 이런, 지금은 그런 생각을 할 때가 아니지."

바닷쥐는 잠시 말이 없었다. 물쥐도 나그네의 이야기에 사로잡혀 말없이 꿈속의 운하를 떠다니고 있었다. 잿빛 파도가 물보라를 일으키고 둑 사이에서 철썩이면서 환상의 노래가 울려 퍼지는 것 같았다. 바닷쥐가 말을 이었다.

"마침내 우린 다시 남쪽으로 향했고 이탈리아 해안선을 따라 항해했어. 그러다가 드디어 팔레르모(*이탈리아의 시칠리아 섬 북쪽 기슭에 있는 항구 도시.)에 닿았고 그 바닷가에서 행복한 매력에 이끌려 오랫동안 머물렀어. 나는 절대로 한 배에 오래 머무르지 않아. 옹졸해지고 편견에 치우치게 되니까. 게다가 시칠리아는 내가 즐겨 찾아가는 곳이야. 난 거기 있는 사람들을 모두 알고 그곳의 풍습도 나와 맞아. 나는 그 섬의 시골에서 친구들과 즐거운 몇 주를 지냈어. 다시 따분해서 몸이 들썩이기 시작하자 나는 사르데냐와 코르시카(*지중해에 있는 이탈리아의 섬들.)로 가는 무역선을 탔어. 신선한 바람과 파도의 물거품을 얼굴로 느끼는 건 매우 기쁜 일이지."

물쥐가 물었다.

"하지만 그 아래…… 그러니까 갑판 아래로 내려가면 아주 덥고 답답하지 않아요?"

나그네가 물쥐에게 눈을 살짝 찡긋하면서 짧게 말했다.

"난 고참이야. 선장의 선실은 꽤 괜찮아."

물쥐가 생각에 깊이 잠기면서 웅얼거렸다.

"아무리 그래도 힘든 생활일 거예요."

바닷쥐가 다시 보일 듯 말 듯 눈을 찡긋하면서 진지하게 대답했다.

"선원 신분이라면 그렇지."

바닷쥐는 말을 이었다.

"나는 코르시카에서 본토로 포도주를 나르는 배를 이용했어. 저녁에 알라시오(*이탈리아의 해변 도시.)에 닿으면 포도주 통을 끌어당겨서 긴 밧줄로 서로 묶은 다음 배 밖으로 던졌어. 그리고 선원은 보트를 타고 바닷가로 노를 저어 갔어. 노래를 부르면서 술통을 줄줄이 끌고 갔지. 꼭 작은 돌고래들 같았어. 사람들은 모래밭에 말을 여러 마리 세워 두었다가 한꺼번에 덜그럭거리면서 있는 힘껏 포도주 통을 끌고 작은 마을의 가파른 길을 올라가는 거야. 마지막 술통이 옮겨지면 우린 푹 쉬고는 밤늦게까지 친구들과 술을 마셨어. 다음날 아침 난 잠시 쉬려고 울창한 올리브 숲으로 향했어. 한동안 섬에서 할 일은 다 끝냈고 항구와 배는 많았으니까. 그래서 나는 숲에 누워서 농부들이 일하는 모습을 지켜보며 게으름을 피웠고 저 아래로 푸른 지중해가 보이는 언덕에서 늘어지게 기지개를 켜기도 했어. 그러다가 쉬엄쉬엄 걷기도 하고 배를 타기도 하면서 마르세유까지 갔지. 거기서 함께 일했던 선원들을 만나고 커다란 원양 어선에도 들러서 또다시 맘껏 먹고 마셨어. 조개 얘기를 해야겠군! 지금도 이따금 마르세유의 조개에 대한 꿈을 꾸고 일어나면 너무 먹고 싶다니까!"

물쥐가 공손하게 말했다.

"그러니까 생각나는데 아까 배고프다고 했잖아요. 더 일찍 말했어야 하는 건데. 잠깐 쉬면서 같이 점심이나 먹는 건 어때요? 내 집이 가까운 데 있거든요. 열두 시가 좀 지났으니 딱 알맞은 때네요. 무엇이든 환영이에요."

바닷쥐가 말했다.

"그렇게 친절하게 말해 주니 정말 고마워. 여기 앉을 때부터 정말 배가 고팠어. 무심코 조개 얘기를 하고 나서는 송곳니를 쓰고 싶어 근질근질했지. 그런데 먹을 걸 밖으로 가지고 나오면 안 되겠니? 집 안에 들어가는 걸 좋아하지 않거든. 어쩔 수 없는 경우가 아니라면 말이야. 그러면 음식을 먹으면서 내가 항해하던 때의 멋진 삶에 대해서 더 흥미롭게 얘기할 수 있겠는데. 적어도 나한테는 멋진 삶이었어. 그리고 네가 관심을 보이는 걸 보니 네 마음을 끈 것 같기도 해. 게다가 집 안으로 들어가면 나는 보나마나 금방 곯아떨어지고 말 거야."

"그거 정말 좋은 생각이에요."

물쥐가 말하고는 서둘러 집으로 향했다. 물쥐는 도시락 바구니를 꺼내어 간단하게 점심을 쌌다. 나그네의 출신지와 입맛을 떠올리면서 기다란 프랑스빵 한 덩이와 마늘이 잔뜩 들어간 소시지 하나, 바구니 바닥에서 아우성치는 치즈, 먼 남쪽의 비탈에 비쳤던 햇살을 담은 목이 긴 물병을 챙겼다. 물병은 밀짚으로 목을 감싸고 있었다. 물쥐는 음식을 챙겨 재빨리 돌아갔다. 둘은 강가 잔디밭에 앉아서 함께 바구니를 풀고 음식을 꺼냈다. 늙은 선원이 물쥐의 식성과 분별력을 칭찬하자 물쥐는 기뻐서 얼굴이 붉어졌다.

바닷쥐는 허기가 어느 정도 가라앉자, 가장 최근에 했던 여행 이야기를 계속했다. 그저 듣고만 있을 뿐인 물쥐를 스페인의 항구에서 항구로 안내하고 리스본, 오포르토(*포르투갈 서북의 항구 도시.), 보르도에 내려 주었다가 쾌적한 항구인 콘월과 데본으로 이끌었다. 그런 다음 한참이나 맞바람이 불고 폭풍우가 몰아치고 비바람이 불어오는 해협을 지나 마지막 부둣가로 데려갔다. 바닷쥐는 또다시 봄이 오고 있다는 예고와 마법의 신호를 알아차리고 그 신호에 자극을 받아 발걸음을 재촉하며 육지로 긴 방랑을 나선 터였다. 파도치는 바다에 지쳐서인지 아주 멀리 떨어진 농장에서 조용히 지내고 싶은 마음이 굴뚝같았다.

물쥐는 이야기에 마음을 뺏기고 흥분으로 몸을 떨면서 모험가를 따라 한 걸음 한 걸음 폭풍우 치는 만을 건너고, 혼잡한 정박지를 지나고, 파도가 몰아치는 방파제를 가로지르고, 구불구불한 강을 따라 거슬러 올라갔다. 어느 순간 강은 휙 방향을 틀면서 작고 분주한 마을을 감춰 주었다. 마침내 육지의 따분한 농장에 도착하자 물쥐는 아쉬운 듯 한숨을 내쉬었다. 농장에 대해서는 듣고 싶지 않았다.

이야기를 들려주는 동안 음식을 다 먹은 나그네는 생기를 되찾았고 힘이 솟았다. 나그네의 목소리는 더 활기찼고 눈은 바다 멀리 있는 등불을 본 것처럼 밝게 빛났다. 바닷쥐는 자신의 잔에 남쪽에서 만든 붉은 포도주를 가득 채우고 물쥐 쪽으로 몸을 기울였다. 물쥐는 나그네의 이야기를 들으면서 눈을 떼지 못했고 몸과 마음도 모두 사로잡혔다.

바닷쥐의 눈은 물거품이 떠다니고 파도가 치는 초록빛 북쪽 바다로 변하고 있었다. 술잔에서는 남쪽의 심장처럼 정열적인 붉은 포도주가 빛나고 있었다. 포도주는 물쥐에게 고동치는 맥박과 마주할 용기를 주었다. 이리저리 출렁이는 회색과 한자리에 고정된 빨간색, 이 두 색깔은 물쥐의 마음을 사로잡고 신바람을 일으켜 유혹했고 게다가 무력하게 만들었다. 이 두 색이 만든 세상 외의 바깥세상은 멀리 물러나서 조용히 사라져 갔다. 그리고 이야기, 놀라운 이야기가 계속 흘러나왔다. 아니, 전부 연설이었나? 아니면 이따금 노래로 바뀌기도 했나? 물이 뚝뚝 떨어지는 닻을 올리면서 선원들이 흥얼거리는 노래, 찢을 듯한 북동풍에 돛대의 밧줄이 웅웅 울리는 소리, 살구빛 하늘을 배경으로 해가 질 때 그물을 끌어올리며 부르는 어부들의 노래, 곤돌라와 돛단배에서 흘러나오는 기타와 만돌린의 화음이었나? 바람 소리로 바뀌기도 했나? 처음에는 애처롭다가 쌀쌀해지면서 성난 듯이 날카로운 소리를 내고 사납게 휘파람 소리를 냈다가 불룩한 돛의 가장자리에 부딪쳐 음악 소리처럼 붕붕 울려 댔나? 갈매기가 배고파서 끼룩대는 소리, 파도가 부딪치면서 나는 낮은 천둥소리, 조약돌이 투덜대는 소리, 넋을 잃은 청취자는 이 모든 소리가 정말로 들리는 것 같았다.

다시 연설로 돌아오자 소리는 사라지고 물쥐는 바닷쥐와 함께 두근거리는 가슴으로 열두 개의 항구와 싸움, 탈출, 경주, 동지애, 용감한 계획들을 따라다녔다. 아니, 물쥐는 보물을 찾아서 섬을 뒤지고, 고요한 석호(*만의 입구가 자연적으로 막혀 바다와 분리되면서 생긴 호수.)에서 낚시를 하고, 따뜻한 흰 모래밭에서 하루 종일 졸았다. 물쥐는 깊은 바다에서 1킬로미터나 되는 그물로 건져 올린 힘센 은빛 물고기에 대한 이야기를 들었다. 달도 뜨지 않은 밤에 정적을 깨뜨리며 갑작스럽게 다가오는 위험, 안개를 뚫고 머리 위로 모습을 드러내는 정기선의 거대한 뱃머리, 집에서 벌어지는 즐거운 식사, 둥그스름한 곳, 불을 밝힌 항구, 흐릿한 부두의 무리들, 힘찬 환호성, 굵은 밧줄에 튀는 물방울, 가파르고 좁은 길을 따라 터덜터덜 올라가면 빨간 커튼이 쳐진 창에서 아늑하게 빛나는 불빛들.

마침내 물쥐가 백일몽에서 깨어날 즈음, 모험가는 자리에서 일어나 있는 것 같았지만 여전히 이야기를 하면서 잿빛 바다색 눈으로 물쥐를 굳게 사로잡고 있었다. 바닷쥐가 조용히 말했다.

"그리고 나는 다시 길을 떠날 거야. 먼지를 뒤집어쓰면서 남서쪽으로 계속 걸어갈 거야. 내가 잘 아는 조그마한 잿빛 바닷가 마을에 닿을 때까지. 가파른 항구의 한쪽에 붙어 있는 마을이야. 거기서 어두운 출입구를 지나면 돌계단이 내려다보여. 머리 위로는 분홍색 쥐오줌풀 꽃이 흐드러지게 피어 있고 작은 땅뙈기 끝에서는 푸른 물이 반짝여. 방파제에 묶여 있는 작은 배들은 밝은색 페인트로 칠해져 있고, 난 어린 시절을 추억하며 기어 오르락내리락하지. 연어가 밀물을 타고 뛰어오르고 고등어 떼가 부둣가와 물가를 따라 파닥이며 뛰어놀아. 창가에서는 밤낮으로 거대한 배들이 밧줄에 묶인 채 슬슬 움직이거나 멀리 떨어진 바다로 향하는 게 보여. 이내 온갖 나라의 항해선들이 모두 도착하고 정해진 시간이 되면 내가 고른 배도 닻을 내리겠지. 난 서두르지 않을 거야. 여유롭게 기다릴 거야. 그러면 마침내 적당한 배가 나를 기다리다가 강물을 타고 재빨리 다가와 뱃머리를 항구 쪽으로 돌리고 짐을 조금

싣는 거야. 나는 굵은 밧줄을 타고 배에 올라타. 그러다가 어느 날 아침 뱃사람들의 발소리와 노랫소리를 들으며 잠에서 깨. 캡스턴(* 배에서 정박용 밧줄을 감는 데 주로 쓰는 기계.)이 쨍그랑거리고 닻의 쇠줄이 달그락달그락 즐겁게 소리를 내며 올라와. 뱃머리의 작은 삼각돛과 앞 돛을 올리고 앞으로 나아가면 항구의 하얀 집들이 우리 옆을 천천히 미끄러지듯 지나치겠지. 그리고 마침내 항해가 시작되는 거야! 배가 곶을 향해 나아가면서 옷을 입듯 돛을 펴. 바람이 불어오는 쪽을 향해 배꼬리를 돌리고 거대한 초록빛 바다에 철썩철썩 부딪치며 남쪽을 향해 가는 거야!

자네도 같이 가세, 젊은 친구. 시간은 한 번 가면 절대로 돌아오지 않고 남쪽은 여전히 자네를 기다려. 부름에 응해 모험을 떠나는 거야, 다시는 돌아오지 않을 순간이 가 버리기 전에! 네 뒤에서 문을 두드리고 있어. 앞으로 힘차게 나아가. 낡은 삶에서 빠져나와 새로운 삶으로 들어가는 거야! 훗날 언젠가 원한다면 집으로 돌아가도 돼. 잔이 비고 연극이 끝나면 조용한 강가에 앉아서 같이 여행했던 행복한 기억을 되새기자고. 자넨 젊으니까 나를 쉽게 따라잡을 수 있을 거야. 난 늙어서 기운이 빠져 가니까. 내가 머뭇거리면서 뒤돌아보면 결국은 자네가 따라오는 모습을 발견하게 될 거야. 근심 걱정 없는 열성적인 얼굴에 남쪽의 모든 것을 담고서 말이야!"

이야기는 벌레의 작은 트럼펫 소리가 침묵 속으로 재빨리 사라지는 것처럼 서서히 잦아들다가 완전히 사라져 버렸다! 물쥐는 마비된 듯이 물끄러미 한곳을 바라보았고 드디어 멀리 하얀 길 위로 얼룩 같은 게 보였다.

물쥐는 기계적으로 일어나서 서두르지 않고 천천히 점심 도시락을 쌌다. 기계적으로 집으로 돌아와 필수품 몇 개와 자기가 좋아하는 특별한 보물을 챙겨 손가방에 담았다. 그리고 생각에 잠겨 몽유병 환자처럼 방 안을 이리저리 돌아다녔다. 입을 벌린 채 귀를 기울였다. 물쥐는 어깨에 가방을 메고 도보 여행에 쓸 튼튼한 지팡이를 꼼꼼하게 골랐다. 조금도 서두르거나 머뭇거리지 않았다. 문을 막 나서는데 두더지가 문가에 나타났다. 두더지는 깜짝 놀라서 물쥐의 팔을 잡고 물었다.

"왜 그래, 어디 가는 거야?"

물쥐가 두더지를 쳐다보지도 않고 꿈꾸는 것처럼 단조로운 목소리로 중얼거렸다.

"나는 남쪽으로 갈 거야. 남아 있는 다른 이들과 함께 말이지. 먼저 바다로 가서 배를 탈 거야. 그런 다음 나를 부르는 해변으로 가겠어!"

물쥐는 단호하게 앞으로 나아갔다. 여전히 서두르지 않았지만 결심은 단단해 보였다. 하지만 두더지는 깜짝 놀라 물쥐의 앞을 막아서서 그의 눈을 들여다보았다. 물쥐의 눈은 잿빛으로 변해 멍했고 불안하게 흔들렸다. 친구의 눈이 아니라 다른 동물의 눈이었다! 두더지는 물쥐를 꽉 잡고 안으로 끌고 들어갔다. 그리고 붙잡아 넘어뜨렸다.

물쥐는 잠시 필사적으로 버티었지만 갑자기 몸에서 힘이 다 빠져나간 것 같았다. 그리고 기진맥진한 채 누워서 눈을 감고 몸을 떨었다. 두더지는 곧바로 물쥐를 부축해 일으켜 세우고 의자에 앉혔다. 물쥐는 힘없이 웅크리고 앉아 있었다. 눈물도 없이 흐느끼며 심하게 몸을 떨고 발작을 일으켰다. 두더지는 문을 굳게 걸어 잠그고 가방을 서랍에 집어넣은 다음 조용히 친구 옆의 탁자에 앉아서 이 이상한 발작이 끝나기만을 기다렸다. 물쥐는 불안해하면서도 조금씩 잠에 빠져들었고 가끔씩 벌떡 깨어나 이상하고 낯선 외국말을 중얼거렸다. 두더지는 알아듣지 못하는 말이었다. 그러다가 물쥐는 깊은 잠에 빠져들었다.

두더지는 걱정스러운 마음으로 잠시 물쥐의 옆을 떠나서 바쁘게 집안일을 했다. 그리고 점점 어두워져 갈 때 두더지가 응접실로 돌아왔다. 물쥐는 잠에서 완전히 깨어 있었지만 힘없이 입을 다문 채 실의에 빠져 있었다. 두더지는 얼른 물쥐의 눈을 힐끗 보았다. 다행스럽게도 물쥐의 눈은 전처럼 맑고 짙은 갈색이었다. 두더지는 물쥐 옆에 앉아서 기운을 북돋아 주었고 무슨 일이 있었는지 털어놓게 했다.

가엾은 물쥐는 최선을 다해서 어떻게 된 일인지 설명했다. 하지만 그 많은 계획을 어떻게 차가운 언어에 담을 수 있을까? 어떻게 노래를 불러 주던 바다의 목소리를 잊지 않고 기억하게 만들까? 어떻게 항해자인 바닷쥐가 들려준 수백 가지 추억의 마법을 다시 만들어 낼 수 있을까? 자신에게조차 주문은 깨지고 마법은 사라져 버렸다. 몇 시간 전까지만 해도 운명적이고 유일하게 보였던 것들이 이제는 설명조차 하기 어려웠다. 두더지에게 그날 하루 종일 무슨 일이 있었는지 분명하게 설명해 주지 못하는 게 놀라운 일은 아니었다.

두더지에게 이것은 분명했다. 물쥐의 발작적인 공격은 사라졌고 반작용으로 몸이 떨리고 눈을 내리깔고 있긴 했지만 다시 제정신으로 돌아왔다. 하지만 물쥐는 여전히 하루하루 채워 나가야 할 것들 속에서 시간을 보내는 일에 흥미를 잃은 것처럼 보였다. 계절이 바뀌어 낮도 짧아지고 필요한 것들도 달라졌지만 새로운 계절을 보낼 즐거운 계획을 세우는 일조차 물쥐의 관심 밖이었다.

그래서 두더지는 그런 일에 관심 없는 척하면서 가을걷이가 한창이라고 이야기의 운을 뗐다. 짐을 높이 쌓은 마차, 마차를 끄는 말들, 쌓여 가는 볏짚 가리, 텅 빈 땅 군데군데에 놓여 있는 곡식 단 위로 떠오르는 커다란 달, 빨갛게 익어 가는 사과와 갈색으로 익어 가는 땅콩, 잼, 저장 식품, 코디얼(*과일향이 나는 달콤한 술.)을 정제하는 모습을 이야기했다. 이런 이야기를 쉬엄쉬엄하다 보니 어느새 한겨울의 이야기로 흘러갔고, 추운 날 집 안에서의 아늑한 생활이 주는 기쁨에 대해서도 이야기했다. 두더지는 아주 열정적이었다.

물쥐가 서서히 몸을 일으키더니 이야기에 끼어들었다. 멍하던 눈은 빛났고 무기력하던 분위기는 사라졌다.

두더지는 눈치 빠르게 슬쩍 나가서 연필과 반으로 접은 종이 몇 장을 들고 돌아왔다. 그런 다음 친구 가까이에 있는 탁자에 올려놓았다. 두더지가 말했다.

"네가 시를 쓴 지 정말 오래되었어. 오늘 저녁에 한번 써 봐. 그렇게 생각에만 빠져 있지 말고. 뭐라도 써 내려가다 보면 기분이 훨씬 좋아질 거야. 운율을 맞춰서 말이야."

물쥐가 싫증난다는 듯 종이를 밀어냈지만 신중한 두더지는 기회를 보고 방에서 나왔다. 조금 지나서 방 안을 살짝 들여다보니, 물쥐는 방 밖에서 나는 소리는 들은 체 만 체하고 글쓰기에 푹 빠져서 무언가를 끼적이기도 하고 연필 끝을 빨기도 했다. 사실 쓰는 것보다는 연필을 빠는 일이 훨씬 더 많았다. 하지만 두더지는 적어도 물쥐가 나아지기 시작했다는 걸 알고 기뻤다.

10. 계속되는 두더지의 모험

　나무의 구멍이 동쪽을 향하고 있어서 두꺼비는 일찍 깨어났다. 환한 햇빛이 두꺼비 위로 흘러들어오는 데다 추위로 발가락이 시려워서이기도 했다. 그래서 꿈을 꿨다. 어느 추운 겨울 밤, 자기 집의 튜더 양식 창문이 있는 멋진 방에서 침대에 누워 있는데 이부자리가 벌떡 일어나더니 더 이상 추위를 참을 수 없다고 투덜거리고 항의하며 몸을 덥히러 아래층에 있는 부엌 난로로 달려가는 꿈이었다. 그래서 두꺼비도 맨발로 차가운 돌이 깔린 길을 따라가며 이부자리에게 정신 차리라고 설득하고 간청했다. 돌 위에 지푸라기를 깔고 잤던 몇 주 동안, 두꺼운 담요를 턱까지 끌어당기고 자던 익숙한 느낌을 잊어버리지만 않았어도 훨씬 일찍 깼을지 모른다.

　두꺼비는 일어나서 주먹으로 눈과 차가운 발가락을 비비면서 주위를 둘러보았다. 눈에 익은 돌벽과 쇠창살이 있는 작은 창을 찾아 두리번거리며 자기가 지금 어디에 있는 것인지 궁금했다. 그때 가슴이 뛰었다. 모든 것이 기억났다. 탈옥, 도망, 추격, 그 중에서도 가장 좋은 것은 이제 자유의 몸이 되었다는 사실이었다!

자유! 그 말을 내뱉고 생각하는 것만으로도 담요 50장의 가치가 있었다. 두꺼비는 뜨거운 바깥세상을 생각하자 머리끝에서 발끝까지 따뜻해졌다. 바깥세상에는 불행이 덮치기 전처럼 두꺼비의 시중을 들고 아침을 떨려는, 두꺼비가 당당하게 돌아오기를 간절히 기다리는 이들이 있었다. 두꺼비는 몸을 흔들고 손가락으로 머리를 빗어서 머리에 붙어 있는 마른 잎을 떨어뜨렸다. 두꺼비는 몸단장을 마치고 아늑한 아침 햇빛 속으로 씩씩하게 걸어갔다. 춥지만 자신감이 넘쳤고 배가 고팠지만 희망이 가득했다. 어제의 모든 불안과 두려움은 휴식과 잠과 노골적으로 용기를 북돋우는 햇빛으로 인해 떨쳐 버릴 수 있었다.

초여름 아침, 두꺼비는 온 세상을 독차지한 것 같았다. 이슬 맺힌 숲은 인적이 없고 조용했다. 두꺼비는 앞을 헤치며 나아갔다. 숲으로 이어지는 푸른 언덕도 마음껏 차지했다. 두꺼비가 지나가는 길은 하나같이 길을 잃고 친구를 찾는 강아지처럼 외로워 보였다. 그래서 두꺼비는 어느 길로 가야할지 조언해 주고 대화도 나눌 수 있는 친구를 간절히 찾았다. 마음은 가볍고 정신도 맑고 주머니에 돈도 좀 있다면, 두꺼비를 다시 감옥으로 데려가려고 온 나라를 뒤지는 이만 없다면, 길이 어디로 이어지든 상관하지 않고 길이 손짓하고 부르는 대로 따라가는 것도 썩 괜찮을 것이다. 사실 현실적인 두꺼비는 아주 걱정스러웠다. 이렇게 중요한 때 쓸모없이 조용하기만 한 길을 걷어차 버리고 싶었다.

말없는 시골길은 이윽고 어린 남동생처럼 느껴지는 운하와 닿아 있었다. 시골길은 운하의 손을 잡고 느긋하게 두꺼비의 옆을 따라왔지만 여전히 수줍은 듯 낯선 이에게는 말을 걸지 않았다. 두꺼비가 혼잣말을 했다.

"빌어먹을! 어쨌든 하나는 분명해. 길과 운하 둘 다 틀림없이 어딘가에서 어딘가로 나아간다는 거지. 그건 부정할 수 없어."

그래서 두꺼비는 끈기 있게 물가를 따라 걸었다.

운하의 굽이를 돌자 말 한 마리가 깊은 고민에 빠진 듯 고개를 앞으로 숙인 채 터벅터벅 걸어왔다. 목줄에 연결되어 있는 밧줄은 길고 팽팽했지만 말이 걸음을 옮길 때마다 물에 살짝살짝 닿았고 마구의 다른 부분에서는 진주 같은 물방울이 뚝뚝 떨어졌다. 두꺼비는 말이 지나가게 놔두고 앞으로 자신에게 다가올 운명을 기다리며 서 있었다.

거룻배 한 척이 뭉툭한 뱃머리로 조용한 수면에 경쾌한 물보라를 일으키며 두꺼비의 옆을 미끄러지듯 지나갔다. 뱃전은 화려한 페인트로 칠해져 있었고 배에는 아마천으로 만든 보닛 모자를 쓴 키 크고 튼튼한 여자가 홀로 자리 잡고 있었다. 그리고 여자는 한 팔로 키를 잡고 있었다. 여자가 두꺼비에게 다가오며 말했다.

"아주머니, 날씨가 참 좋네요!"

두꺼비가 뱃길을 따라 여자와 나란히 걸으며 정중히 대답했다.

"그렇군요. 저처럼 힘든 문제가 있는 사람들에게는 좋은 아침이 아니겠지만요. 저한테는 결혼한 딸이 있는데 당장 서둘러 와 달라고 편지를 보냈지 뭐예요. 그래서 무슨 일이 일어나고 있는지, 또 앞으로 무슨 일이 일어날지도 모르면서 이렇게 출발했답니다. 나쁜 일은 아닌지 두려워하면서 말이죠. 아주머니도 아이가 있다면 이해하실 거예요. 그래서 해야 할 일도 그대로 두고 왔어요. 아시겠지만 저는 세탁 일을 한답니다. 어린 자식들은 자기들끼리 알아서 지내라고 두고 왔어요. 짓궂고 골칫거리인 개구쟁이들은 아니지만 말이죠. 게다가 돈도 다 떨어지고 길도 잃어버렸답니다. 결혼한 딸에게 무슨 일이 생겼을지는 생각도 하고 싶지 않아요."

거룻배 여자가 물었다.

"결혼한 딸은 어디에 살아요?"

두꺼비가 대답했다.

"강 가까운 곳에 살고 있어요. 이 근처 어디 두꺼비 저택이라는 집 가까이에요. 아마 들어 봤을 거예요."

"두꺼비 저택이라고요? 이런, 나도 그쪽으로 가는 길이에요. 이 운하에서 몇 킬로미터만 더 가면 두꺼비 저택에서 조금 떨어진 강하고 만나요. 거기서부터는 맘 편하게 걸어가면 되요. 저랑 같이 거룻배를 타고 가요. 태워 드릴게요."

여자 뱃사공은 거룻배를 강둑에 댔다. 두꺼비는 아주 겸손하고 공손하게 감사 인사를 하고서 가볍게 배로 올라가 만족스럽게 자리에 앉았다. 두꺼비는 생각했다.

'두꺼비에게 다시 행운이! 난 늘 재수가 좋단 말이야.'

배가 움직이기 시작하자 뱃사공이 공손하게 말했다.

"세탁 일을 한다고요? 아주 훌륭한 일을 하는군요. 내가 너무 쉽게 말하는 것 같지만."

두꺼비가 자랑스럽게 말했다.

"세상에서 제일 훌륭한 일이랍니다. 지위가 높은 분들은 다 나한테 와요. 다른 사람이 돈을 준다고 해도 그분들은 저에게만 일을 맡긴답니다. 저를 아주 잘 알거든요. 저는 제가 맡은 일을 완벽하게 해냅니다. 다 알아서 하죠. 빨래, 다림질, 풀 먹이기에다 파티에 입고 갈 고급 신사 셔츠도 만들어요. 모든 게 다 제 눈앞에서 이루어진답니다."

뱃사공이 존경스럽다는 듯이 물었다.

"그래도 그 일을 모두 직접 하는 건 아니죠?"

두꺼비가 명랑하게 대답했다.

"심부름하는 여자 애들이 스무 명 정도 있어요. 하지만 여자 애들이 어떤지는 잘 아시죠? 그 애들은 못된 왈가닥들이랍니다."

뱃사공이 몹시 흥분하며 말했다.

"내 생각도 그래요. 댁은 여자 애들을 잘 다루나 봐요. 그 멍청한 말괄량이들을! 세탁 일을 정말 좋아하는군요?"

두꺼비가 대답했다.

"정말 좋아해요. 그 일에 폭 빠져 있답니다. 빨래 통에 두 손을 푹 담그고 있으면 정말 행복해요. 저는 빨래가 아주 쉬워요. 문제없이 해낸답니다! 아주 즐겁게요."

뱃사공이 잠시 생각에 잠기더니 말했다.

"댁을 만나다니 정말 운이 좋아요! 우리 둘 다 말이에요!"

두꺼비가 신경질을 내며 물었다.

"뭐라고요? 그게 무슨 말이에요?"

뱃사공이 대답했다.

"내 말 좀 들어 봐요. 나도 댁만큼 빨래를 좋아해요. 이렇게 배를 타고 있지만 좋든 싫든 빨래는 직접 해야 해요. 이 배에서 노를 젓는 건 남편 몫인데 남편은 다 집어치우고 나한테 일을 떠밀었어요. 배를 타거나 말을 돌보는 건 당연히 남자가 해야 할 일인데 말이에요. 그래서 나는 내 일을 할 시간이 없답니다. 다행히 저 말은 먹이를 알아서 챙겨 먹어요. 남편은 토끼나 잡아 와서 저녁거리를 해야겠다며 말 대신에 개를 데리고 갔어요. 그러면서 다음 부두에서 나를 따라잡겠대요. 뭐, 그럴 수도 있겠죠. 하지만 난 남편이 개를 데리고 나가면 믿지 않아요. 그 개는 남편보다 더 형편없으니까요. 이러니 내가 빨래를 할 시간이 있겠어요?"

두꺼비가 말을 돌렸다.

"에휴, 빨래는 잊어버려요. 토끼 생각만 하라고요. 틀림없이 어리고 살찐 토끼일 거예요. 신 나죠?"

뱃사공이 말했다.

"빨랫감이 쌓여 있는데 어떻게 다른 일을 생각하겠어요. 이렇게 즐거운 일이 앞에 놓여 있는데 당신은 어떻게 토끼 얘기를 하는지 모르겠네요. 선실 구석에 내 빨래가 쌓여 있어요. 꼭 필요한 거한두 개만 빨아 주면…… 댁한테 어떻게 설명해야 할지 정말 모르겠네요. 하지만 댁이라면 한눈에 알아볼 거예요. 배를 타고 가는 동안 빨래 통에 넣고 빨면 된답니다. 아까 말한 대로 댁은 좋아하는 일을 하고 나는 도움을 받는 거죠. 빨래 통과 비누는 옆에 있어요. 주전자는 화로 위에 있고 양동이가 있으니 운하에서 물을 길어 올릴 수도 있어요. 댁도 즐겁겠지요? 여기 멍하니 앉아서 경치나 구경하고 하품이나 쩍쩍 하는 것보다는 말이에요."

두꺼비는 깜짝 놀랐다.

"됐어요, 내가 키를 잡을게요! 그럼 댁이 하던 방식대로 빨래를 하구려. 내가 빨래를 망칠지도 모르고 당신 맘에 안 들 수도 있잖아요. 나는 남자 옷 전문이라서 남자 옷을 더 잘 빨아요."

뱃사공이 웃으면서 말했다.

"댁이 키를 잡겠다고요? 거룻배를 저으려면 훈련이 필요한 데다 하나도 재미없는 일이에요. 댁이 행복해지길 바라서 하는 말이에요. 댁은 좋아하는 빨래를 해요. 나는 내 전공인 배를 몰 테니까. 이렇게라도 댁을 대접해야 기쁠 것 같아요."

두꺼비는 궁지에 빠졌다. 어떻게든 빠져나가 보려고 방법을 찾아보았지만 강둑에서 너무 멀리 떨어져 있어서 도망가긴 이미 그른 상태였다. 두꺼비는 뚱한 얼굴로 운명을 받아들였다. 두꺼비는 절망적으로 생각했다.

'이렇게 됐으니 할 수 없지, 뭐. 아무리 바보라도 빨래는 할 수 있겠지.'

두꺼비는 빨래 통과 비누를 들고 선실로 갔다. 옷가지 몇 개를 되는대로 집은 다음 세탁소 창문 너머에서 힐끗 봤던 장면을 기억해 내려고 애썼다. 30분이라는 길고 긴 시간이 지났다. 두꺼비는 점점 짜증이 나기 시작했다. 빨래는 마음먹은 대로 잘 되지 않았다. 살살 비비기도 하고 탁탁 치기도 했지만 빨랫감은 조금도 깨끗해지지 않은 채 자꾸만 빨래 통 밖으로 비어져 나왔다. 꼭 두꺼비를 비웃는 것 같았다. 두꺼비는 뱃사공이 신경 쓰여서 어깨너머로 한두 번 쳐다보았다. 하지만 뱃사공은 온통 노 젓는 일에 집중하느라 앞만 뚫어지게 바라보고 있었다. 두꺼비는 등이 너무 아팠다. 자랑스럽게 느껴졌던 앞발을 내려다보니 쭈글쭈글 주름이 잡혀 있어서 마음이 상했다. 두꺼비는 어떤 세탁부도, 어떤 두꺼비도 결코 낼 수 없는 소리로 낮게 중얼거렸다. 그러다가 열다섯 번째로 비누를 놓쳤다. 갑자기 웃음소리가 들려서 두꺼비는 허리를 펴고 주위를 둘러보았다. 뱃사공이 배꼽이 빠져라 웃고 있었다. 뺨에 눈물까지 흘리면서 미친 듯이 웃어 댔다. 드디어 뱃사공이 숨을 몰아쉬면서 말했다.

"아까부터 댁을 지켜보고 있었어요. 으스대면서 말하는 걸 보고 실없는 사람이 분명하다고 생각했어요. 댁은 정말 형편없는 세탁부예요. 이렇게 행주를 많이 빨아 보는 건 이번이 처음인 게 분명해요!"

그렇지 않아도 두꺼비는 아까부터 참을 수 없을 정도로 화가 나 있었는데 이제 뚜껑이 열릴 지경이었다.

"이 교양 없고 경박하고 뚱뚱한 뱃사공 같으니라고! 감히 자기보다 훌륭한 동물한테 그 따위 말을 하다니! 세탁부는 바로 너다! 내가 두꺼비라고 알려 줄 걸 그랬어. 유명하고 존경스럽고 훌륭한 두꺼비 말이야! 지금은 비록 이러고 있지만 뱃사공한테 놀림이나 당할 동물은 아니라고!"

뱃사공이 두꺼비에게로 다가가 보닛 모자 아래로 얼굴을 들여다보고는 소리를 질렀다.

"정말이네! 세상에, 이럴 수가! 못생기고 징그럽고 기어다니는 두꺼비가 깨끗하고 멋진 내 배에 함께 타고 있다니! 절대 내 배에 태울 순 없어!"

뱃사공은 잠시 키를 놓았다. 그러더니 반점이 있는 튼튼한 팔을 뻗어서 한 손으로 두꺼비의 앞다리를 잡고 다른 손으로는 뒷다리를 단단히 잡았다. 갑자기 세상이 뒤집히는 것 같더니 거룻배가 하늘을 가볍게 날아가는 것 같았다. 바람이 귓가에서 휘파람을 불어 댔다. 두꺼비의 몸이 빠르게 빙글빙글 돌면서 공중을 날아가고 있었다.

마침내 두꺼비는 첨벙 물에 빠졌다. 물은 딱 두꺼비가 좋아하는 온도였다. 하지만 그렇다고 자존심도 잘 상하고 화도 벌컥벌컥 잘 내는 기질이 가라앉는 것은 아니었다. 두꺼비는 수면으로 떠올라 물을 뿜어냈다. 눈에 붙은 개구리밥을 털어 내자 뚱뚱한 뱃사공이 거룻배를 몰고 있는 모습이 눈에 들어왔다. 뱃사공은 뱃머리 너머로 두꺼비를 보면서 깔깔대고 있었다. 두꺼비는 캑캑대면서 뱃사공에게 복수하겠다고 마음먹었다. 면 앞치마 때문에 물가로 헤엄치기가 힘들었다. 마침내 강가에 도착했지만 도와주는 이가 하나도 없어서 가파른 강둑으로 기어 올라가기도 만만치 않았다. 두꺼비는 잠시 쉬면서 가쁜 숨을 몰아쉬었다. 그런 다음 젖은 치마를 팔에 모아 걸치고 젖 먹던 힘까지 다 내어 거룻배를 따라 뛰기 시작했다. 두꺼비는 정신을 못 차릴 정도로 분노와 복수심에 불타고 있었다. 뱃사공은 두꺼비가 거룻배를 따라오는데도 여전히 웃고 있었다. 뱃사공이 소리쳤다.

"야, 이 세탁부야! 다림질 롤러에 몸을 집어넣어 보라고! 얼굴도 다림질해서 주름을 펴고. 아주 품위 있어 보일 테니까."

두꺼비는 대꾸하지 않았다. 하고 싶은 말이 있긴 했다. 하지만 말다툼에서 이겨 봤자 실속도 없고 아무 소용도 없었다. 두꺼비는 완벽하게 복수하고 싶었다. 바로 앞에 원하던 것이 있었다. 두꺼비는 잽싸게 뛰어가서 말을 따라잡고 배와 이어진 밧줄을 풀었다. 그런 다음 훌쩍 말에 올라타 양 옆구리를 냅다 찼다. 말은 배가 가던 강둑길을 벗어나 넓은 들판으로 뛰어갔고 바퀴 자국이 잔뜩 난

길을 신 나게 달렸다. 뒤를 돌아보니 거룻배는 암초에 걸려서 운하 저쪽에 서 있었다. 뱃사공이 주먹을 휘두르면서 고래고래 소리 질렀다.

"거기 서, 거기 서라고!"

두꺼비가 빙그레 웃으면서 중얼거렸다.

"저런 소릴 언제 들었더라."

두꺼비는 계속해서 말의 옆구리를 차며 신 나게 달렸다. 하지만 뱃사공의 말은 빠른 속도로는 오랫동안 달리지 못했다. 처음에는 전속력으로 달리다가 빠른 걸음으로 걸으면서 속도를 늦추더니 결국엔 천천히 걸어갔다. 두꺼비는 이 정도만 돼도 좋았다. 거룻배는 꼼짝없이 서 있는데 자기는 어쨌든 움직이고 있었으니까. 두꺼비는 이제 완전히 이성을 되찾았다. 자기가 정말 똑똑하게 행동했다는 생각이 들어서 조용히 걸어가기만 해도 기분이 좋았다. 샛길로 갈 수도 있었고 승마 전용 도로를 따라 갈 수도 있었다. 두꺼비는 밥을 제대로 먹은 게 언제인지 생각하지 않으려고 애썼다. 마침내 운하가 멀어져 갔다.

두꺼비는 말을 타고 몇 킬로미터를 나아갔다. 뜨거운 햇볕을 받으니 졸음이 쏟아졌다. 말이 갑자기 걸음을 멈추고 고개를 숙이더니 풀을 씹기 시작했다. 잠에서 깨어난 두꺼비는 하마터면 말에서 떨어질 뻔하다가 겨우 중심을 잡고 쓰러지지 않았다. 주위를 둘러보니 넓은 공원에 당도해 있었다. 눈길이 닿는 곳마다 가시금작화와 검은딸기나무 덤불이 자리 잡고 있었다. 근처에 지저분한 집시 마차가 한 대 서 있었고 어떤 남자가 양동이를 뒤집어서 깔고 앉은 채 줄담배를 피우면서 들판을 뚫어지게 바라보고 있었다. 남자의 옆에 있는 장작불에는 쇠 냄비가 걸려 있었다. 냄비에서는 보글보글 끓는 소리가 났고 김이 폴폴 새어 나왔다. 냄새도 났다. 따뜻하고 풍부하고 다양한 냄새가 얽히고설키면서 주위를 에워싸다가 마침내 코를 톡 쏘면서 환상적인 냄새로 바뀌었다. 그 냄새는 자식들 앞에 모습을 드러낸 자연의 영혼 같았고, 위로와 위안의 어머니인 진실의 여신 같았다.

두꺼비는 그제야 지금처럼 배가 고팠던 적이 한 번도 없었다는 걸 깨달았다. 이른 아침에는 고작 현기증을 느꼈을 뿐이었다. 지금 느끼는 허기는 진짜였고 착각도 아니었다. 빨리 해결하지 않으면 꼭 무슨 문제가 생길 것만 같았다. 두꺼비는 싸우는 것이 쉬울까 속이는 것이 쉬울까 궁리하면서 집시를 슬쩍 건너다보았다. 그런 다음 조심스럽게 옆으로 다가가 킁킁 냄새를 맡으면서 집시를 쳐다보았다. 집시도 자리에 앉은 채 담배를 피우면서 두꺼비를 바라보았다. 마침내 집시가 물고 있던 담배 파이프를 떼고 무덤덤하게 말했다.

"저기, 당신 말 팔 거요?"

두꺼비는 깜짝 놀랐다. 집시들은 말을 사고파는 것을 좋아해서 기회가 생기면 절대 놓치지 않았는데 두꺼비는 그 사실을 모르고 있었다. 대상(*낙타 등을 타고 사막을 여행하는 상인 무리.)은 늘 짐을 싣고 다닌다는 것도 몰랐다. 말을 돈으로 바꿀 수 있다는 생각도 하지 못했다. 하지만 집시의 제안 덕분에 두꺼비가 그렇게 원하던 두 가지는 해결할 수 있을 것 같았다. 돈과 든든한 아침 식사 말이다. 두꺼비가 말했다.

"뭐라고요? 나한테 이 어리고 예쁜 말을 팔라고요? 아, 싫습니다. 말도 안 돼요. 그럼 매주 세탁물을 손님들 집집마다 나르는 건 누가 하라고요? 게다가 난 이 말을 너무 사랑해요. 말도 내 말만 듣고요."

집시가 제안했다.

"당나귀를 좋아해 보는 건 어떻소? 실제로 그러는 사람도 있는데."

두꺼비가 말을 이었다.

"잘 모르나 본데 이 말이 당신보다 훨씬 훌륭하고 나아요. 어느 모로 보면 순종이죠, 순종. 당신이 아는 쪽 말고 다른 쪽으로 말이지요. 훌륭한 해크니(*영국산 경마용 말.)였는데 당신이 해크니를 알기나 하겠소. 하지만 말을 좀 안다는 사람은 단번에 알아봐요. 이건 생각하고 자시고 할 것도 없어요. 아무튼 이 말을 얼마에 살 생각이오?"

집시가 말을 슥 훑어보더니 말을 보듯 두꺼비도 훑어보고 나서 다시 말을 쳐다보았다. 그런 다음 짧게 말했다.

"다리 하나에 1실링."

집시는 얼굴을 돌리고 다시 담배를 피워 물었다. 그러더니 시선을 돌려 넓은 들판을 바라보는 바람에 두꺼비는 부끄러웠다. 두꺼비가 큰 소리로 말했다.

"다리 하나에 1실링이라고요? 괜찮다면 계산할 시간 좀 주시오."

말이 풀을 뜯게 내버려 두고 두꺼비는 말에서 내려 집시 옆에 앉더니 앞발로 덧셈을 하고는 입을 열었다.

"다리 하나에 1실링이라고 했죠? 그럼 정확하게 4실링이군요.

세상에, 말도 안 돼요. 이렇게 예쁘고 어린 말을 4실링에 팔 생각은 절대 없어요."

집시가 말했다.

"그럼 내가 낼 수 있는 최고 액수를 알려 주지. 딱 5실링이야. 저 말 값보다 3실링 6펜스나 더 주는 거야. 더 이상 흥정은 없어."

두꺼비는 자리에 앉아서 한참 동안 곰곰이 생각했다. 자신은 배가 고픈데 땡전 한 푼 없었다. 얼마만큼인지 모르지만 집에서 아주 멀리 떨어져 있었고 적들은 아직도 자기를 찾고 있을 게 분명했다. 이런 마당에 5실링은 꽤 큰돈이었다. 하지만 다른 한편으로는 말을 팔아도 별로 남는 게 없을 것 같았다. 그래도 다시 생각해 보니 두꺼비가 말에게 들인 돈은 한 푼도 없었다. 어느 쪽을 선택하든 남는 장사인 게 분명했다. 마침내 두꺼비가 딱 잘라 말했다.

"이봐요, 집시! 이렇게 하죠. 나도 더 이상 이야기하기 싫어요. 그러니 6실링 6펜스로 정합시다. 거기에다 내게 아침을 푸짐하게 대접하는 거요. 물론 지금 이 자리에서 먹을 수 있을 만큼만. 쇠냄비에 담겨 맛있는 냄새를 풍기고 있는 걸 주시오. 그 대신에 난 힘이 넘치는 말과 저 말이 걸고 있는 마구와 장신구까지 모두 주겠소. 덤으로 말이오. 모자란다 싶으면 모자란다고 말해요. 그럼 그냥 떠날 테니. 이 근처에서 몇 년 전부터 내 말을 탐내던 사람을 알고 있으니까."

집시는 이런 식으로 몇 번만 더 거래했다가는 빈털터리가 되겠다면서 투덜거렸다. 하지만 결국 바지 주머니 깊숙이 손을 넣어 지갑을 꺼내더니 6실링 6펜스를 세어 두꺼비에게 건네주었다. 그러고는 잠시 마차 안으로 들어갔다가 접시와 칼과 포크를 들고 돌아왔다. 집시가 냄비를 아래로 기울이자 뜨겁고 걸쭉한 스튜가 접시로 흘러내렸다. 정말로 세상에서 제일 맛있는 스튜였다. 메추라기, 꿩, 닭, 산토끼, 집토끼, 암공작, 뿔닭과 또 다른 재료도 한두 가지가 들어 있었다. 두꺼비는 접시를 무릎 위에 올려놓고 훌쩍이면서 스튜를 먹고 또 먹었다. 두꺼비가 자꾸 더 달라고 해도 집시는 넉넉하게 스튜를 덜어 주었다. 두꺼비는 이렇게 맛있는 아침 식사는 처음이라고 생각했다. 이제 먹을 만큼 먹었다는 생각이 들자 두꺼비는 집시에게 인사를 하고 말에게도 따뜻한 작별 인사를 했다. 집시는 강으로 가는 길을 잘 알고 있어서 두꺼비에게 길을 가르쳐 주었다. 두꺼비는 완전히 기운을 차렸고 다시 여행을 시작했다. 이제는 한 시간 전의 두꺼비가 아니었다. 태양은 밝게 빛났고 젖은 옷은 바짝 말랐다. 주머니에는 돈도 들어 있고 아무 문제없이 집과 친구들에게 가까워지고 있었다. 무엇보다 따뜻하고 영양가 높은 음식을 배불리 먹어서 배가 든든했고 걱정도 없었고 자신감이 넘쳐흘렀다. 두꺼비는 활기차게 걸어가며 지금까지 한 모험과 탈출에 대해 곱씹었고 상황이 제일 나빴을 때 자기가 어떻게 빠져나왔는지를 떠올렸다. 가슴속에 자부심과 자만심이 가득했다. 두꺼비가 턱을 치켜들고 걸어가면서 혼잣말했다.

"하하, 난 정말 똑똑한 두꺼비야! 똑똑하기로는 내가 세상 제일일걸. 적들이 나를 감옥에 가두고 보초를 세우고 간수들에게 밤낮으로 지키게 했지만 난 아무것도 두려워하지 않는 용기와 뛰어난 능력으로 모조리 뚫고 나왔어. 적들은 기차를 타고 나를 쫓아왔지. 경찰은 연발총도 가지고 있었어. 나는 놈들에게 손가락을 튕기고 웃으면서 도망쳤어. 재수 없게 못돼먹은 뚱보 여자 때문에 강에 내던져지기도 했지만. 뭐, 어때? 난 물가로 헤엄쳐서 뚱보 여자의 말을 잡아탔어. 그런 다음엔 말을 팔아서 주머니 가득 돈을 벌었고 맛있는 아침까지 얻어먹었어. 하하, 그게 바로 나야. 멋지고 인기 많고 성공한 두꺼비!"

두꺼비는 자만심에 차 자화자찬하면서 노래를 하나 만들었다. 그러고는 자기 말고는 들어줄 이 하나 없는데도 목소리를 높여 노래를 불렀다. 지금까지 어떤 동물이 만든 노래보다 자만심으로 가득한 노래였다.

세상엔 위대한 영웅이 많아.
역사책에도 나와 있어.
하지만 어느 누구도
두꺼비의 명성과는 비교가 안 돼!

옥스퍼드 대학의 지혜로운 자들은
알아야 할 것을 다 알고 있지.
그래도 그자들은 하나같이
똑똑한 두꺼비의 반만큼도 몰라!

동물들이 방주에 앉아서 울고 있었어.
눈물이 억수 같이 흘렀어.
"저 앞에 육지가 보인다."고 말한 건 누굴까?
바로 용감한 두꺼비!

군인들이 길을 따라 행진하며
모두 경례를 해.
왕에게? 요리사에게?
아니, 바로 두꺼비에게!
여왕과 시녀들이
창가에서 바느질을 해.
"저기 봐! 저 잘생긴 자는 누구지?"하고 여왕이 소리치자
시녀들이 대답하네. "다름 아닌 두꺼비!"

두꺼비가 이런 식으로 지어 부른 노래는 훨씬 많았지만 잘난 체하는 내용이 너무 심해서 여기에 옮기지 못할 정도다. 이게 그나마나은 노래였다. 두꺼비는 걸어가면서 노래를 불렀고, 노래를 부르면서 걸었다. 시간이 지날수록 점점 으스대기 시작했다. 하지만 두꺼비의 자만심은 곧 박살이 나고 말았다.

시골길을 몇 킬로미터쯤 걸어가니 널따란 큰길이 나왔다. 두꺼비가 하얗게 뻗은 큰길로 접어들면서 보니 작은 점 하나가 두꺼비에게 다가오고 있었다. 작은 점은 물방울만 해지다가 얼룩만큼 커지더니 두꺼비가 잘 아는 무엇이 되었다. 두꺼비가 기뻐서 어쩔 줄몰라 하는데 귀에 익은 경적 소리가 두 번이나 들려왔다. 두꺼비가흥분해서 소리쳤다.

"바로 이거야! 이제 현실로 돌아왔어. 내가 그렇게 그리워하던멋진 세계에 와 있다고! 저 차에 타고 있는 형제들을 큰 소리로 불러 지금까지 내가 겪은 모험 이야기를 들려주어야겠어. 당연히 나를 차에 태워 주고 영웅 대접도 해 줄 거야. 운이 좋으면 내가 직접

운전대를 잡고 두꺼비 저택까지 몰고 갈 수도 있겠다! 오소리 아저씨도 내가 운전하는 걸 보게 되겠지."

두꺼비는 자동차를 소리쳐 부르려고 자신만만하게 큰길로 들어섰다. 자동차가 빠른 속도로 달려오다가 큰길로 접어들면서 속도를 늦추었다. 그런데 갑자기 두꺼비의 얼굴이 새하얗게 질렸다. 가슴이 울렁거리고 무릎이 덜덜 떨리면서 다리가 푹 꺾였다. 두꺼비는 속이 메스꺼워서 허리를 숙인 채 기운을 차리지 못했다. 당연했다. 불쌍한 두꺼비 같으니! 자동차는 바로 이 모든 문제가 시작된 운명의 날에 '레드 라이온' 여관 앞마당에서 두꺼비가 훔쳤던 바로 그 차였다. 게다가 자동차 안에 있는 사람들도 두꺼비가 식당에 앉아서 점심을 먹을 때 봤던 사람들이었다. 두꺼비는 길가에서 초라하게 웅크린 채 비참한 심정으로 절망에 빠져 중얼거렸다.

"다 끝났어! 다 끝났다고! 다시 쇠사슬을 차고 경찰에게 잡혀갈 거야! 다시 감옥에 가고! 다시 마른 빵과 물만 먹기! 아, 난 정말 바보야! 무엇 때문에 잘난 체하면서 마을을 돌아다니고 싶어했을까? 해질 때까지 숨어 있다가 조용히 뒷길을 걸어서 집으로 숨어 들어가면 될 것을. 잘난 체하면서 노래를 부르고 대낮에 큰길에서 큰 소리로 사람들을 부르다니! 아, 복도 지지리 없는 두꺼비! 아, 불쌍한 동물!"

그 무시무시한 자동차가 천천히 다가왔다. 마침내 자동차가 두꺼비 바로 앞에서 멈추는 소리가 들렸다. 신사 둘이 차에서 내리더니 길가에 웅크리고서 애처롭게 떨고 있는 주름투성이 주위를 돌았다. 한 신사가 말했다.

"이런, 정말 안됐군! 이 불쌍한 노인은 세탁부 같은데 기절했나 봐. 햇볕을 너무 많이 쪼였거나 아무것도 먹지 못한 게 틀림없어. 에구, 불쌍해라. 우리 차에 태워서 가까운 마을로 데려가자. 거기 가면 틀림없이 친구가 있을 거야."

두 신사는 조심조심 두꺼비를 들어서 차에 태우고 등을 푹신 푹신한 쿠션에 기대 준 다음 출발했다. 두꺼비는 친절한 신사들의 동정하는 말을 듣고 그들이 자기를 알아보지 못한다는 사실을 깨달았다. 그러자 곧이어 다시 용기가 났다. 두꺼비는 한쪽 눈을 가늘게 뜨고 나서 다른 쪽 눈도 마저 떴다. 한 신사가 말했다.

"어, 벌써 좋아졌나 보네. 상쾌한 공기 덕분인가. 아주머니, 좀 어때요?"

두꺼비가 작은 소리로 대답했다.

"친절히 대해 줘서 정말 고마워요. 기분이 많이 좋아졌어요."

신사가 말했다.

"뭘요. 그냥 가만히 있어요. 말하려고 애쓰지도 말고요."

두꺼비가 말했다.

"그렇게요. 그냥 생각만 좀 했어요. 조수석에 앉으면 금방 좋아질 것 같다고요. 거기 앉으면 얼굴 가득 산뜻한 공기를 맞을 수 있을 것 같아요."

신사가 대답했다.

"그렇군요! 물론 그렇게 해도 되고말고요."

두 신사는 조심스럽게 두꺼비를 부축해서 조수석에 앉히고 다시 출발했다. 두꺼비는 이제 온전히 제정신으로 돌아왔다. 일어나 앉아 주위를 둘러보면서 또다시 자기를 사로잡으며 고개를 쳐드는 오래된 갈망을 누르려고 애썼다. 두꺼비가 혼잣말했다.

"이건 운명이야! 왜 피해? 왜 억지로 도망치려고 하냐고!"

드디어 두꺼비가 옆에 앉은 운전사에게 몸을 돌리고 말했다.

"부탁이 있어요. 내가 잠깐만 차를 몰아 보면 안 될까요? 운전하는 것을 가만히 지켜보았는데 아주 쉽고 재미있을 것 같아요. 친구들한테 차를 몰아 봤다고 자랑할 수 있으면 정말 좋겠어요!"

운전사는 두꺼비의 말을 듣고 웃음을 터뜨렸다. 얼마나 크게 웃는지 뒤에 앉은 신사가 무슨 일이냐고 물어보기까지 했다. 신사는 두꺼비의 말을 전해 듣고 나서 기쁘게도 이렇게 말했다.

"아주머니, 대단해요! 아주 용감하시네요. 아주머니한테 직접 운전해 보라고 해요. 옆에서 잘 지켜보고. 사고를 내진 않을 겁니다."

운전사가 비켜나자 두꺼비는 운전석으로 힘껏 기어 올라가서 두 손으로 운전대를 붙잡고 운전사가 말하는 지시 사항을 겸손하게 귀담아들었다. 그리고 곧바로 차를 출발시켰다. 처음에는 마음을 신중하게 먹고 조심조심 아주 천천히 몰았다. 신사들이 손뼉을 치며 칭찬하는 소리가 들렸다.

"정말 잘하는데! 처음인데 차를 아주 잘 몰아!"

두꺼비는 차를 조금 빨리 몰다가 조금 더 빨리 몰다가 아주 빨리 몰았다. 신사들이 주의를 주는 소리가 들렸다.

"조심해요, 세탁부 아주머니!"

이 말을 듣자 두꺼비는 갑자기 화가 나서 이성을 잃기 시작했다. 운전사가 막아 보았지만 두꺼비는 한쪽 팔꿈치를 운전석에 댄 채 눈도 깜짝하지 않고 최고 속도로 달렸다. 바람이 세차게 얼굴에 부딪치고 엔진이 윙윙 울렸다. 자동차가 툭 튀어 오르자 흥분해 있던 두꺼비의 머리가 혼란스러워졌다. 두꺼비가 앞뒤 재지 않고 소리쳤다.

"그래, 세탁부다! 흥, 이것 봐! 나는 두꺼비야! 자동차 탈취범에 탈옥수야. 늘 탈출하는 두꺼비라고! 가만히 있어! 진짜 운전이 뭔지 가르쳐 줄 테니까. 너희들은 악명 높고 운전도 잘하고 두려움을 모르는 두꺼비의 손안에 있어!"

신사들은 공포에 휩싸여 비명을 지르면서 자리에서 일어나 두꺼비에게 몸을 날렸다.

"잡아! 녀석을 잡으라고! 우리 자동차를 훔쳤던 악랄한 놈이야. 녀석을 묶어서 쇠사슬에 채워. 제일 가까운 경찰서로 끌고 가자고! 이 위험하고 싹수없는 놈을 붙잡으라고!"

세상에! 좀 더 신중하게 생각한 다음 행동했어야 하는데, 신사들은 어떻게든 차를 세워야 한다는 생각을 미처 하지 못했다. 차가 핑그르르 반 바퀴쯤 돌더니 길가에 줄지어 서 있는 키 작은 나무들 사이에 처박혔다. 자동차가 높이 튀어 오르면서 엄청난 충격이 전해졌다. 자동차 바퀴는 헛돌면서 말에게 물을 먹이는 연못을 진흙탕으로 만들었다. 두꺼비는 제비처럼 날렵하게 곡선을 그리면서 세게 뛰었다. 두꺼비는 이렇게 뛰는 게 좋았다. 몸에 날개가 돋아 새로 변하면 계속 날 수 있을지 궁금했다. 그런 생각을 하고 있는데 풀이 무성하게 자라서 푹신한 곳에 떨어졌다. 자동차는 물속에 가라앉고 있었다. 신사들은 물속에서 긴 외투에 휘감겨 힘없이 버둥거리고 있었다. 두꺼비는 재빨리 몸을 일으키고는 힘껏 달리기 시작했다. 마을을 지나고 산울타리를 기어오르고 웅덩이를 뛰어넘고 들판을 가로질렀다. 마침내 두꺼비는 지치고 숨이 가빠 속도를 늦춰 천천히 걷기 시작했다. 한숨 돌리고 나서 잘 생각해 보니 웃음이 절로 났다. 두꺼비는 깔깔대다가 웃음보가 터져서 그 자리에 털썩 주저앉아 미친 듯이 웃어 댔다.

"하하하!"

두꺼비가 자만심에 빠져서 소리쳤다.

"역시 두꺼비야. 언제나처럼 이번에도 내가 이겼어! 누가 두꺼비를 안아 올렸지? 상쾌한 공기를 마시라고 나를 앞자리에 앉힌 건 누구야? 내가 직접 운전해 보도록 설득한 건 누구고? 말한테 물을 먹이는 연못에 차를 빠뜨린 게 누구일까? 신 나게 허공을 날아서 상처 하나 없이 도망치고, 옹졸하고 샘이나 부리는 겁쟁이들을 진흙탕에 처넣은 건 누구게? 당연히 두꺼비야. 현명한 두꺼비, 위대한 두꺼비, 멋쟁이 두꺼비!"

문득 노래가 다시 흘러나왔다. 두꺼비는 목소리를 높여서 노래를 부르기 시작했다.

자동차가 달려간다, 빵빵빵
길을 따라 경주하듯이.
누가 자동차를 연못에 빠뜨렸게?
기발한 두꺼비 씨!

"아, 난 진짜 똑똑해! 너무 똑똑해, 너무너무 똑똑해."

그때 뒤쪽에서 무슨 소리가 들려왔다. 두꺼비는 고개를 돌려 뒤를 돌아보았다. 저 멀리서 다리에 가죽 행전을 두른 운전사와 덩치 큰 시골 경찰관 둘이 소리를 지르며 달려오는 것이 보였다.

가엾게도 두꺼비는 깜짝 놀라서 펄쩍 뛰더니 냅다 달리기 시작했다. 두꺼비는 계속해서 숨을 헐떡이며 끙끙댔다.

"아, 이런! 난 정말 멍청이야! 잘난 체나 하고 조심성 하나 없는 멍청이! 우쭐대며 걸을 생각이나 하다니! 또 고래고래 노래를 불러 대다니! 다시 가만히 앉아서 헛소리나 지껄이다니! 아, 세상에! 아, 세상에! 아, 세상에!"

두꺼비는 뒤를 돌아보았다. 그들이 가까이 쫓아오고 있었다. 두꺼비는 죽을힘을 다해 뛰면서 다시 뒤를 돌아보았다. 아직도 두꺼비를 따라오고 있었다. 두꺼비는 온 힘을 다했지만 뚱뚱하고 다리도 짧아서 점점 거리가 좁혀졌다. 어느새 바로 뒤에서 발소리가 들렸다. 두꺼비는 어디로 가고 있는지도 모르면서 무턱대고 달렸다. 다시 뒤를 돌아보는데 갑자기 발이 땅에 닿지 않았다. 허공에서 허둥대다가 풍덩, 깊은 물속에 거꾸로 처박혀 버렸다. 두꺼비는 그제야 자기가 잔뜩 겁에 질려서 강 마을까지 곧장 달려왔다는 사실을 깨달았다. 두꺼비는 수면 위로 올라와서 강둑 아래 물가를 따라 자라고 있는 갈대와 골풀을 잡으려고 애썼다. 하지만 물살이 너무 세서 모두 손에서 빠져나갔다. 가엾은 두꺼비가 가쁘게 숨을 쉬었다.

"아, 이런! 자동차를 또 훔치면 두꺼비가 아니야. 또다시 그렇게 잘난 체 노래를 불렀다간……."

두꺼비는 물속에 가라앉았다가 물을 튀기며 다시 떠올라 숨을 몰아쉬었다. 머리 위 강둑에 있는 어두컴컴하고 커다란 구멍으로 다가가는 중이었다. 두꺼비는 물살에 몸이 밀리자 앞발을 쭉 뻗어서 구멍 가장자리 쪽을 붙잡고 매달렸다. 그런 다음 조금씩 힘겹게 물 밖으로 몸을 끌어올렸고 가까스로 구멍 가장자리에 팔꿈치를 걸쳤다. 두꺼비는 기운이 다 빠져서 숨을 헐떡거리며 한동안 가만히 쉬었다.

한숨을 쉬고 코를 푼 다음 앞에 있는 어두운 구멍 안을 주의 깊게 들여다보자 구멍 속 깊은 곳에서 반짝반짝 빛나는 조그만 것이 두꺼비를 향해 다가왔다. 빛이 다가오자 빛 주위로 점점 얼굴이 드러났다. 잘 아는 얼굴이었다!

수염이 난 작은 갈색 얼굴, 동글갸름한 귀와 윤기 나는 털, 근엄하고 둥그스름한 얼굴, 바로 물쥐였다!

11. 폭풍우처럼 눈물을 흘리다

물쥐는 작고 말쑥한 앞발을 내밀어 두꺼비의 목덜미를 단단히 잡고 힘차게 끌어당겨 올렸다. 물에 흠뻑 젖은 두꺼비는 천천히 구멍의 가장자리 위로 올라왔고 마침내 다친 곳 없이 안전하게 구멍 안으로 들어섰다. 두꺼비의 온몸에는 진흙과 물풀이 잔뜩 묻어 있었고 물이 뚝뚝 흘러내렸지만 예전처럼 쾌활하고 행복했다. 숨고 피하고 도망치던 일을 마치고 다시 한 번 친구의 집에 도착해 있었기 때문이다. 이제 지위에 맞지도 않고 어울리지도 않는 변장을 벗어 버릴 수 있었다. 두꺼비가 외쳤다.

"오, 물쥐야! 내가 얼마나 많은 일을 겪었는지 넌 상상도 못할 거야! 재판을 받고 고난도 겪었지만 모든 걸 당당하게 견뎌 냈어! 탈출, 변장, 속임수, 똑똑하게 계획하고 실행에 옮겼지! 감옥에 있었지만…… 물론 탈출했지! 운하에 던져졌지만…… 헤엄쳐 나왔어! 말을 훔쳐서…… 큰돈을 받고 팔았지! 모두를 속였어…… 내가 원하는 데로 되도록 만들었다고! 오, 난 똑똑한 두꺼비야. 틀림없지!
내 마지막 업적이 뭐라고 생각하니? 잠시만 기다리면 내가 이야기
해 줄게……."

물쥐가 단호하게 굳은 얼굴로 말했다.

"두꺼비야. 당장 위층으로 올라가서 세탁부나 입을 누더기 옷은
벗고 깨끗이 씻어. 그러고 나서 내 옷을 입고 신사다운 모습으로
내려와. 너처럼 추레하고 흠뻑 젖고 평판도 안 좋은 녀석은 살면서
한 번도 본 적이 없다고! 자, 그만 으스대고 입 다물고 당장 움직
여! 이야기는 나중에 하면 되니까!"

처음에 두꺼비는 물쥐에게 몇 마디 말대답을 하려고 했다. 감
옥에 있을 때에도 명령을 받을 만큼 받았는데 여기에서까지 다시
지시를 받아야 하다니, 그것도 물쥐한테! 하지만 모자걸이 너머로
거울에 비친 자기 모습을 보았다. 꾀죄죄한 모자를 비스듬히 쓰
고 한쪽 눈을 가린 자기 모습을 말이다. 두꺼비는 마음을 고쳐먹
고 겸손한 태도로 위층에 있는 물쥐의 옷 방으로 올라갔다. 거기
서 몸을 깨끗이 씻고 닦은 다음 옷을 갈아입었다. 그리고 거울 앞
에 서서 한참 동안 자랑스러운 자신을 바라보며 기뻐했다. 자기를
한순간이라도 세탁부로 잘못 알아본 사람들이 얼마나 멍청했는지
생각하면서 말이다.

두꺼비가 다시 아래로 내려왔을 때 점심 식사가 식탁에 차려져
있는 걸 보고 아주 기뻤다. 힘들고 어려운 난관을 헤치며 여기까지
오는 동안 먹은 것이라고는 집시에게 얻어먹은 훌륭한 아침 식사
가 전부였기 때문이다. 두꺼비는 식사를 하며 물쥐에게 자기가 겪
은 모험 이야기를 떠벌였다. 자기가 영리했기 때문에 위기에서 침

착했고 궁지에 빠졌을 때는 교활했다는 이야기를 마치 즐겁고 화려한 경험이라도 한 것처럼 늘어놓았다. 하지만 두꺼비가 자랑하면 할수록 물쥐는 더 심각해지고 조용해졌다. 마침내 두꺼비가 이야기를 멈추자 잠시 침묵이 흘렀다. 이윽고 물쥐가 말했다.

"자, 두꺼비야. 네 마음을 아프게 하고 싶진 않아. 어쨌든 넌 벌써 많은 걸 겪었으니까. 하지만 진심으로 하는 말인데 네가 얼마나 끔찍한 짓을 저질렀는지 모르겠니? 네 말을 들어 보니, 넌 수갑을 찬 채 감옥에 갇혔고 굶주렸고 쫓겼으며 네 생활에서 벗어나 끔찍해졌지. 게다가 모욕당하고 비웃음을 샀고 창피하게 물에 던져지기까지 했어. 그것도 여자한테서! 그게 뭐가 즐겁다는 거지? 뭐가 그렇게 재미있어? 모든 게 네가 자동차를 훔쳤기 때문에 생긴 일이잖아. 너도 네가 처음 자동차를 보았을 때부터 문제만 생겼다는 걸 알잖아. 하지만 넌 곧 다른 일에 얽혀 들겠지. 넌 항상 5분만 지나면 지겨워하니까. 왜 차를 훔치는 거니? 그게 재미있다고 생각되면 차라리 교통사고를 당하렴. 기분을 전환하려고 그런 거라면 빈털터리가 되는 게 나아. 하필이면 왜 범죄자가 되려고 하니? 언제 정신을 차리고 친구를 생각하는 믿음직한 동물이 되려고 애써 볼거니? 내가 다른 동물들에게서 감옥을 제집 드나들 듯하는 녀석과 친구라고 수군대는 소리를 들으면 즐거울 것 같아?"

그나마 안심이 되는 점은 두꺼비가 마음씨 착한 동물이고 진정한 친구로부터 설교를 들어도 전혀 마음 쓰지 않는다는 점이었다. 두꺼비는 아무리 심한 공격을 받아도 문제의 다른 면을 볼 수 있었다. 그래서 물쥐가 매우 진지하게 이야기하는 동안에도 두꺼비는 반항하듯 계속 대꾸했다.

"그래도 재미있었어! 엄청나게 재미있었다고!"

그러고는 속으로 꾹 눌러 참는 듯한 이상한 소리를 냈다. 크으…… 큭, 큭. 또는 푸, 푸……픕. 코웃음이 나오려는 걸 억지로 참는 소리나 탄산음료 병을 따는 소리와 비슷한 소리가 났다. 하지만 물쥐가 이야기를 거의 끝마쳤을 때 두꺼비는 크게 한숨을 내쉬고는 아주 다정하고 겸손하게 말했다.

"네 말이 맞아, 물쥐야. 넌 언제나 사리를 분별할 줄 알지. 그래, 난 잘난 체하는 늙은 멍청이였어. 분명히 알겠어. 하지만 이제 난 착한 두꺼비가 될 거야. 더 이상 사고 치지 않을게. 네가 사는 강에 처박힌 뒤부터 자동차를 그렇게 간절하게 바라지는 않게 됐어. 사실은 네 굴 가장자리에 매달려 숨을 돌리는 동안 갑작스런 생각이 떠올랐지. 정말 훌륭한 생각이야…… 모터보트와 관련이 있어. 알았어, 알았어! 그렇게 흥분하지 말고 발도 구르지 말고 속상해하지도 마, 친구. 그냥 생각일 뿐이니까. 지금은 더 이상 그 이야기를 하지 않을 거야. 커피를 마시고 담배를 피우고 조용히 이야기나 나누자고. 그런 다음 난 두꺼비 저택으로 느긋하게 걸어갈 거야. 그리고 내 옷을 입고 모든 것을 다시 예전처럼 되돌리는 거지. 모험은 이 정도면 충분해. 조용하고 안정적이고 존경받는 삶을 살 거야. 어슬렁어슬렁 집 주변을 산책하고 집 단장을 하고 이따금 정원도 조금씩 가꿀 거야. 친구들이 날 보러 올 때마다 가벼운 저녁 식사를 대접하고. 옛날처럼 조랑말이 끄는 마차를 타고 시골을 돌아다니고 싶어. 따분해져서 뭔가 새로운 것을 하고 싶어 안달하기 전에 말이야."

물쥐가 깜짝 놀라며 말했다.

"두꺼비 저택으로 돌아간다고? 무슨 소리야? 아직 못 들었어?"

두꺼비가 조금은 창백해지며 물었다.

"뭘 들어? 말해 봐, 물쥐야. 어서! 숨기지 말고! 내가 뭘 못 들었는데?"

물쥐가 작은 주먹으로 탁자를 내리치며 소리쳤다.

"담비와 족제비 이야기를 못 들었단 말이야?"

온몸을 벌벌 떨며 두꺼비가 외쳤다.

"뭐? 천연림에 사는 동물들? 아니, 한 마디도! 그 녀석들이 뭘 어쨌는데?"

물쥐가 말을 이었다.

"그 녀석들이 두꺼비 저택에 들어가서 어떻게 그 집을 차지했는지 모른다고?"

두꺼비는 탁자 위에 팔꿈치를 대고 턱을 괴었다. 두 눈에서 커다란 눈물방울이 솟아 나오더니 탁자 위로 후드득 떨어졌다. 뚝! 뚝! 이윽고 두꺼비가 중얼거렸다.

"계속 말해 봐, 물쥐야. 다 말해 줘. 한 고비는 넘겼어. 정신을 차렸으니까 참을 수 있어."

물쥐가 느릿느릿 진지하게 말했다.

"네가…… 네 문제로 어려움에…… 빠졌을 때, 그러니까 네가 잠시 마을에서…… 보이지 않게 됐을 때…… 자동차…… 때문에 말이야."

두꺼비는 그저 고개를 끄덕일 뿐이었다. 물쥐가 계속해서 말했다.

"음, 자연스럽게 여기에서도 말이 많았어. 강가를 따라서 뿐만

이 아니라 천연림 안에서도 그랬지. 늘 그렇듯이 동물들은 패가 갈렸어. 강둑에 사는 이들은 네가 불명예스러운 취급을 받았다고 했어. 요즘 세상에는 정의가 없다고 외치며 네 편을 들었지. 하지만 천연림에 사는 동물들은 매정하게 이야기하면서 네가 그런 취급을 받아도 싸다고 고소해 했어. 이제 사고 치는 것도 멈출 때가 됐다면서 말이야. 그리고 더 대담해져서 이번에는 네가 완전히 끝장났다고 떠들고 다녔어! 넌 절대 다시 돌아오지 않을 거랬어. 절대로, 절대!"

두꺼비는 여전히 입을 다문 채 다시 고개를 끄덕였다.

"그게 그 작은 짐승들이야. 하지만 두더지와 오소리 아저씨는 처음부터 끝까지 변함없었어. 네가 곧 돌아올 거라는 기대를 끝까지 저버리지 않았지. 어떻게 돌아올지는 몰라도 어쨌든 돌아올 거라고 말이야!"

두꺼비는 다시 의자에서 자세를 바르게 하고는 조금 히죽거렸다. 물쥐가 계속 말했다.

"둘은 지금까지 있었던 일들을 놓고 주장했어. 너처럼 입만 살아 있고 뻔뻔하며 두둑한 돈주머니의 힘만 믿는 녀석을 법이 이겼다는 얘기는 들어 본 적 없다고 말이야. 그래서 둘은 자기네 물건을 네 저택으로 옮기고 거기서 생활하면서 환기도 시키고 네가 나타날 때를 대비해 모든 준비를 했어. 물론 어떤 일이 벌어질지는 짐작도 못했지. 천연림의 동물들을 의심하긴 했지만. 이제 가장 고통스럽고 비극적인 부분을 말해야 하는구나. 어느 깜깜한 밤이었어. 칠흑처럼 어두웠지. 바람도 세게 불었고 비가 억수같이 쏟아졌어. 족제비 한 무리가 완전 무장을 하고 마찻길을 지나서 너희 집

현관으로 조용히 기어 올라왔어. 그와 동시에 흰족제비 무리도 텃밭을 지나 필사적으로 뒷마당과 사무실을 점령했지. 그사이 싸움을 맡은 담비 한 무리가 거침없이 온실과 당구장을 점령하고 잔디밭 쪽으로 난 창문을 열었어.

두더지와 오소리 아저씨는 흡연실 난로 옆에 앉아 아무 의심도 하지 않고 대화를 나누고 있었어. 누가 공격해 올 만한 밤은 아니었거든. 하지만 피에 굶주린 악당들은 문을 부수고 사방에서 몰려들었어. 둘은 죽을힘을 다해 싸웠지만 무슨 소용이 있었겠어? 무장도 안 한 상태에서 불시에 기습을 당했는데 어떻게 두 마리의 동물이 수백 마리에게 대항해서 싸울 수 있었겠어? 놈들은 의리가 넘치는 둘을 잡아 불쌍하게도 몽둥이로 흠씬 두들겨 팬 다음 온갖 모욕적인 말을 지껄이면서 춥고 젖은 바깥으로 쫓아냈지!"

이 대목에서 무표정하던 두꺼비가 키득거리기 시작했다. 그러다가 웃음을 참고 침통하게 보이려고 애썼다. 물쥐가 이어서 말했다.

"그때부터 천연림 녀석들이 두꺼비 저택에 살게 되었어. 그냥 되는대로 살고 있어. 해가 중천에 뜰 때까지 자고 아무 때나 밥을 먹고 집은 온통 난장판이지. 눈 뜨고 볼 수 없을 정도래! 네 음식을 먹고 네 음료수를 마시고 너에 대해 못된 농담을 하고. 음…… 감옥과 판사와 경찰에 대한 상스러운 노래도 부른대. 재미라고는 찾아볼 수 없는 지독한 인신공격적인 노래 말이야. 장사꾼이 찾아오면 자기들이 거기에서 영원히 살 거라고 떠벌인대."

두꺼비가 일어나 몽둥이를 집으며 말했다.

"아, 그랬단 말이지! 내가 빨리 처리해야겠군!"

물쥐가 따라오며 큰 소리로 말했다.

"소용없어. 들어와서 앉아. 귀찮은 일만 생길 거야."

하지만 떠나는 두꺼비를 말릴 수 없었다. 두꺼비는 어깨에 몽둥이를 걸치고 화가 나서 씩씩댔다. 그리고 혼자 중얼거리며 재빨리 길을 걸어 내려갔다. 자기 집 정문에 가까이 다가가자 갑자기 울타리 뒤에서 몸이 길쭉한 노란담비가 총을 들고 나타났다. 담비가 날카롭게 말했다.

"누구냐?"

두꺼비가 몹시 화를 내며 말했다.

"말도 안 되는 소리 하지 마! 누군데 나한테 그렇게 말하는 거야? 당장 나와, 안 그러면 내가……."

담비는 말 한 마디 없이 총을 어깨 위로 들어 올렸다. 두꺼비는 냉큼 길에 납작 엎드렸다. 탕! 머리 위로 총알이 휙 지나갔다. 놀란 두꺼비는 재빨리 일어나서 허둥지둥 길 아래로 달아났다. 등 뒤로 담비의 웃음소리가 들려왔다. 섬뜩한 웃음소리가 희미하게 이어졌다.

두꺼비는 풀이 잔뜩 죽은 채 돌아와서 물쥐에게 그 일을 이야기했다. 물쥐가 말했다.

"내가 뭐랬어? 소용없다고. 녀석들은 보초를 세웠고 모두 무장하고 있어. 그냥 기다려야 해."

그래도 두꺼비는 한 번에 모든 걸 포기할 마음이 없었다. 그래서 배를 꺼내 강을 거슬러 올라가 두꺼비 저택 앞마당이 보이는 곳까지 노를 저어 갔다.

옛집이 보이는 곳에 도착하자 두꺼비는 노를 내려놓고 조심스럽게 땅을 살폈다. 모든 게 평화롭고 조용해 보였다. 저무는 햇살을 받아 붉게 빛나는 두꺼비 저택의 정면 모습이 눈에 들어왔다. 지붕의 곧은 선을 따라 비둘기가 두세 마리씩 짝지어 앉아 있었다. 정원에 눈부시게 핀 꽃, 보트 창고로 이어지는 샛강, 샛강을 가로지르는 작은 나무다리, 모두 두꺼비가 돌아오길 기다리고 있는 것처럼 사람의 흔적 하나 없이 고요했다. 두꺼비는 먼저 보트 창고로 가 봐야겠다고 생각했다. 매우 조심하며 샛강 어귀를 지나 다리 밑을 막 지나가려고 하는데…… 쾅!

커다란 돌덩이가 위에서 떨어져 배 바닥을 뚫고 지나갔다. 배에 물이 차서 가라앉았고 두꺼비는 깊은 물속에서 허우적거렸다. 위를 올려다보니 담비 두 마리가 다리 난간에 기대어 두꺼비를 내려다보면서 즐거워하고 있었다. 담비들이 두꺼비에게 소리 질렀다.

"다음엔 네 머리야, 이 두꺼비야!"

몹시 흥분한 두꺼비가 기슭으로 헤엄쳤고 그사이 담비들은 서로 붙잡고 배꼽이 빠져라 웃어 댔다. 웃다가 거의 두 번이나 발작을 일으킬 정도였다. 그러니까 한 마리에 한 번씩 그랬다는 말이다.

두꺼비는 피곤한 몸으로 길을 되짚어 걸었다. 그러고는 물쥐에게 그 힘 빠지는 일에 대해서 들려줬다. 물쥐가 뿌루퉁하게 말했다.

"내가 뭐라고 했니? 자, 여길 봐! 네가 무슨 짓을 했는지 보라고! 내가 그렇게 아끼던 배를 잃어버렸잖아. 너 때문이야. 게다가 내가 빌려 준 멋진 옷도 망쳐 버렸잖아! 두껍아, 넌 정말 어쩔 도리가 없구나. 너한테 친구가 남아날지 정말 궁금하다고!"

두꺼비는 곧바로 자기가 얼마나 잘못되고 어리석은 짓을 했는지 깨달았다. 자기의 잘못과 삐뚤어진 생각을 인정하고 잃어버린 배와 망친 옷에 대해 물쥐에게 진심으로 사과했다. 이렇게 솔직하게 사과하면 늘 친구들은 비판을 누그러뜨리고 다시 두꺼비 편으로 돌아왔다.

"물쥐야! 난 정말 고집불통에 제멋대로인 녀석이었어. 이제부터는 고분고분하고 겸손해질게. 네가 친절하게 충고해 주고 동의해 주지 않으면 절대 움직이지 않을게!"

마음씨 착한 물쥐는 어느새 기분이 풀렸다.

"정말 그렇게 생각한다면, 내 충고는 시간이 늦었으니까 앉아서 저녁을 먹으라는 거야. 금방 식탁에 준비해 줄게. 그리고 꼭 참고 있어야 해. 두더지와 오소리 아저씨를 만나 최신 소식을 듣고 나서 회의를 열어 이 어려운 문제를 어떻게 해결할지 조언을 듣기 전까지는 아무것도 할 수 없어."

두꺼비가 가볍게 말했다.

"아, 그렇지. 두더지와 오소리 아저씨. 소중한 친구들은 어떻게 되었어? 둘 다 잊고 있었네."

물쥐가 꾸짖듯 말했다.

"진즉에 물어봤어야지. 네가 비싼 자동차를 몰아 시골길을 돌아다니고 으스대며 순종 말을 타고 제일 좋은 식당에서 아침을 먹을 때, 불쌍하고 헌신적인 두 동물은 비가 오나 눈이 오나 노숙을 하고 있었어. 낮엔 힘들게 일하고 밤엔 힘겹게 몸을 누인다고. 네 집을 지켜보고 주위를 순찰하면서 담비와 족제비들을 끊임없이 감시하고 있어. 어떻게 네 재산을 너에게 돌려줄 수 있을지 생각하고 계획을 세우고 고민하면서 말이야. 넌 그렇게 참되고 충실한 친구를 가질 자격이 없어. 정말로 자격이 없다고. 언젠가 네가 그 친구들과 같이 있을 때 소중히 여기지 않은 것을 후회해도 너무 늦을 거야!"

두꺼비가 뜨거운 눈물을 흘리며 흐느꼈다.

"난 은혜도 모르는 짐승이야, 나도 알아. 춥고 어두운 밤이지만 친구들을 찾으러 나가야겠어. 친구들과 어려움을 나누려고 애쓸 거야……. 잠깐만! 분명 쟁반 위에서 접시가 쨍그랑거리는 소리가 들렸어. 드디어 저녁이 준비됐네! 만세! 어서 먹자, 물쥐야!"

물쥐는 불쌍한 두꺼비가 오랫동안 감옥 음식을 먹었다는 걸 기억하고 너그럽게 봐줘야겠다고 생각했다. 그래서 두꺼비를 따라 식탁으로 들어갔다. 그동안 잘 먹지 못해서 부족해진 영양을 보충하려는 듯 음식을 열심히 먹는 두꺼비에게 따뜻한 마음으로 기운을 북돋웠다. 식사를 마치고 안락의자로 다시 돌아왔을 때 문을 묵직하게 두드리는 소리가 들렸다.

두꺼비는 두려워했지만 물쥐는 두꺼비에게 알 듯 모를 듯 고개를 끄덕이며 곧바로 문을 열었다. 오소리 아저씨가 걸어 들어왔다.

오소리 아저씨는 편리하고 편안한 집을 떠나서 몇 날 밤을 밖에서 보낸 모양새였다. 신발엔 진흙이 잔뜩 묻어 있고 털은 마구 헝클어져 있었다. 그러고 보면 오소리 아저씨는 한창때에도 그렇게 멋진 모습은 아니었다. 오소리 아저씨가 근엄하게 두꺼비에게 다가가서 악수를 청하며 말했다.

"집에 돌아온 걸 환영한다, 두꺼비야! 아아! 내가 뭐라고 했지? 집이라니, 정말! 이렇게 불쌍한 꼴로 귀향하다니. 불행한 두꺼비!"

그러더니 등을 돌려 의자에 앉더니 식탁 가까이로 당긴 다음식은 파이를 한쪽 크게 잘라 먹었다. 두꺼비는 오소리 아저씨가 심각하고 불길하게 인사하는 바람에 무척 불안해졌다. 하지만 물쥐가 속삭였다.

"신경 쓰지 마. 아는 체도 말고. 아직은 오소리 아저씨에게 아무 말도 하지 마. 언제나 배가 고플 때는 기운도 없고 우울한 법이니까. 30분 뒤면 아주 달라져 있을 거야."

그래서 둘은 조용히 기다렸다. 또다시 가볍게 문 두드리는 소리가 들렸다. 물쥐는 두꺼비에게 고개를 끄덕이며 문으로 다가갔고, 몹시 허름하고 씻지도 않았으며 마른풀과 지푸라기를 털에 붙인 두더지를 데리고 들어왔다. 두더지가 활짝 웃으며 외쳤다.

"만세! 두꺼비가 돌아왔구나! 널 다시 보다니 정말 기뻐!"

그리고 두꺼비 주위를 돌며 춤을 췄다.

"네가 이렇게 일찍 돌아올 거라곤 꿈에도 생각하지 못했어. 그래, 탈출한 게 틀림없구나. 똑똑하고 기발하고 영리한 두꺼비야!"

물쥐가 불안해하며 두더지의 팔꿈치를 잡아당겼다. 하지만 너무 늦었다. 두꺼비는 어느새 온몸에 잔뜩 힘을 주고 있었다.

"똑똑하다고? 아니야! 내 친구가 말하는데 난 정말 똑똑하지 않아. 난 그저 영국에서 가장 튼튼한 감옥에서 탈출했을 뿐이야. 그게 다라고! 그리고 변장한 채 온 나라를 돌아다니며 모두를 속였지. 그게 다야! 아니야! 난 어리석은 멍청이야, 맞아! 두더지야, 내가 시시한 모험 한두 가지를 들려줄 테니까 네가 판단해 봐!"

두더지가 식탁으로 가며 말했다.

"그래그래. 내가 먹는 동안 이야기해 봐. 아침 먹은 뒤로 빵 한 조각 못 먹었다니까."

그러더니 자리에 앉아서 차가운 쇠고기 요리와 피클을 양껏 먹었다. 두꺼비는 난로 앞 깔개 위에 두 다리를 벌리고 서서 앞발을 바지 주머니에 찔러 넣었다. 그리고 은화를 꺼내 보이며 큰 소리로 말했다.

"봐! 잠깐 일한 대가치곤 나쁘지 않지, 그렇지? 내가 어떻게 한 것 같아, 두더지야? 말을 팔았어! 그게 내가 한 일이야!"

엄청나게 관심이 생긴 두더지가 말했다.

"계속해 봐, 두꺼비야."

"두꺼비야, 제발 조용히 해! 그리고 두더지야, 두꺼비가 누군지 안다면 부추기지 마. 대신 가능한 빨리 상황이 어떤지, 무엇을 먼저 해야 할지 말해 줘. 드디어 두꺼비가 돌아왔잖아."

두더지가 기분 나쁜 듯 말했다.

"상황은 최악이야. 그리고 무엇을 해야 하는지에 대해 말하자면, 그것 참, 나도 그걸 알면 좋겠네! 오소리 아저씨와 난 그곳을 밤낮으로 돌고 또 돌았어. 하지만 늘 똑같아. 어디에나 보초가 서 있어서 우리를 향해 총을 겨누고 돌을 던지지. 망루 위에서도 늘 한 마리가 감시를 하는데 우리를 보면 세상에, 어찌나 웃어 대는지! 난 그게 가장 마음에 안 들어!"

물쥐가 깊이 생각하며 말했다.

"아주 어려운 상황이군. 하지만 이제 알 것 같아. 이제 두꺼비가 정말로 뭘 해야 할지 마음 깊은 곳에서 깨달았어. 말해 줄게. 두꺼비는 말이야……."

두더지가 입에 음식을 잔뜩 물고 소리쳤다.

"안 돼. 두꺼비는 하면 안 돼. 당치도 않아. 두꺼비가 해야 할 일은, 두꺼비는……."

두꺼비가 흥분하며 소리 질렀다.

"난 안 할 거야, 그게 뭐든! 난 너희들한테 지시받지 않을 거라고! 우린 내 집에 대해서 이야기하고 있고 난 내가 뭘 해야 할지 정확히 알아. 그러니까 말해 줄게. 난 말이야……."

셋이 한꺼번에 목소리를 높여 떠들자 시끄러운 소리에 귀가 먹먹해질 정도였다. 그때 가늘고 바짝 마른 소리가 들렸다.

"너희 모두 당장 조용히 해!"

모두 순식간에 입을 다물었다.

파이를 다 먹은 오소리 아저씨가 의자를 돌려 모두를 엄한 눈으로 쳐다봤다. 모두가 시선을 집중하고 오소리 아저씨가 입을 열기를 기다렸다. 오소리 아저씨는 다시 식탁 쪽으로 등을 돌리고 치즈를 향해 손을 뻗었다. 이 존경스러운 동물이 단호한 말투로 아주 엄하게 명령하는 바람에, 오소리 아저씨가 식사를 완전히 끝내고 무릎에서 부스러기를 치울 때까지 동물들 사이에서는 더 이상 말 한 마디 나오지 않았다. 두꺼비가 자꾸 꼼지락거렸지만 물쥐가 단단히 눌러 막았다.

오소리 아저씨가 식사를 끝내자 의자에서 일어나 난로 앞에 서서 깊은 생각에 빠졌다. 마침내 심각하게 말했다.

"두꺼비! 이 못돼먹은 골칫거리야! 부끄럽지도 않니. 내 오랜 친구였던 네 아버지가 오늘 밤에 여기 있었다면, 그리고 네가 한 짓을 다 알았다면 뭐라고 말할 것 같니?"

이때까지 다리를 꼬고 소파에 앉아 있던 두꺼비는 얼굴을 숙이고 몸을 들썩이며 흐느끼고 뉘우쳤다. 오소리 아저씨가 이어서 조금 다정하게 말했다.

"저런, 저런! 괜찮아! 울지 마. 지난 일은 잊어버리고 새롭게 시작하도록 노력할 테니까. 하지만 두더지가 한 말은 사실이야. 족제비들이 사방에서 보초를 서고 있어. 세상에서 가장 뛰어난 보초병들이지. 정면으로 공격할 생각은 처음부터 하지 않는 게 좋아. 우리보다 너무 강해."

두꺼비가 소파 방석에 대고 눈물을 흘리며 흐느꼈다.

"그럼 모든 게 끝장났군요. 난 군대나 가겠어요. 다시는 소중한 두꺼비 저택을 안 볼 거예요!"

오소리 아저씨가 말했다.

"힘내, 두꺼비야! 네 집을 되찾기 위해 앞뒤 안 가리고 공격하는 것보다 나은 방법이 많아. 내 말 아직 끝나지 않았어. 이제 진짜 중요한 비밀을 말해 줄게."

두꺼비는 천천히 일어나 앉았고 눈물을 닦았다. 비밀이란 말이 두꺼비의 관심을 어마어마하게 끌었다. 왜냐하면 두꺼비는 비밀을 말하지 않기로 단단히 약속하고도 그것을 다른 동물에게 털어놓으면서 전율 같은 걸 느끼곤 했기 때문이었다. 두꺼비한테 끝까지 비밀로 남아 있는 건 하나도 없었다.

오소리 아저씨가 의미심장하게 말했다.

"거기에…… 지하 통로가…… 있어. 여기에서 아주 가까운 강둑에서 두꺼비 저택의 바로 한가운데로 이어져."

두꺼비가 대수롭지 않다는 듯 말했다.

"말도 안 돼요! 술집에서 그럴듯하게 지어낸 이야기를 들었나 보군요. 난 두꺼비 저택을 속속들이 안다고요. 집 안팎 어디에도 그런 건 없어요. 장담해요!"

오소리 아저씨가 아주 엄숙하게 말했다.

"젊은 친구. 내가 아는 누구보다도 훌륭했던 네 아버지는 내게 특별한 친구였어. 그래서 너한테는 말하지 않은 것들도 내게는 아주 많이 알려 주었지. 네 아버지가 그 통로를 발견했어. 물론 네 아버지가 만든 건 아니야. 네 아버지가 그곳에 들어가 살기 몇 백 년 전에 만들어진 거니까. 네 아버지는 통로를 수리하고 청소했지. 언젠가 쓸모가 있을 거라고 생각했거든. 말썽이 생기거나 위험한 경우에 말이야. 그런 다음 통로를 나에게 보여 주면서 이렇게 말했어. '내 아들에겐 알리지 말아 주게. 그 아인 착해. 하지만 아주 가볍고 변덕스러워서 조금도 입을 가만히 두지 못할 거야. 그 애가 진짜 어려운 처지에 빠졌을 때, 그 애한테 쓸모가 있을 때 비밀 통로에 대해 말해 줘도 된다네. 하지만 그전에 안 되네.' 하고 말이야."

물쥐와 두더지는 이 사실을 두꺼비가 어떻게 받아들일지 궁금해서 두꺼비를 빤히 바라보았다. 처음에 두꺼비는 뚱해 있는 듯했지만 착한 친구였기에 곧 밝아졌다. 두꺼비가 말했다.

"이런, 이런. 어쩌면 내가 좀 말이 많을지도 몰라요. 나처럼 유명한 동물은…… 친구들이 늘 주변에 몰려드니까요. 우린 농담을 하고 생기와 재치가 넘치는 이야기를 나누죠. 어쨌든 내 혀는 계속 나불거려요. 말재주는 타고났나 봐요. 뭔지는 몰라도 살롱(*상류 가정에서 열리는 사교 모임.)을 열라는 말도 들었어요. 신경 쓸 거 없어요. 괜찮으니까 계속해요, 오소리 아저씨. 아저씨의 비밀 통로가 어떻게 우리를 도울 수 있죠?"

오소리 아저씨가 계속해서 말했다.

"난 최근 한두 가지를 더 알아냈어. 수달에게 청소부로 변장해서 빗자루를 어깨에 메고 뒷문으로 찾아가서 일자리를 부탁하게 시켰지. 내일 밤 큰 잔치가 있을 거래. 누군가의 생일이라더군. 족제비 대장일 거야. 족제비들은 모두 식당에 모여서 먹고 마시고 웃고 떠들 거야. 아무런 의심도 없이. 총도 칼도 몽둥이도 없고 어떤 무기도 지니고 있지 않을 거야!"

물쥐가 말했다.

"하지만 여느 때처럼 담비가 보초를 서고 있을 거예요."

오소리 아저씨가 말했다.

"그렇지. 그게 중요해. 족제비들은 훌륭한 담비들을 완전히 믿을 거야. 그리고 그것 때문에 비밀 통로가 중요한 역할을 하는 거지. 아주 쓸모 있는 굴이 식당 바로 옆에 위치한 식품 저장고 밑으로 이어지거든!"

두꺼비가 말했다.

"아하! 식품 저장고에서 삐걱대던 널빤지! 이제 알겠어요!"

두더지가 외쳤다.

"우린 식품 저장고까지 몰래 가서……."

물쥐가 소리 질렀다.

"총과 칼과 몽둥이를 들고……."

오소리 아저씨가 말했다.

"녀석들을 덮치는 거야."

두꺼비가 흥분해서 소리쳤다.

"놈들을 후려치는 거예요. 철썩철썩, 철썩철썩!"

두꺼비가 의자를 뛰어넘고 방을 빙글빙글 돌면서 황홀한 듯 소리 질렀다. 오소리 아저씨가 다시 보통 때의 딱딱한 태도로 말했다.

"좋아. 그럼 우리 계획은 정해졌어. 더 이상 다투고 옥신각신할 필요가 없지. 밤이 늦었으니까 모두 곧바로 잠자리에 들자. 필요한 준비는 내일 아침에 할 테니까."

물론 두꺼비는 물쥐, 두더지와 함께 고분고분하게 잠자리에 들었다. 자기 싫다고 대들 만큼 어리석지는 않았다. 물론 너무 들떠서 잠이 올 것 같지 않았다. 하지만 많은 일이 벌어졌던 힘든 하루를 보낸 터였고 이불과 담요는 따뜻하고 포근했다. 찬바람이 들어오는 감방의 돌바닥 위에 깐 간단한 지푸라기와는 비교할 수도 없었다. 머리를 베개에 댄 지 얼마 지나지 않아 두꺼비는 행복하게 코를 골았다. 당연히 많은 꿈을 꿨다. 두꺼비가 길을 가려는데 길이 멀어졌고 운하가 쫓아와서 두꺼비를 붙잡았다. 저녁 모임이 막 시작되려는데 거룻배가 일주일 치의 빨랫감을 들고 연회실로 당당하게 들어오기도 했고, 두꺼비 혼자서 비밀 통로를 지나가는데 비밀 통로가 저절로 꼬이고 빙글빙글 돌고 흔들리다가 그 끝이 위로 솟구치기도 했다. 하지만 어쨌든 마지막에는 다친 데 없이 의기양양하게 두꺼비 저택으로 돌아가는 꿈을 꾸었다. 친구들이 자신의 주변에 모여 정말 똑똑한 두꺼비라고 진심으로 칭찬을 해 주었다.

두꺼비는 다음날 아침 늦게까지 잠을 잤다. 아래층에 내려왔을 때에는 모두 아침 식사를 마친 뒤였다. 두더지는 어디에 가는지 아무에게도 말하지 않고 혼자서 빠져나갔다. 오소리 아저씨는 안락의자에 앉아 신문을 읽었다. 바로 그날 저녁에 일어날 일에 대해서는 눈곱만큼도 신경 쓰지 않는 것 같았다. 다른 한편으로 물쥐는 온갖 종류의 무기를 한 아름 팔에 든 채 바쁘게 돌아다니며 네 개의 작은 무더기로 나누어 바닥에 늘어놓았다. 물쥐가 들떠서 숨을 죽인 채 돌아다니며 말했다.

"여기 물쥐 칼 하나, 두더지 칼 하나, 두꺼비 칼 하나, 오소리 아저씨 칼 하나! 여기 물쥐 권총 하나, 두더지 권총 하나, 두꺼비 권총 하나, 오소리 아저씨 권총 하나……."

이런 소리가 규칙적으로 계속되는 사이 네 개의 작은 무더기는 점점 커졌다. 이윽고 오소리 아저씨가 신문 너머로 바쁘게 움직이는 물쥐를 보고 말했다.

"다 좋아, 물쥐야. 네게 따지는 건 아니야. 하지만 혐오스러운 총을 들고 있는 담비는 그냥 지나치자. 그러면 칼이나 권총이 필요 없을 거야. 우리 넷이 몽둥이를 들고 일단 연회실로 들어가기만 하면 5분 안에 모두 때려눕힐 수 있을 거야. 나 혼자 모든 걸 결정해 버려 너희들한테서 즐거움을 빼앗은 건 아닌지 모르겠구나!"

물쥐가 총열을 옷소매로 닦고 훑어보았다. 그러고 나서는 생각에 잠긴 채 조용히 말했다.

"신중을 기하는 편이 좋죠."

아침 식사를 마친 두꺼비가 튼튼하게 생긴 몽둥이를 들고 가상의 적을 때리듯 힘차게 휘둘렀다. 그러고 큰 소리로 말했다.

"내 집을 훔쳐 간 대가를 배워 주겠어. 배워 줄 거야. 배워 줄 거라고!"

물쥐가 무척 놀라며 말했다.

"'배워 주겠다'고 말하지 마. 그건 제대로 된 표현이 아니야."

오소리 아저씨가 조금 짜증을 내며 물었다.

"넌 왜 늘 두꺼비에게 잔소리를 하니? 두꺼비의 말이 무슨 문제야? 나도 그렇게 표현하는데. 나한테 괜찮으면 너한테도 괜찮은 거야!"

물쥐가 작은 소리로 말했다.

"정말 미안해요. 난 그저 '배워 주겠다'가 아니라 '가르쳐 주겠다'라고 말해야 한다고 생각했을 뿐이에요."

오소리 아저씨가 대답했다.

"하지만 녀석들한테 가르쳐 주고 싶지 않아. 우린 배우게 만들고 싶잖아…… 배우게 하겠어, 배우게 만들어 주겠다고! 정말 그렇게 할 거야!"

물쥐가 대답했다.

"좋아요. 아저씨 맘대로 하세요."

물쥐는 점점 헷갈렸다. 구석으로 물러나 오소리 아저씨가 살짝 신경질을 내면서 나가라고 할 때까지 중얼거렸다.

"배워 줘, 가르쳐 줘, 가르쳐 줘, 배워 줘."

이윽고 두더지가 눈에 띄게 기뻐하면서 구르듯 방 안으로 들어오더니 말했다.

"이렇게 즐거울 수가 있나! 내가 담비를 약 올리고 왔어!"

물쥐가 걱정스럽게 말했다.

"아주 조심했지?"

두더지가 자신 있게 말했다.

"물론이지. 부엌에서 두꺼비가 아침 식사를 데우는 걸 보고 좋은 생각이 떠올랐어. 어제 두꺼비가 입고 온 세탁부 옷이 난로 앞에 있는 수건걸이에 걸려 있는 거야. 그래서 난 그 옷을 입고 모자랑 솔도 걸치고 아주 대담하게 두꺼비 저택으로 향했지. 당연히 망루 위에 있는 보초가 총을 들고는 '거기 누구야?' 하고 쓸데없이 물었어. 난 공손하게 '안녕하세요, 신사 여러분! 오늘 빨래할 것 없나요?' 하고 대답했지. 녀석들은 아주 거만하고 뻣뻣하고 오만하게 쳐다보면서 '저리 가, 세탁부! 우린 보초 설 때 빨래하지 않아.' 하고 말하는 거야. 그래서 내가 '그럼 언제?' 하고 물었어. 하하하! 웃기지 않아, 두꺼비야?"

두꺼비가 아주 잘난 체하며 말했다.

"불쌍하고 바보 같은 동물 같으니라고!"

사실 두꺼비는 두더지가 벌인 일에 대하여 엄청나게 샘이 났다. 먼저 생각했다면, 늦잠만 자지 않았다면, 꼭 자신이 하고 싶었던 일이었기 때문이다. 두더지가 이어서 말했다.

"담비 몇몇은 얼굴이 벌게졌어. 책임자가 내게 짧게 말하더군. '자, 이제 얼른 돌아가시오, 세탁부. 얼른 돌아가! 내 병사들이 초소에서 한가하게 잡담이나 떠들게 만들지 말고.' 그래서 내가 말했지. '얼른 가라고? 조금만 지나면 얼른 가야 하는 건 내가 아닐 거요!' 하고 말이야."

물쥐가 소스라치게 놀라며 말했다.

"이런, 두더지야. 그런 이야기를 하면 어떡해!"

오소리 아저씨가 신문을 내려놓았다. 두더지가 이어서 말했다.

"녀석들이 귀를 쫑긋 세우고 서로 쳐다보더군. 그러자 책임자가 녀석들에게 말했지. '신경 쓰지 마. 아줌만 자기가 무슨 말을 하는지도 모른다고.' 그래서 내가 말했지. '아, 그런가요? 내 말 좀 들어

봐요. 내 딸은 오소리의 빨래를 도맡아 해요. 이제 내가 뭔가 알고 있다는 걸 눈치챘겠죠? 댁들도 곧 알게 될 거예요! 바로 오늘 밤 피에 굶주린 오소리 백 마리가 총을 들고 작은 목장을 지나 두꺼비 저택을 공격할 거라고요. 권총과 짧은 칼을 든 물쥐들이 여섯 척의 배에 나눠 타고 강을 거슬러 앞마당에 내릴 거고요. 그사이 '불사신'이나 '명예가 아니면 죽음을'이라고 불리는 유명한 두꺼비 정예 부대가 복수를 외치며 과수원으로 몰려들어서 눈앞에 보이는 건 다 쓸어버릴 거예요. 기회가 있을 때 당신들이 떠나지 않으면 그들이 당신들을 해치울 무렵에는 빨래할 것이 거의 남아 있지 않겠군요.' 그런 다음 난 도망쳐서 들키지 않게 몸을 숨겼어. 그리고 도랑을 따라 돌아가서 덤불 사이로 녀석들을 훔쳐봤지. 녀석들은 모두 더할 나위 없이 허둥지둥하며 불안해했어. 사방으로 뛰다가 서로 걸려 넘어지는가 하면 서로에게 명령만 내리려 들고 서로의 명령은 따르지도 않았지. 책임자는 담비들 중 일부를 멀리 있는 마당으로 보냈다가 다시 데려오라고 다른 녀석들을 보냈어. 나는 녀석들이 하는 이야기를 들었어. '족제비들은 늘 똑같아. 자기들은 큰 식당에 편히 머물면서 맘껏 먹고 건배하고 노래 부르며 즐겁게 지내지만, 우린 어둡고 추운 데서 보초나 서다가 결국에는 피에 굶주린 오소리들한테 갈가리 찢기겠지!'"

두꺼비가 큰 소리로 말했다.

"아, 이런 멍청한 두더지! 네가 일을 다 망쳤잖아!"

오소리 아저씨가 딱딱하고 조용한 태도로 말했다.

"두더지야, 네 작은 앞발은 다른 뚱뚱한 동물이 온몸 가득 지니고 있는 것보다 더 많은 판단력을 쥐고 있구나. 아주 훌륭하게 처리했어. 너한테 거는 기대가 크다. 멋진 두더지! 똑똑한 두더지!"

두꺼비는 자기가 두더지처럼 똑똑하게 행동하지 못해서 샘도 나고 화도 났다. 하지만 짜증을 내는 모습으로 인해 오소리 아저씨에게 비웃음을 사기 전, 다행스럽게도 점심시간을 알리는 종이 울렸다.

간단하지만 든든한 식사였다. 베이컨과 누에콩 볶음과 마카로니 푸딩이었다. 식사가 완전히 끝나자 오소리 아저씨는 안락의자에 자리를 잡으며 말했다.

"우린 오늘 밤 힘든 일을 맡았고 일을 마치고 나면 아마 많이 늦을 거야. 그러니까 난 그전에 눈 좀 붙여야겠어."

그러고는 손수건으로 얼굴을 덮더니 곧 코를 골았다. 걱정 많고 부지런한 물쥐는 곧바로 다시 준비를 시작했다. 그래서 작은 무더기 네 개 사이를 달리며 중얼거렸다.

"여기 물쥐 허리띠, 두더지 허리띠, 두꺼비 허리띠, 오소리 아저씨 허리띠!"

물쥐는 새로운 장비를 계속 가져왔고 일은 끝이 나지 않을 것 같았다. 그래서 두더지는 두꺼비의 팔을 붙잡고 집 밖으로 데리고 나간 다음 고리버들 의자에 밀어 앉히고서 두꺼비가 겪었던 모험을 처음부터 끝까지 모두 이야기해 달라고 부탁했다. 두꺼비는 기꺼이 응했다. 두더지는 다른 이의 이야기를 잘 들어주는 동물이었다. 두꺼비는 두더지가 자기 이야기가 참인지 거짓인지 확인하려 들지도 않고 언짢은 마음으로 비난하지도 않자 마음껏 이야기를 쏟아 냈다. 사실 두꺼비가 들려준 대부분의 이야기는 '10분 뒤가 아니라 제때 그렇게 생각했더라면 어땠을까'라고 물어보기 딱 좋은 내용들이었다. 두꺼비의 모험은 늘 최고였고 아슬아슬했기 때문이다. 어쨌든 세상에 이렇게 말도 안 되는 모험들이 일어나는 한, 우리에게도 일어나지 말라는 법은 없지 않을까?

12. 돌아온 율리시스

날이 점점 어두워지기 시작했다. 들뜬 물쥐는 수수께끼 같은 태도로 모두를 거실로 불러 모았다. 그러고는 작은 무더기를 따라 한 줄로 세운 다음, 다가올 원정을 위해 옷을 입히기 시작했다. 물쥐는 아주 진지하고 철저하게 임했고 그래서 시간이 꽤 많이 걸렸다. 먼저 각 동물들에게 허리띠를 두르고 칼을 찔러 넣어 주었다. 그리고 허리띠의 균형을 맞추기 위해 반대쪽에 끝이 휜 단검을 채워 주었다. 그런 다음 권총 한 쌍, 경찰봉 하나, 수갑 몇 개, 붕대와 반창고, 물병과 샌드위치가 든 통을 매달았다. 오소리 아저씨는 기분 좋게 웃으며 말했다.

"알았어, 물쥐야! 이러면 너도 즐겁고 나한테도 별 문제없지. 하지만 난 몽둥이 하나만 가져가면 돼."

그러자 물쥐가 말했다.

"오소리 아저씨, 나중에 제가 깜빡하고 안 챙겨 줬다고 혼내면

안 돼요!"

모든 준비가 끝나자 오소리 아저씨는 각등(*들고 다닐 수 있는 네
모난 등.)과 커다란 몽둥이를 챙겨 들고 말했다.

"자, 이제 나를 따라와! 두더지가 선두에 서는 게 좋겠어. 그 다
음엔 물쥐. 두꺼비는 마지막에 서자. 이봐, 두꺼비! 평소처럼 떠들
면 안 돼. 시끄럽게 굴면 돌려보낼 거야. 정말이야!"

두꺼비는 자기 자리가 만족스럽지 않았지만 혼자 남겨질까 봐
두려워 한마디 불평도 없이 받아들였다. 드디어 동물들이 출발했
다. 오소리 아저씨는 강가를 따라 동물들을 이끌어 가다가 갑자
기 가장자리로 몸을 홱 돌려 강둑의 구멍 속으로 들어갔다. 두더
지와 물쥐는 조용히 뒤따르다가 오소리 아저씨가 하는 것을 보고
구멍 속으로 몸을 날려 들어갔다. 하지만 두꺼비는 자기 차례가 되
자 아니나 다를까 요란한 소리를 내며 물에 빠져서 꽥 비명을 질렀
다. 친구들이 끌어내서 물을 짜내고 몸을 문지르며 안심시켰다. 하
지만 오소리 아저씨는 아주 화가 나서 또다시 바보 같은 짓을 하면
뒤에 남겨 두고야 말겠다고 으름장을 놓았다.

우여곡절 끝에 동물들은 비밀 통로에 들어갔고 드디어 족제비
들을 몰아내기 위한 원정이 시작되었다!

비밀 통로는 춥고 눅눅했으며 어둡고 낮고 좁았다. 불쌍한 두꺼
비는 덜덜 떨기 시작했다. 몸도 흠뻑 젖은 데다 앞에 무엇이 있을
지 몰라서 두렵기도 했다. 등불은 저 앞에 있었고 두꺼비는 어둠
속에서 어쩔 수 없이 뒤쳐졌다. 그때 물쥐가 경고하듯 부르는 소리
가 들렸다.

"서둘러, 두꺼비야!"

어둠 속에 홀로 남겨진다는 두려움이 두꺼비를 사로잡았다. 두꺼비는 마구 허둥대다가 물쥐를 두더지에게 넘어뜨렸고, 두더지는 오소리 아저씨에게 넘어져 잠깐 동안 완전히 뒤죽박죽이 되어 버렸다. 오소리 아저씨는 뒤에서 공격받은 것으로 오해했다. 몽둥이나 단검을 사용할 공간이 부족했기 때문에 권총을 꺼냈고 하마터면 두꺼비에게 총을 쏠 뻔했다. 오소리 아저씨는 소동의 진상을 알고 나서 정말로 화를 냈다.

"성가신 두꺼비는 뒤에 남아 있어라!"

하지만 두꺼비가 훌쩍거리고, 다른 둘이 두꺼비가 말썽을 부리지 못하도록 책임지겠다고 약속하자 마침내 오소리 아저씨도 화를 풀었다. 행렬이 다시 움직였다. 이번엔 물쥐가 맨 뒤에 섰고 두꺼비의 어깨를 단단히 잡았다. 그렇게 귀를 쫑긋 세우고 앞발에 권총을 들고 더듬더듬 걸어갔다. 마침내 오소리 아저씨가 말했다.

"지금쯤 저택 바로 아래에 아주 가까이 도착했을 거야."

그때 갑자기 소리가 들렸다. 희미했지만 분명히 머리 위에서 나는 소리였다. 누군가가 소리치고 환호하고 마루를 구르고 탁자를 내려치는 것 같았다. 두꺼비가 겁에 질려 어쩔 줄 몰라 했지만 오소리 아저씨는 조용히 말했다.

"족제비 녀석들이다. 잘들 놀고 있군!"

통로는 이제 오르막이었다. 앞으로 조금 더 더듬어 나아갔다. 시끄러운 소리가 다시 들렸다. 이번엔 아주 또렷했고 머리 위에서 아주 가깝게 들렸다.

"만세, 만세…… 만세!"

그러더니 작은 발로 마룻바닥을 구르는 소리, 작은 주먹으로 탁자를 두드리는 소리, 유리잔이 쨍그랑거리는 소리가 들렸다. 오소리 아저씨가 말했다.

"아주 신 났구먼. 서둘러!"

오소리 아저씨 일행은 서둘러 통로를 따라 끝까지 나아갔다. 식품 저장고 바닥에 난 작은 들창문이 바로 머리 위에 있었다. 연회실은 엄청나게 시끄러워서 들킬 위험은 거의 없었다. 오소리 아저씨가 말했다.

"자, 얘들아. 다 같이 밀어 올리자!"

넷은 들창문에 어깨를 대고 밀어 올렸다. 서로 몸을 받치고 끌어올려서 식품 저장고로 올라갔다. 바로 문 뒤에 연회실이 있었고 그곳에는 아무것도 모르고 술에 흥청거리는 적들이 있었다.

비밀 통로에서 빠져나오자 시끄러운 소리에 귀가 먹먹할 정도였다. 마침내 환호성과 두드리는 소리가 천천히 잦아들면서 말소리가 들렸다.

"자, 여러분을 더 이상 기다리게 하지 않겠습니다(커다란 박수.). 하지만 자리에 앉기 전에(다시 환호성.) 우리 친절한 주인, 두꺼비에 대해 한 마디 하겠습니다. 우리 모두 두꺼비를 잘 압니다(커다란 웃음.). 착한 두꺼비, 겸손한 두꺼비, 정직한 두꺼비(유쾌하고 떠들썩한 소리.)!"

두꺼비가 이를 갈며 투덜댔다.

"저 녀석을 그냥!"

오소리 아저씨가 간신히 두꺼비를 말렸다.

"힘들어도 조금만 참아! 모두 준비해!"

같은 목소리가 계속해서 들려왔다.

"짧은 노래 한 곡 부르겠습니다. 두꺼비를 주제로 만들었습니다 (긴 박수)."

그러더니 목소리의 주인공인 대장 족제비가 가늘고 끽끽거리는 소리로 노래를 부르기 시작했다.

"두꺼비는 놀러 갔다네, 즐겁게 길을 따라갔다네……."

오소리 아저씨가 두 발로 몽둥이를 꽉 쥐고 일어서서 동료들을 돌아보며 외쳤다.

"지금이야! 나를 따르라!"

그러면서 문을 활짝 열어젖혔다.

이런!

깩깩거리고 끽끽거리고 찍찍거리는 소리가 연회실을 가득 채웠다!

매우 화가 난 네 영웅이 성큼성큼 방으로 뛰어들어갔다. 족제비들이 공포에 질려 잔뜩 겁을 먹고 탁자 밑으로 뛰어들어가고 미친 듯이 창문으로 뛰어오른 것도 무리가 아니었다! 흰족제비는 난로를 향해 달려가다가 굴뚝 사이에 옴짝달싹 못하게 끼어 버렸다! 식탁과 의자는 뒤집어졌고 유리잔과 도자기는 바닥에 떨어져 깨졌다. 힘센 오소리 아저씨는 수염까지 바짝 치켜세우며 커다란 몽둥이로 휙휙 바람을 가르는 소리를 냈다. 검은 두더지는 단호하게 몽둥이를 휘두르며 무시무시한 함성을 질렀다.

"두더지다! 두더지다!"

물쥐는 온갖 무기로 허리띠를 가득 채우고도 아주 필사적으로 싸웠다. 자존심에 상처를 입고 미칠 듯이 흥분한 두꺼비는 보통 때보다 두 배로 몸을 부풀려서 공중을 뛰어다녔고 함성을 내뱉어

적들을 뼛속까지 얼어붙게 만들었다.

"두꺼비가 놀러 왔다! 너희들하고 놀아 주마!"

두꺼비는 곧장 대장 족제비에게 다가갔다. 겨우 넷뿐이었지만, 두려움에 휩싸인 족제비들에게는 커다란 몽둥이를 휘두르며 고함치는 회색과 검정색, 갈색과 노란색의 무시무시한 동물들이 저택에 가득 찬 것처럼 보였다. 족제비들은 두려움과 놀라움으로 끽끽소리 지르며 이리저리 창문을 뚫는가 하면 굴뚝을 타고 올라갔다. 끔찍한 몽둥이가 닿지 않는 곳이면 어디로든 도망치고 달아났다.

기습은 곧 끝났다. 네 친구는 연회실 이 구석 저 구석을 훑고 성큼성큼 걸어다니며 동물의 머리가 보일 때마다 몽둥이로 후려쳤다. 5분 만에 연회실을 되찾았다. 겁을 먹은 족제비들이 잔디를 가로질러 도망가며 내지르는 소리가 깨진 창문을 뚫고 희미하게 들려왔다. 두더지는 바닥에 쓰러진 족제비 수십 마리에게 수갑을 채웠다. 오소리 아저씨는 몽둥이에 기대어 숨을 돌리며 이마에 흐르는 땀을 닦았다. 오소리 아저씨가 말했다.

"두더지, 넌 최고야! 밖으로 나가서 담비 보초들이 뭘 하는지 살펴보고 와. 네 덕에 오늘 밤부터는 녀석들이 아무 문제도 되지 않을 것 같구나!"

두더지는 곧 창문을 통해 사라졌다. 오소리 아저씨는 다른 둘에게 탁자를 일으켜 세우고 바닥에 널려 있는 것들 가운데 칼과 포크, 접시와 유리잔을 줍고 저녁으로 먹을 것이 있는지 찾아보라고 지시했다. 그리고 예전처럼 아무렇지 않다는 말투로 말했다.

"뭘 좀 먹고 싶어, 정말이야. 서둘러, 두꺼비야. 꾸물거리지 말고! 우리가 네 집을 돌려줬잖아."

두꺼비는 오소리 아저씨가 두더지에게 해 준 것처럼 자신에게도, 두꺼비가 얼마나 멋진 친구이며 훌륭하게 싸웠는지 칭찬해 주지 않아 조금 상처받았다. 몽둥이 한 방으로 대장 족제비를 탁자 너머로 날려 보내서 조금은 의기양양해 있었는데 말이다. 하지만 두꺼비는 바삐 움직였고 물쥐도 그랬다. 곧 유리그릇에 담긴 구아바 젤리, 찬 닭고기, 손도 대지 않은 혓바닥 요리, 트라이플(*케이크와 과일 위에 포도주와 젤리를 붓고 그 위에 커스터드와 크림을 얹은 디저트.) 조금, 꽤 많은 양의 바닷가재 샐러드를 찾았다. 식품 저장고 안에서 한 바구니 가득한 프렌치 롤빵과 치즈, 버터, 셀러리를 찾았다. 막 자리에 앉으려는데 두더지가 총을 한 아름 들고 키득거리며 창문을 기어올라 들어왔다. 두더지가 말했다.

"다 끝났어. 담비들은 진작부터 두려워서 조마조마해하고 있다가 저택 안에서 비명과 외침, 요란한 소리가 들리자마자 총을 버리고 달아났어. 조금 더 버티던 녀석들도 족제비들이 뛰쳐나오는 걸 보자 속았다고 생각했겠지. 그래서 담비들은 족제비들을 붙잡아 싸웠고 족제비들은 빠져나가려고 싸웠어. 서로 몸싸움을 하고 뒹굴고 주먹질하다 데굴데굴 굴러서 대부분은 강에 빠졌어! 어쨌든 이제 한 마리도 남지 않았지. 녀석들의 총을 가져왔어. 그러니까 다 잘됐다고!"

오소리 아저씨가 한입 가득 닭고기와 트리플을 물고 말했다.

"넌 훌륭하고 칭찬받아 마땅한 동물이야! 자, 이제 저녁을 먹기 전에 네게 부탁할 게 하나 더 있어, 두더지야. 네가 이 일만 끝내면 더 이상 성가시게 하지 않을게. 넌 정말 대단해. 물쥐가 시인만 아니었어도 물쥐를 보냈을 거야. 바닥에 있는 저 녀석들을 위층으로 데려가서 침실을 깔끔하게 정리하고 쾌적하게 만들어 놓으렴. 침대 아래를 청소하고 깨끗한 시트와 베갯잇을 씌우고 이부자리 한쪽은 잘 접어 놓는지 살펴봐. 어떻게 해야 하는지는 네가 더 잘 알 테지만 말이야. 방마다 뜨거운 물 한 통과 깨끗한 수건, 새 비누를 넣어 둬. 그런 다음 네가 좋다면 한 녀석씩 매질해서 뒷문 밖으로 내쫓아도 돼. 녀석들을 두 번 다시 볼 일은 없을 테니까. 그러고 나서 함께 이 차가운 혓바닥 요리를 먹자고. 최고급 요리야. 아주 마음에 들어!"

마음 착한 두더지는 몽둥이를 집어 들고 포로를 한 줄로 세운 다음 명령을 내렸다.

"빨리 걸어!"

그리고 포로들을 이끌고 위층으로 올라갔다. 두더지는 조금 뒤에 웃으며 나타나 모든 방이 아주 깔끔하게 준비되었다고 말했다. 그리고 이렇게 덧붙였다.

"녀석들한테 매질은 하지 않았어. 내 생각엔 다들 하룻밤 사이에 맞을 만큼은 충분히 맞은 것 같아. 족제비들한테 내가 몽둥이를 들이대자 자기들도 나와 같은 생각이라고 말했지. 날 괴롭힐 생각은 하지 않겠다고 하더군. 자기들이 한 짓에 대해 많이 뉘우쳤고 끊임없이 미안해댔어. 모든 잘못은 대장 족제비와 담비에게 있다며 만일 자기들이 보상할 수만 있다면 언제 무엇이든 말만 하랬어. 그래서 녀석들 이름을 각각 적어 두고 뒷문으로 내보냈더니 온 힘을 다해 달아났어!"

두더지는 의자를 탁자에 붙이고 혓바닥 요리를 먹기 시작했다. 두꺼비는 질투가 났지만 신사처럼 두더지에 대한 시샘을 참아 내고 진심으로 말했다.

"소중한 두더지야, 오늘 밤 힘든 일을 하느라 수고가 많았어. 특히 오늘 아침에 벌인 일은 정말 현명했어!"

오소리 아저씨는 그 모습을 보고 기뻐하며 말했다.

"우리 용감한 두꺼비의 말씀이군!"

그렇게 저녁 식사는 아주 즐겁고 만족스럽게 끝났다. 그리고 동물들은 깨끗한 이불에 누워 편안하게 쉬었다. 비할 데 없는 용기와 완벽한 전략, 몽둥이를 효과적으로 사용해서 조상 대대로 물려받은 두꺼비 저택을 되찾게 되었다.

다음날 아침, 두꺼비는 평소처럼 늦잠을 자고 부끄러울 정도로 늦게 아침을 먹으러 내려왔다. 식탁에는 아주 많은 달걀 껍데기와 차갑고 딱딱한 빵 부스러기가 널려 있었고 커피 주전자에는 커피가 4분의 1밖에 남지 않았다. 다른 건 거의 없었다. 어쨌든 이곳이 자기 집이라는 사실을 생각한다면 기분이 좋지는 않았다. 거실 유리문을 통해 두더지와 물쥐가 잔디밭에 있는 고리버들 의자에 앉아 있는 것이 보였다. 짧은 다리를 구르며 깔깔 웃는 걸 보니 서로 즐거운 대화를 나누고 있는 것이 분명했다. 안락의자에 앉아 신문에 푹 빠져 있던 오소리 아저씨는 두꺼비가 방으로 들어오자 그저 바라보며 고개만 끄덕였다. 두꺼비는 오소리 아저씨의 성격을 잘 알고 있었기 때문에 자리에 앉아 자기가 먹을 식사 준비를 하는 데에만 최선을 다했다. 곧 다른 친구들과 같은 대우를 받을 수 있게 될 거라고 혼잣말하면서 말이다. 식사가 거의 끝날 무렵 오소리 아저씨가 고개를 들었다.

"미안하지만 두꺼비야, 아침에 네가 해야 할 일이 아주 많아. 알다시피 어제 일을 축하하는 잔치를 당장 벌여야 해. 너한테 기대하고 있어…… 그러는 게 보통이니까."

두꺼비가 흔쾌히 대답했다.

"아, 알았어요! 뭐든 도울게요. 도대체 왜 아침부터 잔치를 하고 싶어 하는지 이해할 수는 없지만 말이에요. 하지만 나도 내가 좋아하는 일만 하며 살 수 없다는 걸 알고, 친구들이 좋아하는 일을 찾아야 하며 친구들을 위해 일하고 애써야 한다는 것도 알고 있어요!"

오소리 아저씨가 화를 내며 대답했다.

"바보처럼 굴지 않아도 돼! 말하는 동안 웃지도 말고 커피도 튀기지 마. 예의가 아니야. 물론 잔치는 밤에 열릴 거야. 하지만 초대장은 지금 당장 써서 보내야 해. 그리고 네가 써야 하고. 자, 책상에 앉아……. 거기 위에 파란색과 금색으로 '두꺼비 저택'이라고 적힌 편지지가 쌓여 있어. 우리 친구들 모두에게 초대장을 써. 열심히 하면 점심 먹기 전에는 보낼 수 있을 거야. 그리고 나도 거들어 줄게. 잔치 준비는 내가 지휘할 거야."

두꺼비가 놀라서 소리 질렀다.

"네? 이렇게 즐거운 아침에 방 안에 틀어박혀서 끔찍하게 편지나 쓰라고요? 절대 못해요! 내 집을 둘러보면서 모든 것을 제대로 돌려놓고 싶어요. 뽐내고 다니면서 즐기고 싶다고요. 난…… 알았어요……. 그래도 잠깐만 기다려요! 알았어요. 물론이죠, 오소리 아저씨! 다른 이들을 위해서라면 내 즐거움이나 좋은 조건 따위는 버릴게요! 편지를 쓰라고 했으니까 얼른 쓸게요. 가 보세요, 아저씨. 가서 잔치 준비를 하세요. 원하는 대로 하세요. 내 걱정과 수

233

고는 잊어버리고 젊은 친구들과 즐겁게 어울리세요. 난 이렇게 맑은 아침에 의무와 우정을 위해 열심히 일할 테니까요!"

오소리 아저씨는 미심쩍은 얼굴로 두꺼비를 쳐다봤다. 두꺼비의 솔직한 표정을 봐서는 왜 이렇게 태도가 순종적으로 바뀌었는지 이유를 알아낼 수가 없었다. 그래서 오소리 아저씨는 방에서 나와 부엌으로 갔다. 문이 닫히자마자 두꺼비는 서둘러 책상으로 다가갔다. 오소리 아저씨와 이야기하는 동안 좋은 생각이 떠올랐기 때문이다. 초대장을 쓸 것이다. 전투에서 자기가 얼마나 중요한 역할을 했는지, 어떻게 족제비 대장을 때려눕혔는지 조심스럽게 언급할 것이다. 그리고 자기가 한 모험에 대해서도 알리고 어떤 승리를 거두었는지도 넌지시 비출 것이다. 두꺼비는 그 모든 것을 저녁 잔치의 프로그램 사이사이에 넣을 생각이었다. 머릿속에 그린 건 아래와 같았다.

연설-두꺼비
(만찬 중 두꺼비의 다른 연설도 있을 예정)

담화-두꺼비
(개요 : 영국의 감옥 제도, 고대 영국의 수로, 말 거래와 흥정, 부동산의 권리와 의무, 귀환, 전형적인 영국의 대지주)

노래-두꺼비
(두꺼비의 자작곡)

다른 노래들−두꺼비
(만찬 도중 작곡가가 부를 예정)

이런 계획들을 생각하자 두꺼비는 매우 즐거워졌다. 그래서 아주 열심히 초대장을 썼고 정오 무렵에는 모든 작업을 끝낼 수 있었다. 그때 작고 후줄근한 족제비 하나가 문 앞에서 조심스럽게, 신사들을 도울 만한 일이 없는지 묻는다는 소식이 들렸다. 두꺼비는 으스대며 나가 보았다. 지난밤 포로로 잡혔던 족제비 가운데 한 마리였고 녀석은 두꺼비의 호감을 사려고 애쓰고 있었다. 두꺼비는 족제비의 머리를 쓰다듬고 초대장 묶음을 던져 주면서 가능한 빨리 배달하라고 말했다. 그리고 저녁에 돌아오면 1실링을 줄 것이고 배달을 마치지 못하면 한 푼도 주지 않겠다고 했다. 불쌍한 족제비는 정말 고마워하는 것 같았고 자기 임무를 완수하기 위해 서둘러 떠났다.

다른 동물들은 강 위에서 매우 활기차고 경쾌하게 오전을 보냈다. 그리고 점심을 먹기 위해 돌아왔다. 두더지는 두꺼비가 샐쭉하고 우울해 있을 거라고 생각했는데 오히려 즐거워하고 있어서 미심쩍은 듯 바라봤다. 두꺼비가 너무 잘난 체하며 몸을 부풀리고 있어서 뭔가 의심이 들었다. 그사이 물쥐와 오소리 아저씨는 의미심장한 눈빛을 교환했다.

식사가 끝나자마자 두꺼비는 앞발을 바지 주머니 깊숙이 넣고 아무 일 없다는 듯 말했다.

"자, 너희들은 각자 맡은 일을 하고 있어, 친구들. 원하는 게 있으면 언제든 이야기하고!"

그러고는 거들먹거리며 마당 쪽으로 나갔다. 다가올 연설에 대한 생각을 정리할 생각이었다. 그때 물쥐가 두꺼비의 팔을 붙잡았다.

두꺼비는 뭔가 의심쩍은 생각이 들어서 벗어나려고 애썼다. 하지만 오소리 아저씨가 다른 팔을 단단히 붙잡자 게임이 끝났다는 걸 깨닫기 시작했다. 두 동물은 양쪽에서 두꺼비의 팔을 붙들고 현관을 향해 열려 있는 작은 흡연실로 끌고 가서 문을 닫고 의자에 앉혔다. 오소리 아저씨와 물쥐가 두꺼비 앞에 서자 두꺼비는 둘을 의심스러운 얼굴로 기분 나쁘게 쳐다보았다. 물쥐가 말했다.

"자, 이것 봐, 두꺼비야. 오늘 잔치에 대한 건데 이렇게 말할 수밖에 없어서 미안해. 하지만 연설도 없고 노래도 없다는 걸 네가 확실히 알았으면 좋겠어. 이번 일로 너랑 말다툼하고 싶은 생각도 없다는 걸 알아주었으면 해. 우린 단지 널 깨닫게 해 주는 것뿐이니까."

두꺼비는 덫에 걸렸다는 사실을 깨달았다. 그들은 두꺼비의 성향을 잘 알았고 꿰뚫어 보고 있었다. 두꺼비보다 한 수 앞서 있었던 것이다. 두꺼비의 기분 좋은 꿈은 산산이 부서졌다. 두꺼비가 가엾은 소리로 애원했다.

"짧은 노래 하나만이라도 부르면 안 될까?"

물쥐는 실망한 두꺼비가 불쌍하게 입술을 떠는 모습을 보고 가슴이 찢어지는 것 같았지만 단호하게 말했다.

"짧은 노래도 안 돼. 소용없어, 두꺼비야. 네 노래는 모두 자만심으로 가득해서 뽐내고 뻐기고 으스대는 내용이라는 걸 너도 잘 알잖아. 그리고 네 연설은 모두 자화자찬에…… 그리고…… 그래,

터무니없이 부풀리고 또⋯⋯."

"헛소리지."

오소리 아저씨가 거친 말투로 끼어들었다. 물쥐가 이어서 말했다.

"다 너를 위해서야. 넌 새롭게 태어나야 해. 지금이 새로 시작하기에 좋은 때야. 네 삶의 전환점인 셈이지. 이렇게 말하는 나도 너만큼 마음이 아프다는 걸 잊지 마."

두꺼비는 오랜 시간 생각에 잠겼다. 마침내 고개를 들었다. 얼굴에 강한 감격의 흔적이 또렷이 보였다. 목이 멘 듯 말했다.

"너희들이 이겼어, 친구들아. 하지만 내가 부탁한 건 분명 작은 거였어. 그저 하룻밤만 더 꽃을 피울 수 있게 해 달라는 거였지. 나를 향한 떠들썩한 박수 소리를 들으면⋯⋯ 왜 그런지⋯⋯ 내 능력이 꽃피울 것 같았거든. 하지만 너희가 옳고 난 틀렸어. 나도 알아. 이제부터 난 정말 다른 두꺼비가 될 거야. 친구야, 다시는 나 때문에 얼굴을 붉히는 일이 없을 거야. 하지만 이런, 이런⋯⋯ 세상이 너무 힘들어!"

그러고는 손수건으로 얼굴을 꾹 누른 채 비틀거리는 발걸음으로 방을 빠져나갔다. 물쥐가 말했다.

"아저씨, 내가 심했던 것 같아요. 어떻게 생각하세요?"

오소리 아저씨가 침울하게 말했다.

"응, 알아, 나도 안다. 하지만 꼭 해야만 하는 일이었어. 저 멋진 친구는 여기 살면서 재산도 지키고 존경도 받아야 해. 넌 두꺼비가 담비와 족제비에게 웃음거리가 되고 놀림받고 조롱받게 놔두고 싶니?"

물쥐가 말했다.

"물론 아니에요. 그 조그만 족제비가 두꺼비의 초대장을 들고 막 출발할 때 마주친 건 정말 다행이에요. 아저씨가 말한 것 때문에 뭔가 의심스러워서 한두 장을 살펴봤어요. 정말 창피한 초대장이었어요. 그래서 전부 빼앗았지요. 지금 착한 두더지가 안방에 앉아서 솔직하면서도 간단한 초대장을 다시 쓰기 시작했네요."

드디어 잔치 시간이 가까워졌다. 친구들을 떠나 자기 침실로 물러간 두꺼비는 슬픈 생각에 잠긴 채 여전히 그 자리에 앉아 있었다. 앞발에 이마를 얹고 오랜 시간 깊이 생각에 잠겼다. 두꺼비의 얼굴이 점점 밝아지더니 한동안 가만히 미소를 지었다. 그러더니 부끄럽고 수줍은 듯 피식 웃었다. 마침내 일어나서 문을 잠그고 창을 커튼으로 가리고 방에 있는 의자를 모두 모아 반원으로 늘어놓고, 눈에 띄게 몸을 부풀려서 그 앞에 자리 잡았다. 그런 다음 절을 하고 헛기침을 두 번 하고 황홀해하는 상상 속 관객들을 향해 행복한 목소리로 마음껏 노래를 불렀다.

두꺼비의 마지막 짧은 노래!

두꺼비가 집에 돌아왔다네!
응접실엔 공포가, 식당엔 울부짖음이
외양간엔 울음이, 마구간엔 비명이
두꺼비가 집에 돌아왔을 때!

두꺼비가 집에 돌아왔다네!
창문이 박살나고, 문이 무너지고
바닥에 기절한 족제비를 몰아냈다네
두꺼비가 집에 돌아왔을 때!

둥둥! 북을 울려라!
나팔수는 나팔을 불고, 군인은 경례를 하고
대포는 쾅쾅, 자동차는 빵빵
영웅이 돌아온다네!

만세를…… 외쳐라!
군중들아 저마다 크게 외쳐라
자랑스러운 동물을 경배하라
두꺼비의 위대한 날이라네!

두꺼비는 번지르르한 표정으로 노래를 크게 불렀고, 노래가 끝
난 다음 처음부터 다시 불렀다. 그러고는 한숨을 내쉬었다. 길고
긴 깊은 한숨이었다.

그후 두꺼비는 머리빗을 물에 살짝 담가 가운데 가르마를 타서
머리를 빗고 가지런히 내려 얼굴 양쪽에 매끄럽게 들러붙도록 했
다. 그리고 문을 열고 손님을 맞으러 조용히 계단을 내려갔다. 손
님들은 거실에 모여 있을 터였다.

두꺼비가 들어서자 모든 동물들이 환호성을 지르며 주위로 모
여들어 축하했다. 그리고 두꺼비의 용기와 똑똑함과 싸움 능력에

대해 칭찬했다. 하지만 두꺼비는 그저 희미하게 웃으며 중얼거렸다. "별 말씀을."이라던가 또는 가끔 바꿔서 "아니에요."라고 대답할 뿐이었다. 난로 앞에서 친구들에게 빙 둘러싸여, 그동안 벌어진 일을 어떻게 처리했는지 설명하고 있던 수달이 소리를 지르며 뛰어나왔다. 그리고 두꺼비의 목에 팔을 두른 채 승리를 축하하는 행진을 하듯 방 안을 한 바퀴 빙 돌려고 했다. 하지만 두꺼비는 몸을 떼내며 조금은 무뚝뚝하고 조용히 말했다.

"오소리 아저씨가 전투를 지휘했어요. 물쥐와 두더지가 정면에 나서서 싸웠고요. 나는 졸병이었고 한 일도 거의 없어요."

동물들은 기대하지 못했던 두꺼비의 행동에 깜짝 놀라 어리둥절해하며 뒤로 물러섰다. 이 손님에게서 다른 손님에게로 옮겨 다니며 겸손하게 대답하던 두꺼비는 자기가 모두의 관심을 모으고 있다는 걸 느꼈다.

오소리 아저씨는 모든 것을 최고의 것으로 주문했고 잔치는 대성공이었다. 동물들 사이에서 많은 이야기와 웃음, 농담이 오갔다. 하지만 주인공인 두꺼비는 잔치가 벌어지는 동안 내내 눈을 내리깔고 주위의 동물들에게 전혀 즐겁지 않은 이야기만 했다. 그러다가 잠깐씩 오소리 아저씨와 물쥐를 쳐다봤는데, 둘은 두꺼비가 볼 때마다 입을 벌린 채 서로 마주 보고 있었다. 두꺼비는 그런 반응이 아주 마음에 들었다. 밤이 깊어 가자 젊고 힘이 넘치는 몇몇 동물들이 잔치가 옛날처럼 즐겁지 않다면서 서로 수군댔다. 그리고 탁자를 두드리며 외쳤다.

"두꺼비! 연설해! 두꺼비의 연설! 노래해! 두꺼비의 노래!"

하지만 두꺼비는 조용히 고개를 저었고 한 발을 들어 정중히 거절했다. 손님들에게 맛있는 요리를 권하고 세상일에 대한 이야기를 나누었다. 아직 사교 모임에 올 나이가 되지 않은 가족들에 대해 안부를 물었고 이 만찬이 격식에 따라 진지하게 열려야 한다고 전했다.

두꺼비는 정말 달라져 있었다!

파티가 끝나자 네 동물은 각자의 삶으로 돌아갔다. 내전으로 심하게 망가지긴 했지만, 더 이상 폭동이나 침략에 흔들리지 않았기 때문에 매우 즐겁고 만족스러웠다.

두꺼비는 친구들과 의논한 끝에 진주로 장식된 케이스가 달린 금목걸이를 골라서 교도관의 딸에게 선물로 보냈다. 오소리 아저씨는 두꺼비가 겸손하고 고마워하며 공손해졌다는 내용의 편지를 써서 목걸이와 함께 보냈다. 기관사에게도 수고했다며 적절하게 보상하고 감사했다. 오소리 아저씨가 강하게 주장해서, 약간의 어려움이 있었지만 거룻배의 여자 뱃사공도 찾아내 말 값을 물어 주었다. 비록 두꺼비는 진짜 신사를 알아보지 못한 여자를 혼내 주어야 한다고, 왜 자기만 운명의 장난을 참아야 하느냐며 강하게 반대했지만 말이다. 사실 말 값은 그렇게 부담되는 돈이 아니었다. 그 지역의 감정사도 집시가 공정하게 말 값을 매겼다고 인정했다.

이따금 긴 여름 저녁이면 친구들은 함께 천연림을 한가하게 거닐었다. 천연림은 무척 평화로워졌으며 이제 친구들에게도 관심을 내비쳤다. 그곳에 사는 동물들에게 매우 정중한 환대를 받는 일은 아주 즐거웠다. 엄마 족제비들은 아기 족제비들을 굴 입구로 데리고 가서 그들을 가리키며 말했다.

"저기 봐, 아가야! 위대한 두꺼비 아저씨야. 저기 위대한 전사인 용감한 물쥐 아저씨도 함께 걷고 있어. 저기 그 유명한 두더지 아저씨도 오네. 네 아빠가 종종 말씀하시던 분이야."

하지만 아이들이 말썽을 부리거나 말을 잘 듣지 않고 시끄럽게 굴 때면 무서운 회색 오소리 아저씨가 와서 잡아간다고 으름장을 놓았다. 그러면 아이들은 곧바로 얌전해졌다. 이런 이야기는, 남들과 어울리는 데 별로 관심이 없지만 아이들만큼은 무척 좋아하는 오소리 아저씨에게 야비한 명예 훼손이나 다름없었다. 물론 이런 으름장은 아이들에게는 항상 효과 만점이었다.

버드나무에 걸려 있는 우정과 모험

오래전 내가 다녔던 초등학교에는 커다란 버드나무가 한 그루 있었다. 흐르는 물이라곤 없는 동네에 살았기에 기다란 나뭇가지를 길게 늘어뜨리고 자그마한 연못가에 우아하게 자리 잡고 있던 버드나무는 어린 마음에도 늘 특별하고 멋져 보였다. 갸름한 버드나무 잎사귀가 동동 떠다니는 연못엔 개구리며 미꾸라지에 붕어까지 어울려 살았고, 한여름이면 목마른 새들뿐 아니라 동네 개구쟁이들도 즐겨 찾는 곳이었다. 아이들은 축축 늘어진 버드나무 가지를 잡고 누가 더 아래까지 늘어뜨리나 내기를 했고, 버드나무 잎사귀로 나뭇잎 배를 만들어 연못에 띄우며 누구 배가 더 빠른가 경주도 했다. 그러다 더우면 연못에 풍덩 뛰어들어 물장구를 치고 멱을 감으며 땀을 식혔다. 그리고 아이들은 나무 그늘에 앉아서 버드나무 가지를 간질이며 살랑살랑 불어오는 시원한 바람을 맞으며 재잘재잘 이야기를 풀어냈다. 그 연못에는 길 잃은 아기 수달을 데리고 있던 목신 같은 신비한 존재는 없었지만, 우리는 치렁치렁한 버드나무 가지 아래에서 물쥐와 두더지가 나눴음직한 우정을 나눴던 것 같다.

이 책 『버드나무에 부는 바람』을 쓴 케네스 그레이엄은 1859년 영국 스코틀랜드의 에든버러에서 태어났다. 집안 형편이 어려워 대학에 가지 못하고 은행에 취직을 했는데, 재미나 변화라곤 없는 직장 생활에서 벗어나려는 생각에 글을 쓰기 시작했다고 한다. 『이교도의 서류』, 『황금 시대』, 『꿈꾸는 나날』 등 여러 작품을 발표했지만, 그의 작품 중에서 가장 사랑받았고 100여 년이 지난 지금도 여전히 사랑받고 있는 책은 바로 1908년에 발표한 『버드나무에 부는 바람』이다.

케네스 그레이엄은 '생쥐'라는 별명을 가진 어린 아들의 잠자리에서 『버드나무에 부는 바람』으로 발전하게 될 이야기를 처음 들려주었다고 한다. 날 때부터 시력이 좋지 않아 앞을 잘 보지 못하는 어린 아들에게 아버지는 땅속에 사는 두더지, 강가에 사는 물쥐, 깊은 숲 속에 사는 오소리와 늘 잘난 체하는 두꺼비가 어우러져 살아가는 이야기를 따뜻한 목소리로 조곤조곤 들려주었을 것이다. 아들과 멀리 떨어져 있을 때에는 아들에게 편지를 쓰면서 이 글을 다듬었고 마침내 『버드나무에 부는 바람』이라는 제목으로 발표하게 되었다.

이 책에는 사람처럼 말하고 걸어다니는 동물들이 등장한다. 그리고 강물이 굽이굽이 흐르는 아름다운 자연 속에서 생활하고 모험을 떠나며 질투하고 화해하는 모습들이 생생하게 펼쳐진다. 잔잔한 물가에서 버드나무 가지 아래로 배를 타고 지나가며 이야기를 나누는 물쥐와 두더지, 자동차를 보고 홀딱 반해서 뒤도 돌아보지 않고 모험을 떠나는 두꺼비, 엄하면서도 늘 지혜롭게 상황에 대처하는 오소리 아저씨, 남의 것을 빼앗고 괴롭히기를 우습게 여기는 족제비와 담비들. 어쩌면 그레이엄은 동물의 모습과 습성을 지닌 등장인물들에게 인간의 성격을 부여하여, 장애가 있는 아들에게 앞으로 사회생활에서 만나게 될 사람들의 모습을 미리 보여 주려고 했는지도 모르겠다. 아버지가 사랑하는 아들을 위해 따뜻한 음성으로 조곤조곤 이야기를 들려주는 모습이 그림처럼 눈앞에 펼쳐진다.

출간된 지 100년이 넘었지만 여전히 전 세계의 많은 이들에게 사랑받고 있으며 대표적인 어린이 고전인 이 책에 대해서 〈해리 포터〉 시리즈의 작가인 조앤 롤링은 어릴 적 읽은 책 중에서 가장 기억에 남는 책이라고 했다. 〈곰돌이 푸우〉 시리즈의 작가인 앨런 알렉산더 밀른은 어느 가정에나 한 권씩 두고 읽어야 할 책이라고 아낌없이 칭찬하면서 〈두꺼비 저택의 두꺼비〉라는 희곡으로 각색했고, 지금까지도 크리스마스가 찾아오면 연극으로 자주 무대에 올려지고 있다. 하지만 우리나라에서는 『버드나무에 부는 바람』이 다른 영어권 고전에 비해서 여전히 덜 알려진 것 같다. 어린이뿐 아니라 청소년과 어른들까지, 우리나라의 더 많은 독자들이 동물의 습성과 매력적인 인간의 특징을 함께 지니고 있는 두더지와 물쥐와 오소리와 두꺼비의 우정과 모험 이야기를 재미있게 읽을 수 있기를 바랄 뿐이다.

— 옮긴이 고수미

〈올 에이지 클래식〉으로 만나는 '세계의 고전', 함께 읽어 보세요!

케네스 그레이엄 (Kenneth Grahame)

1859년 스코틀랜드 에든버러에서 태어났다. 어려서부터 공부와 운동 모두 뛰어났지만 어려운 집안 형편으로 대학을 포기하고 은행원이 되어 직장 생활을 시작했다. 풍부한 감수성과 문학적 소질을 가진 그는 단조롭고 고된 직장 생활 속에서 활력을 얻기 위해 글을 쓰기 시작했고, 자신의 어린 시절 이야기를 담은 『황금시대』, 『꿈꾸는 날들』을 발표하여 명성을 얻었다. 1908년에 출간된 작가의 대표작 『버드나무에 부는 바람』은 어린 아들을 위해 들려주던 이야기를 동화로 다듬어 펴낸 것으로 지금은 최고의 고전 중 하나로 평가받고 있다. 또한 이 작품으로 인해 작가는 영국인들이 가장 사랑하는 대표 작가 중 한 명이 되었다.

고수미

제주에서 태어났으며 고려대학교 영어교육과를 졸업했다. 번역가 모임 '작은 우주'에서 활동하고 있으며, 옮긴 책으로 『그 여름의 끝』, 『아벨라 그리고 로사 그리고…』, 『슈와가 여기 있었다』, 『말해 봐』, 『마르셀로의 특별한 세계』, 『죽은 개는 이제 그만!』, 『버드나무에 부는 바람』 등이 있다.